濁った瞳の
リリアンヌ 1
天界
Illustration：癸青龍

エナ
クティ
リリー

テオ
エリー

アレク
ローランド
アンネーラ
クレア

濁った瞳のリリアンヌ 1

天界 Tenkai
Illustration 癸青龍

CONTENTS

プロローグ

トンネルを抜けたら……真っ暗だった。

どこかで聞いたことのある有名な台詞《せりふ》が頭をよぎって消えていった……少し違ってはいたが。

起きたら真っ暗闇なのだ。しっかり目を開いている状態なのに何も見えない。

とにかく状況を把握しなければはじまらないだろう。

腕を持ち上げようとして、違和感があることに気付いた。うまく腕が動かないのだ。

仕方がないので足を動かそうと試みる。すると腕以上に動かないことがわかった。

コレはいったいどういうことなんだろう。

とにかく腕や足以外も動かそうとして、もっと深刻なことに気付いてしまった。

首がほとんど、いやまったく動かせない。背中も動かせない。でも痛みがあるわけじゃない。もし怪我をして動けないのなら、痛みがあるはず……鎮静剤を打たれているのか？　全体的に感覚も妙に鈍い。鎮静剤で当りかもしれない。これは怪我をして病院に担ぎこまれて……なんで怪我をしたんだろう？　事故か？

記憶をたどってみよう。

最後の記憶は確か……。楽しみにしていた異世界転生もののライトノベルが手に入り、徹夜で読んでしまったら出勤時間になったので、眠い目をこすりながら車で家を出た。

そこまでは思い出せたが、それ以上は思い出せなかった。

あのあと、居眠りして事故を起こしたんだろうか？　そうすると自分は病院にいるということか？　でも病院特有の薬っぽいあの匂いもしないし、コレはいったい……？

そのとき、ガチャ、とドアノブが回るような音がした。

相変わらず真っ暗で確認はできない。まぁそれでも、人が来たのなら状況がわかるだろう、とりあえず話を……。

「ｆｔｇｙふじこｌｐ；＠：」

……はい？

感覚は妙に鈍いが、耳にははっきりと声が聞こえた。

問題は何を言ってるのかさっぱり理解できないことだ。

不意に真っ暗だった視界に、なにかうっすらと白いもやもやしたものが見える。首が動かず上の方を見るしかなかったので、そのもやもやが上のほうで丸く固定されるまでなんとなく凝視していた。

止まっていた思考が動きだした。

あのもやもや、なんかワタアメみたいでうまそう……じゃなくて、なにあれ？　なんだか動いている？　と疑問に思っていると、足元のほうから誰かが近付いて来るような音が聞こえ、動いているように見えたものとは別の白いもやもやが視界に入ってきた。

その瞬間悲鳴を上げそうになった。三十年間生きてきて、こんな変なものは初めて見る。まるで

【プロローグ】


歪《いびつ》な人型なのだ。驚くなというほうが無理がある。

おまけに、気付けば逆側にも同じようなもやもやの人型が……。

「wxrtcyぼkl：：；：pp。」

歪なもやもやの人型が理解できない言語でなにかを話している。

最初はびっくりしたが、感じるのはなぜか恐怖ではなく懐かしいような温かい……あまり帰らない実家に帰ったときのようなあの感覚。その感覚と、物理的にも柔らかく温かい感触が強く自分を包む。安心してすべてを任せたくなるような……。

そして気付いた。自分は〝抱き上げられている〟と。

自由に動かない体。謎の人型に抱き上げられている自分。理解できない言語。

異世界もののライトノベルばかり読んでいたからだろうか――。

まさか赤ちゃんになっている……？

そんな非現実的な発想が脳裏をよぎり、我に返る。

人型は複数いて、大きいのが三人、小さいのがふたり。

もやもやの人型なので、彼らの表情はまったく判別できない。言葉もまったく理解できない。

しかし自分に向かってかけられる〝リリアンヌ〟という言葉だけはしっかりと聞き取れた。

これが自分の名前なのだろうか？


でも、男の自分にリリアンヌって……それ……どう考えても女の子の名前だよね？

第一章　始まりの一年

寝て起きてを繰り返し、恐らく二週間が経った。

自分が赤ん坊になっていることは確定のようだ。どうやら自分は一度死んだらしい。

〝転生〟という言葉が思い浮かぶ。

最後に読んでいたとおぼしきライトノベルの主人公は、事故に遭い、異世界へ転生。……なのだが、そのまんますぎてちょっと笑えない。

それに、転生したとしてもここが異世界という確証はない。言葉が理解できないのは外国だからという可能性もある。

何より白いもやしか見えない。しかし人がいることは歪な人型のもやで確認できたし、最近は上のほうの丸いもや――恐らく灯り――以外にも、白く見えるものがあることを発見している。

白い箱型のものからほの白い霧のようなものが吹き出されると、部屋の温度が上がる。あれはきっと暖房なのだと思う。

そのほかにも、全員が寝静まったように活動の気配が長くやむ時間帯があるので、朧気《おぼろげ》ながらも一日ごとの時間の経過も把握できている。

確証はない。人型たちの行動などから推測しているだけだ。

こうなると、視覚から得る情報がどれほど大事だったかということを思い知らされる。

そんな中で一番の収穫は、自分の体も白く見えるようになったことだった。

最初は見ることができなかった。何日かずっと部屋にいて、相手をしてくれる人型やただ部屋に来るだけの人型を観察していたら、少しずつだが輪郭とまではいかないものの、自分の手が判別できる程度にまで視力（？）が上がったのだ。それにより、この目も成長するということがわかった。

必死に腕を動かし、視界に入る位置まで自分の手のひらを持ってくると、まるで一筆書きにしたように白くて細い線で縁取られた小さな手が見える。相変わらず首はほとんど動かせないので、ほかの部位を見ることはできない。でも、手だけでももっとはっきり見ることができないかと試行錯誤してみた。

その結果、いくつかの発見があった。まず手に意識を集中させることで、細かった線を徐々に太くすることができた。そこで、今度はもっとはっきり見えるように白さの濃度を上げようと意識を集中してみる。すると、太くするときの数十倍の遅さで、ゆっくりと、徐々に徐々に濃度が上がっていく。そして限りなく透明に近かった白が、少し濃くなったとき——。

意識が飛んだ。

どうやら白さの濃度を上げることと、線を太くすることでは、体力の消費量が格段に違うようだ。どこまでやると意識が飛ぶかはわからないので、とにかく意識が飛ぶ限界を見極めるという、今思えば危険な作業からはじめてしまった。

濃度を上げることを限界ぎりぎりまで集中して行い、眠って体力を回復させては、再び限界まで集中する。何度も同じことを繰り返していると、最初の頃のように濃度を上げるほど集中しても、意識が飛ぶほど体力を消費していないことに気付いた。

まぁ単に赤ん坊の体が成長して、体力が増えたのかもしれない。あるいは集中するのに慣れて体力の消費が減ったとか？　この辺は要検証だが、数値化できるわけでもないので気長にやることにする。

自分の体やほかの人の体にも見ることができるこの〝白いなにか〟に、名称が必要なんじゃないだろうか。

現状では言葉がわからないので、他人と会話することは不可能。書物なんかを見ることも読むことも不可能。というか文字自体読めるかわからないし。それ以前に目が見えないということは、読書をするには致命的すぎるので、まったく情報が集まらない。

だがライトノベル好きとしては異世界に転生した可能性と期待を込めて、この白いなにかの名称は〝魔力（仮）〟とすることにした。

素敵な名称だよね、魔力（仮）。生前には存在しなかった不思議で楽しい力。でもまだ確定じゃないから仮称だ。


数日の間、濃度を変えたり太さを変えたりしては、眠って回復するというのを繰り返す。その結果、魔力（仮）を見る視力がさらに成長したようだ。大まかにだが、だいぶまわりのものを把握できるようになった。

もやもやに見えていた不確かな人型だったものが、人間として明確に判別できるようになった。とはいえ、まだはっきりと個人を判別するまでにはならない。あくまでもやもやが人間になった程度である。

今は、接する時間の一番長い人がおっぱいを飲ませてくれている。生後二週間（？）なので当たり前だが食事は基本母乳だ。細部を判別するまでには至っていないので、あまり恥ずかしくない。これがはっきり見えていたら恥ずかしいのかもしれないけど。

いやすでに三十歳の精神年齢で授乳プレイをしているのだ、恥ずかしくないわけがないはずなのだが……。興奮もしないし……。そもそも授乳プレイに興味を抱いたことはあまりない……ほんとだぞ？

なぜだろう、恥ずかしいというよりも安心する、心がじんわり温かくなるなにかを……食事で味わっている。

でも、まぁこの人が自分の……転生してからの自分の母親ではないだろう。産後二週間とは思えない働きぶりだし、恐らくは乳母あたりだろうか。

この人は食事や下の世話やそのほかいろいろなことをしてくれる。抱っこして部屋を歩いたり、抱いたまま本と思われるものを読んでくれたり、歌を歌ってくれたりもする。

本はなにを読んでいるのかまったくわからないし、歌も歌詞は理解できない。

歌に関しては子守唄《うた》のようなものだったりいろいろだった。聞いているととても安らぐ。間違いなくこの人の歌はお金が取れるレベルだと思う。

一日のほとんどをこの人と過ごす。

ベビーベッドに寝かされている間にも、いろいろと話しかけてくれたり、がらんがらんと音が鳴ったりするおもちゃのようなもの——魔力（仮）がないのか、見ることはできないが——で構ってくれる。とはいってもずっとではない。

自分をベビーベッドに寝かせたあとは、部屋の中を掃除しているようだ。赤ん坊がいる部屋だから当たり前だが、掃除といっても埃《ほこり》が舞うような掃き掃除などはやっていない。床をこすったりしているから、雑巾がけでもしているのだろう。

首の可動域が広がってきて、なんとか掃除をしている姿を見ることができたときには、なにやら腕を振っていた。恐らく窓を拭いているのだろう。人は判別できても、窓や壁は判別できないので確証は持てないが。

そして、毎日この部屋にはふたりの小さい人型、恐らく自分の兄弟だと思われる人が来る。声の高低だけではどうにも男女の区別ができない。大人ならば、声だけで男女の区別くらいはだいたいできるのだが。

ふたりが来ると部屋の中がとても賑やかになる。不思議そうに、でも温かみと優しさの感じられる声で話しかけたり、恐る恐る触ってくる。触られたときには、「あー」と声を出したり、自分の小さい指で逆に触り返してやったりすると、ふたりのテンションが上がる。

兄弟(仮)とのスキンシップは日課で、ふたりは結構な時間この部屋にいる。寝室は別のようで、ある程度時間が過ぎると出て行く。

部屋を出るときには必ずふたりが、頬か額にキスをして声をかけてくる。相変わらずなにを言っているのかまったく理解はできないが、毎回同じ言葉だから、おやすみなどと言っているのかもしれない。

いつもは兄弟(仮)と乳母(仮)と自分だけなのだが、二日に一回くらいの頻度で別の人も来る。

その人は女性でとても温かく、自分を抱いているときは魔力（仮）がゆらゆらと体の外にゆっくりと放出されている。放出される魔力（仮）がなんとも心地よく……触るとすごく安心する。

そう、この魔力（仮）は触れられるのだ。

初めて触ったときにはとても驚いた。驚いたなんてもんじゃない、感動した。感動したんだ。

理由はわからない、でもこの放出された魔力（仮）に触れた瞬間に、感動としかいえないなにかが胸の内からあふれた。

魔力（仮）を放出しているのはこの人だけで、その放出も自分を抱いているときだけだ。放出が始まるときと放出が止まるとき、一緒にいる乳母（仮）や兄弟（仮）になんの反応も見られないことから、この現象は当たり前のことなのか……認識できていないだけなのかはわからない。

この女性は恐らく母親だろう。自分を抱いているときに感じる温かさと優しさが兄弟（仮）ととても似ている。いや、はっきり言えば兄弟（仮）以上だ。

乳母（仮）や兄弟（仮）を見る限りでは、魔力（仮）の放出はまったくない。

七日に一度か二度の頻度で来る男性も、やっぱり魔力（仮）を放出したことはない。

この男性に関しては、まだ三回しか会ったことがないから情報もだいぶ不足している。恐らく父親なのだと思う。自分を抱くときの温かさとか優しさとかが、母親（仮）に酷似しているし、兄弟（仮）にも通じるところがある。

父親（仮）がいるときはほぼずっと抱っこされている。といっても部屋に長時間いたことはまずない。いても一時間程度だ。結構忙しい人なのだろう。大変だな、父親（仮）。

今のところまわりの人間はこの五人だけ。まだ生後二週間だし、当たり前かもしれない。

ちなみに乳母（仮）は寝るときもこの部屋にいる。夜泣き対策を含め、赤ん坊をひとりにするわけにもいかないからだろう。当然といえば当然だな。

ただ、自分は夜泣きどころか、この二週間、泣いたことは一度もない。さすがに一度も泣かない赤ん坊というのもどうだろうとは思うが、泣くのはなんか恥ずかしい。こればかりは譲れない。

そんな感じで今日までの二週間を過ごした。この不思議な世界で七日を一週間と数えるなら、だが。

大半を魔力（仮）の成長訓練に費やすことができたおかげか、魔力（仮）の制御もかなり上達した。具体的には太くしたり細くしたり、濃度を上げたり下げたりと、自分の体の中でかなり自在にコントロールできるようになった。

そろそろ次のステップに移ろうと思う。

ずばり、魔力（仮）の放出だ。


母親（仮）の放出した魔力（仮）に初めて触れたときの感動は忘れられない。あの出来事は生後二週間と前世の三十年とを足しても、匹敵するものがないくらい衝撃的なものだった。

あの感動を自分でも再現したい。

でも焦ったところですぐにできるとはとても思えなかったので、下地作りというか、まずは魔力（仮）の制御訓練に集中していたのだ。

そして、二週間かけてある程度自在にコントロールできるようになったので、放出の訓練をすることにした。放出するってことは、魔力（仮）を体の外に出すってことだ。

自分の体の中の魔力(仮)を太くしていてわかったのだが、自分の体以上に太くしようとすると、途端に制御が困難になる。具体的に言うと、腕の太さを少しでも上回る太さにしようとしたら——。

意識が飛んだ。

これにはさすがに驚いた。意識が飛んだということは、腕の太さを上回るほど膨らませた魔力を制御するには、相当な体力が必要だということだ。

しかしこれは、放出訓練を始めたばかりの出来事だ。あの頃に比べたら体力も魔力(仮)を制御する力も格段に上昇しているはずなので、そろそろ意識を飛ばすことなくできるのではないだろうか。

自由に動かせる体の部位で視界に入るのは腕しかないので、制御訓練は基本的に腕を使って行っている。体内で魔力(仮)を動かす分には見なくても大体はできるのだが、放出訓練は制御が極端に難しい。万全を期すためにも、目で見て確認することができる部位で慎重にやるべきだ。

自分の指の魔力(仮)を指ぎりぎりの太さまで太くする。そのまま太くし続けて、魔力(仮)が人差し指の先をほんのちょっと出たくらいだろうか、いきなりドッとかなりの疲労を感じた。この疲労度……確かに魔力(仮)の扱いに多少慣れた程度では、意識が飛ぶのも頷けるというものだった。

一度外に出してしまえば、そのまま時間をおいてもさらに疲労するようなことはない。未体験領域のためどうなるのかわからないので、慎重に少しずつ外に出す量を増やしていく。

さらに、外に出ている魔力(仮)を太くしたり細くしたり、伸ばしたり縮めたり、いろいろやってみる。疲労度的には普段と変わりがない。

どうやら外に出す瞬間が疲れるだけで、魔力（仮）は一旦外に出してしまえば、体の中で制御するのと変わらないようだ。ある程度の量を外に出した状態で実験し、どこまで伸びるのかやってみたところ、五十センチほど伸びたところで制御が不安定になった。

結果として外に伸ばした魔力（仮）は、体からの距離が遠くなるにつれ制御が困難になり、疲労度も上昇するということがわかった。

ここまでやってきたのは魔力（仮）が体と繋がった状態での制御だ。

最終的には体から切り離した状態で、母親（仮）が行ったようにふわふわと魔力（仮）を空中に浮かべたい。なので体から魔力（仮）を切り離してみようとした……のだが、ここで問題が発生した。

どうやって切り離すんだ……？

●・●・●

魔力（仮）と呼んでいる力は、制御するのに体力を消耗する。

ゲームで魔法を使うときに使用する不思議エネルギーの場合、体力も一緒に消耗するパターンは少ない。もしかしたら魔力（仮）というのは間違った名称なのかもしれない。正式名称を早く知りたいところだ。

転生して四週間が経過していた。

毎日兄弟（仮）が遊びに来るし、二日に一度のペースだった母親（仮）は、最近は三日に二度くらいにペースが上がっている。父親（仮）は相変わらずの状態だが、乳母（仮）も変わらず毎日世話をしてくれる。

そんな近頃の一番の変化は、目とその周辺に魔力（仮）を集めて人を見ると、視力がかなり上がるとわかったことだろうか。

視力が少しずつ上がっていたおかげで、目に魔力（仮）を集めなくても、だいぶ人間を人間として判別できるようになっていた。だがこの制御を行うと、顔が見分けられるくらいに細部まで判別できるようになったのだ。

薄々わかってはいたことだが、自分の目はどうやら普通の視力が完全にないようだ。目を見開いているのに見えるのは魔力（仮）のみ。わかる色は真っ暗闇の中に見える魔力（仮）の白だけ。それ以外はない。

魔力（仮）を宿すものならば、魔力（仮）で視力を上げることにより細部まで把握できるようになったが、魔力（仮）がないものはまったく見えない。かなりのハンデを背負って転生してしまったようだ。

ハンデを背負って転生なんて、小説や漫画でもほとんど見たことないぞ？　自分を転生させた神様はどれだけ意地悪なんだよ。

唯一の救いは、魔力（仮）を持つものならば細部まで認識できることか。

魔力（仮）のないものを認識する方法をなんとか見つけなければならないが、視覚に問題がある人はほかの部分が発達すると聞いたことがある。聴力とか嗅覚とか第六感とか？

まだ生後四週だ。焦る必要はないかもしれない。

それでもやはり目が見えないというハンデは、かなりの不安を伴うものだ。無論それだけではなく、生前の家族や友人、パソコンの中身など、気がかりなことを考えればきりがない。

不安を感じないように……感じたくないから、魔力（仮）の制御に没頭するようになった。

兄弟（仮）や母親（仮）たちに構われているときも、意識の半分以上を魔力（仮）の制御に費やしている。そのおかげかマルチタスク能力が飛躍的に上がっている気がする。

生前は複数の仕事を同時にこなすのなんて、ふたつくらいまでが限界だったのだが、現在は制御をしながら兄弟（仮）たちの相手をし、手足を思い通りに動かす訓練もしている。

肝心の魔力（仮）の放出訓練だが、正直行き詰まっている。

まず第一に、体の外に魔力（仮）を出すときの疲労度が半端じゃない。自由に動けない赤ん坊である以上、効率的に体力をつける方法は、とにかく体内での制御訓練の回数をこなすことしか思い付かない。

第二にというか、これが一番の問題だが、魔力（仮）を体から切り離せない。

魔力（仮）を外に出した状態での制御は特に問題はない。だから一部分を限界まで細くするというのも試してみたが、どんなに細くしても切れない。同時に濃度を限界まで薄くしてみても、やっぱり切れない。

伸ばせるだけ伸ばして制御が不安定になると、必ず一番体から遠いところから消滅する。そして、制御が不安定にならないところまで消滅が進むと、消滅が止まり制御ができるようになるのだ。

何度も試したが、消滅を利用した切り離しは無理だという結論に至った。

魔力（仮）の制御自体、伸縮、太さの変更、濃度の変更、柔軟性の変更くらいしか思い付かず、それ以外はやっていない。

柔軟性を変えれば、魔力（仮）を好きな形に変化させられる。すると、強化したい部位を魔力（仮）でしっかり覆うことができる。

覆うといっても、体の内部の、外に出ないぎりぎりのところに魔力（仮）を集めて形を作る感じだ。覆ったところの濃度を上げることで力の強化ができるため、目に魔力（仮）を集め視力を向上させたのだ。ちなみに耳でも同じようにやってみたんだが、こちらは変化がない。ということは、もしかして目が見えていたらこの魔力（仮）は見えなかったのかもしれない、確かめようがないけど。

魔力（仮）を見る力が強化されたんだから、耳を強化すれば魔力（仮）の音が聞こえるようになりそうなものだが、正直そんなの一度も聞いたことがないのでわからないのだ。

こんな感じで放出訓練は行き詰まっている。いや正確に言えば、行き詰まってはいるが、原因究明のための努力を続けているといったところか。

まず体力がついて疲労度の問題を克服できれば、実験の範囲も広がる。柔軟性の変更で部位の強化を発見したように、ほかの訓練でなにか解決のヒントになるようなものが見つかるかもしれない。なので一旦放出訓練は棚上げすることにした。

ひとまず現状の目標は体力をつけること。そしてほかの訓練を発展させる。

また、日常生活における注意事項としては、ヒアリングが多少できるようになったからといって、たとえ言葉を話せるようになっても、今はまだ喋らないこと。最低でも一歳を超えるまでは、「あー」

「うー」程度にしておくべきだと思っている。こんな時期に流暢に喋りだしたらいくらなんでも不気味だろう。

……ヒアリングもまだまだな現状で、とらぬ狸のなんとかだとは十分思うけどね。


生後四カ月が過ぎた。

三カ月が過ぎたあたりから首が据わり、お座りができるようになった。腰や背中を支えられなくてもお座りができたときには、兄弟（仮）が感動して大はしゃぎしていた。

乳母（仮）は大げさなくらいに頭を撫でて、頬をこちらの頬にすりつけまくって喜んでいた。母親（仮）に至っては初めての支えいらずのお座りを見た瞬間、凄まじい量の魔力（仮）を放出していた。こんなに放出して大丈夫なのかと心配になったほどだ。

父親（仮）はもうなんというか、見ているのが恥ずかしいくらいのはしゃぎようで、髭が痛いから顔こすりつけんなよこのイケメンが！　と思ってしまった。

そうそう、魔力（仮）による強化で、顔の造形が判別できるくらいに視力が向上した。それでわかったことだが、この家族……かなり美形だ。

父親（仮）は見たところ二十代後半で、将来はナイスミドルになりそうな感じだ。がっしりとした長身で、身長は百九十センチくらいあるんじゃないだろうか。

母親（仮）は十代前半に見えると言っても問題ないんじゃないか？　実際の年齢は知らないし、

子どもが三人いるのだから童顔なだけだろうけど。父親（仮）を百九十センチと考えると大体百六十五センチくらいか？

どちらもどこの芸能事務所所属ですか？ってくらいに美形だ。当然その子どもである兄弟（仮）たちはそれを受け継いでいるわけで……。ちなみに顔の造形が判別可能になってわかったことがもうひとつある。兄弟（仮）は兄がふたりではなく、兄と姉だった。

兄（仮）は父親（仮）に似ていてイケメンまっしぐらだと思う。姉（仮）も母親（仮）に似ていて美人さんまっしぐらだな。女の子のほうが成長が早いから確かな年齢はわからないが、ふたりとも七歳か八歳くらいだろうか。姉は全体的に母親（仮）のパーツを受け継いでいるようだが、目は父親（仮）だ。鋭い視線は基本的に、部屋に持ち込んでくる勉強道具らしきものを使っているときに見られる。ノートなのか黒板なのか、よくわからないなにかを使っているようだ。そうした道具は魔力（仮）がないので見えないからわからない。

というか、もう四カ月も一緒に暮らしているんだし、いつまでも（仮）はないんじゃないだろうかと。

なので認めることにした。彼らは自分の家族だ。（仮）は卒業だ！

しかし、乳母に関してはどうにもわからない。

ちなみに顔は母親には適《かな》わないというか、種類が違うというか、母親が童顔の美少女のような可愛さだとすれば、乳母は大人の女性ですらっとした美人さんだ。髪はいつもアップにして後ろでまとめている。整った顔立ちからは厳しい感じの印象も受けるが、相手をしてもらったりするときに見る笑顔は、母親に通じる穏やかさと優しさに満ちあふれている。本当に子どもが好きじゃなければ出せない雰囲気だ。それに……目のパーツがなんとなく父親に似ている。もしかして叔母に当たる人なのかもしれない。身長もとても高い。父親ほどではないけど、それでも百八十センチ近いのではないだろうか。

ちなみに自分の容姿は不明だ。鏡には魔力（仮）がないため見られないし、反射なんて当然魔力（仮）がないから見えない。自分の容姿を知る手段といえば、自分で触って確認するくらいだ。

しかし、正直なところよくわからなかった……。触ってわかるなら苦労はない。それにまだ赤ん坊だし、成長はこれからだ。生まれたばかりは真っ赤な猿だろうけど、四カ月も経ったんだから多少は個性が出てきている……はず。

自分の容姿はわからないが体の成長は順調だと思う。まぁ、まだ立つことも這い這いすることもできないからわからないが。

成長といえば、ヒアリングに関しては少し上達した。

いつも一緒にいる乳母がいろいろ話しかけてくれるし、兄姉たちも頻繁に話しかけてくれる。少しずつ単語を覚え、意味を推測し、文章として成り立たせ、雰囲気で内容を理解する。実際に合っているのかどうかを確かめることができないというのがもどかしかったが、四カ月の間この工程を繰り返すことで、少しだけだがヒアリングができるようになった……と思う。

成果は、家族と乳母の名前がわかったことだろうか。

名前は愛称と正式名称があり、正式名称は家族間では使うときが限られ、普段は愛称で呼び合うことが多いようだ。それでも会話に出てくる頻度は高く、どちらも覚えやすかった。

母親の名前はクレアティル。愛称はクレア。乳母と父親が呼ぶとき以外は聞いたことがないが間違いないと思う。

兄の名前はテオドール。愛称はテオ。頻繁に聞く名前その一だったので特に覚えやすかった。

姉の名前はエリスティーナ。愛称はエリー。頻繁に聞く名前その二だったので、テオと同じように覚えやすかった。

乳母の名前はエリアーナ。愛称はエナ。姉の名前と似ているので、やっぱり叔母さんとか血の繋がりがあるのだろうか？

父親の名前はアレクサンドル。愛称はアレク。一番会わない人なので名前の判明も一番遅かった。相当仕事が忙しいようだ。以前は七日のうち一、二回会えたのが最近は七日に一回になっている。

自分の名前も確定した。やはり聞き間違いではなく〝リリアンヌ〟だった。

今更なのだが、女の子だ。いや、今更でもなんでもないな……。

この名前を聞いたときから、確信に近いものを持っていたし、下の世話をしてもらうときにも何度かチラっと見えていたし……。ただ正直、見なかったことにしておきたかったというかなんというか。とにかく、もう認めるしかないだろう。

自分は転生し、女の子になったのだ！

名前のほかには単語をそこそこ。長文でもゆっくり話してもらえれば大体ヒアリングできている……はず。とはいっても会話ができるわけでもないし、意味がちゃんと合っているかも定かではない。もしかしたら名前も間違っている可能性はある。

文字に関してはお手上げ状態だ。なんせ見えないのだから。

本に魔力（仮）があるわけがなく、感触で判断できるわけもなく……。どうしたらいいのだろうか？「読み」ができないのに「書き」ができるわけもなく……ほんとにどうしよう。

とりあえず、なにかいい案が思い浮かぶまで棚上げしておくしかない。

そういえばここ二カ月ほど、二週に一回くらいの頻度でランドルフというご老人の医者が往診に来ている。聴診器に白衣なんていう医者然とした感じではないが、胸やお腹周りを触診し、目を診ていく。

やはり目が見えていないというのは、家族全員わかっているようだ。人のいる場所なんかがわかっている様子なのは、音や空気の流れで捉えていると思っているのだろう。

実際は魔力（仮）が見えるからだけど。

目の問題をわかっているということは、外見上でわかる症状があるのだろうか？　目の焦点が合っていなかったり、濁っていたりするのかも。視覚障害者の目のことはあまり知らないが、どこかでそんなことを聞いた覚えがある。

今日も同じようにランドルフ医師が往診に来て胸やお腹周りを触診してから、上下のまぶたを指で開き瞳を診ていった。同席していた母親のクレアとなにかを話していったが、会話はあまり理解できなかった。

●•●•●

部屋に戻って来たクレアに抱きしめられたが、そのときには魔力（仮）の放出はなかった。

生後七カ月が過ぎた。

体の成長は順調で這い這いもできるようになり、つかまり立ちも可能になった。

ヒアリングに関しては相当な早口か、新しい固有名詞でもなければ十分に聞き取れるレベルになった。意味もだいぶ理解している。内容の整合性も大体とれている。話すことに関しては一歳になるまで禁止と自分に課しているので、特に変化はないけれど。

話す練習をしたいとは思うが、基本的に朝から夕方まで乳母のエナが付きっきり。夕方からは兄のテオと姉のエリーのどちらかが夜寝るまで側にいるので、練習なんてできるわけがない。また、ベビーベッドの横にエナ用のベッドが置いてあるので、就寝時間を使って練習というわけにもいかない。

行動範囲も広がったため、目が見えないことで危険が増えるのは容易に予想できることから、常に誰かがいるという状態だ。まぁ這い這いができる前から、エナかテオとエリーかクレアが必ず付いていたけど。

食事も母乳から離乳食へと切り替わる時期なのか、薄味のスープや果実水のようなものから始まり、柔らかい果物やなにかよくわからないものをすり潰したものを食べるようになった。

最近では少しずつ固形物も増えてきている。当然小さくみじん切りにされたものだが。ただ完全に母乳から切り替わったわけではなく、離乳食のあとに少し母乳を吸うみたいな感じになっている。なんで離乳食に完全に切り替わらないのかはわからない。慣れさせているのだろうか?

魔力(仮)の訓練は以前と同じメニューをこなしている。体の外に魔力(仮)を出す、放出一歩手前訓練も回数を格段に増やしている。

この三カ月の間で体力は相当増えたようだ。放出一歩手前訓練を何度やっても、あまり意識が飛ばなくなった。もちろんやりすぎは禁物だが。

放出一歩手前訓練は、体力の消費量がほかの訓練とは段違いに高いので、見極めが難しいのだ。はっきり意識があって、疲労をさほど感じていなくても、突然意識が飛ぶのだから厄介だ。とりあえず今は訓練の回数を覚えておくことでなんとか対処するしかない。ある程度放出一歩手前訓練をやったら、あとは通常訓練メニューをこなすといった感じにしたら、体力的にも魔力（仮）的にも安定している。

ちなみに魔力（仮）の切り離しに関しては……まったく進んでいない。

放出の訓練を始めてから早七カ月。まったく進んでいない状況に、自分の精神が疲弊《ひへい》しているのはわかっている。だが、あの感動を再現したいという気持ちはいまだ変わっていない。しかしそれとこれとは別問題で、心が折れるのを防止しておく必要はあるだろうと思い、放出一歩手前訓練と名付けた。現実逃避だとはわかっているけど、やらずにはいられなかった。

あぁ……魔力（仮）って、どうやって体から切り離すんだろう……。

そんな遠くを見るような目をしているだろう自分に、エナは本を読んでくれている。

王子様が攫《さら》われたお姫様を助けに行くという、王道中の王道物語で、今はラスボスの悪いドラゴンと王子様が戦う前の口上を述べ合っているシーンだ。

王子様曰《いわ》く「姫を返せ！　そうすれば命だけは助けてやる！」

悪いドラゴン曰く「それが姫の本当の願いだとでも思っているのか！　姫は城に閉じ込められているだけの生活にはうんざりしている！　貴様は姫をまたあの牢獄に戻すというのか！」

なんだろう……悪いドラゴンなのに、この、なんていうか勇者のような……。

悪いドラゴンが嘘八百で王子様を惑わそうとしているとも考えられるが……どうも違う気がする。

王子様曰く「姫は城になくてはならないお方！　たとえそれが牢獄とたとえられる場所であっても、任務を果たすまで！」

あれ……王子様、牢獄だって認めちゃったよ。これ、ほんとに幼児用？

悪いドラゴン曰く「やはり貴様もあの卑劣な王と同じか！　その罪、死をもって償うといい！」

やっと戦闘が始まるらしい、しかし卑劣な王って……城が牢獄で卑劣な王……。姫にとって城が牢獄だって王子様認めちゃったし、それを考えると卑劣な王ってそのまんまの意味で取ってもいいってことじゃないか？　つまりこれ……お姫様を攫った悪いドラゴンって、お姫様を助けたってことじゃね？　どっちが正義の話なの？

「かくして王子様は悪いドラゴンを倒し、お姫様を助け幸せに暮らしましたとさ」

あるぇー⁉　なんかいきなり展開はしょってハッピーエンドになっちゃったよ⁉　戦闘前の口上の意味はあったのこれ⁉

エナは特に疑問もないようで違う本を手に取っているし、こういう幼児向けの本を真面目に解釈しようと思っちゃダメってことかな……？　うーん……しかし納得がいかん。もうちっと最後を工夫するべきじゃないのかね。どっちかっていうと、悪いドラゴン側から見た卑劣な王の内部事情とか知りたい感じだわぁ。もちっと、はしょらんでしっかり書いてほしいわぁ……。

はしょる……。はしょる……？

なんか魔力（仮）放出に関するアイディアが喉まで出かかっている感じがする。なんだろう、もうちょっとしっかり考えてみよう。

魔力（仮）を放出するための工程は——。
一、体の内ぎりぎりまで魔力（仮）を伸ばす。
二、体の外に魔力（仮）を伸ばす。
三、魔力（仮）を切り離す。
今のところ二までは余裕。三がまったく不明。

そういえば、体の外に出した魔力（仮）を切り離すためにいろいろやってみたけど、魔力（仮）が体の内にある状態で切り離すってのはやったことがなかった。外でダメだったんだから、内でも当然ダメだろうという先入観があった。先入観から視野が狭くなっていたようだ、うんうん。

思い立ったが吉日！　やってみるしかないでしょう！

まずは一部分を細く細く……細く……ほえ⁉　切れてる……。なんていうか、繋がっていないのがわかる。こ、こんな簡単に……？

と、とにかくこれをそのまま体の外に出してみよう。制御はできている。伸縮自在で太くも細くもできるし、濃度や柔軟性の変更もできる。切り離す前とあんまり変わらない感じで制御できている。これなら外に出せるはずだ。

慎重に……慎重に……魔力（仮）の塊を人差し指の先に少しずつ移動していく。そしていつものように先端から少し外に出すのと同時に、以前に比べてずいぶん軽くなったが、疲労がきた。しかし完全に切り離した魔力（仮）を外に出すことに成功。

「おおおぉぉぉぉぉおおお」

思わず声に出してしまっていた。普段はまったく喋らないため、エナがびくっとしたのがわかる。

エナの膝のうえで抱えられるようにして、本を読んでもらっていたから。

「り、リリーどうしたの？　無口なあなたがそんな声を出すなんて……そんなにこの本が気に入ったの？　『世界の植木鉢全集』」

ちなみにリリーは自分の愛称だ。

生後八カ月が過ぎた。

あれからエナが読んでくれる本に『世界の観葉樹全集』と『オーベント王国における草花の育て方 Vol.1』などのかなりマイナーっぽいものが増えた。

ちなみにオーベント王国というのがこの国の名称らしい。

初めて魔力（仮）の放出に成功したあと、エナとテオとエリーが大量にそんな感じの本を持ってきたのだ。特に兄のテオは嬉しくてたまらないといった感じで、たくさん持ってきてくれた本の中から、主に木に関する本を毎日読み聞かせてくれる。

姉のエリーはそんなテオを見て、呆《あき》れたように――。

「テオは本当に樹木マニアよね。リリーは木なんかよりお花のほうが好きなんだから、この『今日からあなたも花壇マスター創刊』を読んであげるべきよ」

といった具合で、どっちもどっちな感じだ。

どうやらふたりは花や木がかなり好きなようだ。

テオは特に針葉樹から始まり広葉樹、落葉樹や常緑樹まで、種類や生息気候帯にも関わらず、すべての樹木を愛しているようだ。

エリーはというと、やはり女の子らしく庭の花壇で花を育てているらしい。そのせいか読んでくれる本は草花に偏《かたよ》っている。そう……花だけじゃなくて、草も好きなのだ。

昨日読んでくれた本のタイトルは『煮て焼いて揚げてよし野草全集』だったし、その前に読んでくれた本は『一本でも草』という長編小説だった。ちなみに前後編の二冊仕様で、かなり分厚い本だった気がする。触ったところ、厚さが普通じゃなかった……。

二冊を読み終わるのに三週間かかった。内容は……草原に生える一本の草が二本の足で立つところから始まるという、最初から超展開だったのが衝撃的な冒険活劇だ。

兄が樹木愛好家なら姉は草花愛好家とでも言うべきなのか。イケメン坊っちゃん&超可愛いお嬢様なのに、なんともマニアックだ。

テオとエリーのいる時間のほとんどが樹木&草花本の読み聞かせにかわってからも、魔力（仮）の訓練は続けている。

魔力（仮）の放出に成功したあの日以来、放出訓練は放出後の制御訓練に切り替わった。最初こそ苦戦したものの、今では自由自在とまではいかないが、かなり正確に制御できるようになった。

魔力（仮）が繋がっているときは放出前の感覚に近い状態で制御できていたので、はじめのうちは違いに戸惑ったが、慣れてしまえばあとは努力次第だとわかった。

放出した魔力（仮）は、放出したときの量に応じてコントロールできる回数が決まる。体と繋がっている状態なら、制御可能範囲内で自由に何度でも制御できたのだが、放出した状態では限界があり、その量に応じて柔軟性や濃度、形状を変えられる回数が異なる。魔力（仮）を多く放出すると回数が増え、少なく放出すると減る。コントロール回数が一回未満の量を放出することはできず、放出しようとすると体の外に出た瞬間に消滅する。魔力（仮）を放出でき、さらにはより詳しくわかったことが嬉しくて、調子に乗って放出しまくった結果――。

意識が飛んだ。

そのときはテオの膝のうえで朗読してもらっていたのだけど、寝てしまったと思ったのか、意識が戻ったときはベビーベッドの上だった。体力的な問題はなかった。なのになぜ？　これは要検証だと思い、さっそく慎重に調べてみた。

結果として魔力（仮）は放出すると減ることがわかった。そして時間が経てば自然と回復する。さらに、限界まで放出してから回復させると、魔力（仮）の総量が上昇することが判明。

まだ正確な量まではわからないが、魔力（仮）を放出しまくれば魔力（仮）の総量が増え、放出できる量も増えるということだ。放出できる量が増えるのは大変喜ばしい。制御回数を増やせるのだから、いろいろと実験もしやすくなる。ひとりで実験も検証も考察もやっているんだから。

というわけで、放出させることには成功した。

クレアのときのように、放出した魔力（仮）に触れると心から感動するといったことはなかったが、それでもそれに近い感動と達成感があった。

でもこれで終わりじゃない。放出した魔力（仮）には可能性がまだまだ詰まっている。魔力（仮）の総量や制御に関する可能性も残っている。

転生して八カ月目。目が見えないというハンデはもうどうでもよくなっていた。視覚障害という不安を吹き飛ばして、あまりあるくらいに夢中になれるものを見つけたのだから。


生後十一カ月が過ぎた。

この三カ月の大きな出来事としては、家族の誕生日会があったことか。

生後九カ月目くらいにクレアの誕生日会があった。ベビーベッドのある自分の部屋を、テオとエリーとエナで飾りつけていたようだけど、飾りには魔力（仮）がなかったので見えなかった。手作りだったらしく、触らせてもらった感じでは折り紙で作ったような、よく誕生日会とかで見る輪っかの連なったものだった。

そのほかにも薄い紙で花みたいなものを作ったようだ。自分も、エリーと一緒に紙の花を手伝ったりもした。あまりうまくできなかったけど、家族となにかをするのは初めてだったので楽しかった。

部屋にはたくさんの料理が持ち込まれ、家族だけのささやかだけど温かい誕生日会だった。ちなみにクレアの歳が判明した、二十六歳になったそうだ。

それから数日して、テオの誕生日会があった。今度はクレアとエリーとエナで飾りつけをした。もちろん今回も紙の花を作るのを手伝い、前よりもうまくできた。指先を細かく動かすのに慣れてきたのだろうか。最近始めた手を握ったり開いたりする――にぎにぎ訓練は、着実な成果を上げているようだ。

クレアの誕生日と同じように、部屋に料理がたくさん持ち込まれた。肉系の料理が多かった気がする。香ばしい、いい匂いがいっぱいしていた。やっぱり男の子だけあって、テオはお肉が好きみたいだ。小さく刻まれた料理を自分も食べさせてもらった。彼の歳も判明した、九歳になったようだ。

それから四週間後くらいに今度はエリーの誕生日会があった。

母、兄、姉と誕生日が近いらしく、イベント月間のようだ。今度はクレア、テオ、エナの三人で飾りつけ。触った感じだとかなり歪《いびつ》だったが、紙の花をひとりで作ったらものすごく褒められた。

今回は野菜をふんだんに使った料理が多くて、肉や魚はほとんどなかった。エリーはもしかしてベジタリアンだったのか？　でも、肉も魚も食べていたようだし、単に野菜が好きなのかな。食べられる草も育ててたし。もちろん彼女の歳も判明した、なんと七歳だ。

短い間に三回も誕生日会をやったんだし、さすがにそろそろ打ち止めだろうと思っていた。だがしかし、甘かった。

エリーの誕生日会から四週間も経たないうちに、エナの誕生日会があったのだ。

今度は紙の花以外にも、紙の輪っかの飾りも作るのを手伝った。ごたぶんに漏れず、部屋に料理が運ばれてきて誕生日会開始。魚介類がメインの料理が目立った。若干味が薄いけど美味しかった。オーベント王国は肉も魚も野菜も、普通に食卓に出てくる。食材豊かないい国だ。基本的に素材の味を生かしているのか薄味だ。食べる量もテオやエリーに比べれば少ないが、自分も平均的なゼロ歳児程度には食べていると思う。

エナの歳は二十八歳だった。クレアとふたつしか違わない……やはりクレアは童顔だ。

これで自分と父アレク以外の誕生日会が終わったわけだ。この調子だと次の月にならないあたりに、アレクの誕生日会があるんじゃないかな。

誕生日会ラッシュだし、きっとあるんだろうな！

――結論としては、アレクの誕生日会はまだだいぶ先だった。


誕生日ラッシュが終われば、いつものようにテオとエリーが交代しながら、というか競い合うように我先にというか、そんな感じで樹木と草花の本を読んでくれる日常が戻ってきた。

今はエリーのターンだ。タイトルは『月と太陽とアカネ草』。恋愛系の小説かなと思ったのだが、実際はこれまた最初から超展開の冒険小説だった。どうやら作者は以前読んでくれた『一本でも草』と同一人物のようだ。なんせ、深い谷の底に咲いている赤い草が三本の足で立つところから始まるのだ。

一本、足が増えているよ……。

今回は前後編に分かれてはいないようで、厚さも前の半分以下だ。当然触って確かめただけなので、本当は続きものだったりする可能性もあるが、今のところ聞いている限りではなんとか終わってくれそうな雰囲気だ。

『一本でも草』も最初の超展開以外は結構楽しめる冒険活劇だった。二本足で立ち上がった名もなき草が世界を旅しながら、同じように物理的に立ち上がった草たちと出会い、笑いあり涙ありの冒険を繰り広げるというもの。最初に仲間になった草が死んでしまうというラストは結構泣けた。

安易にお涙頂戴とかいうやつもいるかもしれないが、あれは本気で泣けた。

　読んでくれたエリーも、一緒に聞いていたテオも、エナも、クレアも、往診に来ていて、もう診察は終わってるのにずっと聞いていたランドルフ医師もみんな泣いていた。みんな泣いていたので、話の内容がわかっていると気付かれなくて済んだ。もらい泣きしてるとか思われただろう。ちなみにアレクは例の如《ごと》く仕事でいなかった。

　そんな超展開による驚きと冒険活劇の王道をおさえた『一本でも草』の作者の作品だ、『月と太陽とアカネ草』も無事に終わってくれるだろうと思っていた。だがそれは、はっきりいってしまえば、甘いとしか言えない考えだった。最後の最後でなにを思ったのか、「終わり」とか「Fin」とか「完」とかで締めくくられるべきところを、エリーはこう言ったのだ。

「続く。さぁ、あと二十九巻楽しみだね～リリー」

　一瞬なにを言っているのか理解できなかった。おかしいな。ヒアリングは完璧に近いはずなのに……そうか、固有名詞だな？　また知らない単語なんて出しちゃって、もうお姉ちゃんは意地悪だなぁ。

●・●・●

　生後十二カ月が過ぎた。

　その日、往診に来たランドルフ医師がはっきりと言った。

「リリアンヌお嬢様の目は生涯見えることは叶《かな》わぬ病……〝濁った瞳〟です」

聞いたことのない固有名詞が交じっていた。ご老人は同じ症状の人を何人も訪ね歩き、さまざまな文献を閲覧し、回復した者がいないか探してくれたそうだ。

しかし回復した者はおらず、探し出せた者とさまざまな文献に書かれていた人たち、そのすべての罹患者が日に光を宿さぬ〝濁った瞳〟のままだった。

〝濁った瞳〟――。

ご老人の話を総合すると、白く濁ったような目が特徴の病だという。先天的な患者は滅多におらず、後天的に発症するのがほとんどだそうだ。つまり、生まれつき見えなかった自分は珍しい例らしい。

原因も治療法もわかっておらず、不治の病の一種とされている。

症状は個人差があり、発症すれば数日から数カ月で完全に目が見えなくなり、視界は月の見えない夜のような暗闇状態になる。弱視になるわけではなく、完全なる失明。前兆もなく唐突に発症するらしい。

話を聞いていたクレアはただ一言、「……そうですか……」と言っただけだった。

すべてを諦めているような、受け入れているような……。生まれたときから自分の目は濁っていたのだろうから、わかっていたはずだ。だが、ご老人から発せられた言葉は、母親であるクレアにとって、死刑宣告に近いものだったのではないかと思う。実際にご老人も〝濁った瞳〟の発症者を何十人も訪ね歩き、文献を調べ、間違いではないか確認しているのだから。一縷《いちる》の望みを、違っていてくれという強い願いを、ご老人もクレアも持っていたのではないだろうか。

ランドルフ医師の往診から数日後、今日、自分は初めて部屋を出た。そう、初めてなのだ。

お風呂は部屋にベビーバスが持ち込まれてたし、食事ももちろん部屋で食べているし、トイレはオムツのような布のようなものだったし。

遊び相手のテオもエリーも、エナもクレアもアレクも、みんな部屋に来てくれたが、部屋から連れ出してくれる人はいなかった。ほかに部屋に来る人なんてランドルフ医師くらいなものだ。

部屋を出る必要もなく、部屋から連れ出してくれる人もいなかったが、そもそも自分から出ようとも思わなかった。魔力（仮）の訓練で忙しかったし、夢中だったからだ。

けれど、誰も連れ出す気がなかったというのは、違う。兄のテオは樹木が大好きで、好きすぎて、庭に生えている木を自分で手入れしている。盆栽用のフラワースタンドを自作したと自慢していたりするほどの樹木愛好家で、その素晴らしさを一歳に満たない自分に延々と語っていた。その彼が、自慢の樹木たちを溺愛する幼い妹に直接見せてあげたいと思わないはずがない。

姉のエリーは庭に大規模な花壇を作り、数種類の花と食べられる草と食べられない草となにかよくわからない固有名詞がいっぱいな草を植えて、母のクレアと一緒に世話をしている。花壇のことを嬉々として、テオに負けじとそれはもう延々と自分に語るのだ。そんな彼女が自慢の草花たちを愛する妹に直接見せてあげたいと思わないはずがない。

というか、ふたりとも何度かそう口にしたこと自体はあるのだ。庭を、僕たち私たちの自慢の子たちを、リリーにも見せてあげたい、と。一歳にも満たない自分には理解できないだろうと思ったからこそ、口に出したのかもしれない。実際には、幼い妹の目には映らないと彼らも理解していたんだろう。そう言ったあとは、必ず悲しそうな悔しそうな顔をしていた。

けれど今日、自分は部屋から出た。

もちろんひとりで出たわけじゃない。クレアに大事そうに抱きかかえられ、そのすぐ側にはテオとエリーも付いている。

自分の視界は暗闇に閉ざされている。でもそれだけじゃない。

この〝濁った瞳〟には――もしかして自分だけかもしれないが――魔力（仮）が見える。クレアも、横で一緒に歩いているテオもエリーも、色こそわからないがしっかり見えている。

だから、悲しくはない。


廊下と思われる場所は部屋よりも少し寒かったが、部屋にあった暖房の装置と同じような薄い魔力（仮）が上のほうから一定間隔で出ていたので、快適といって差し支えなかった。

少し進むと上下に揺れるような感覚がした。階段を下りている。初めて知ったが、自分の部屋は二階よりも上にあった。いや、地下へ向かっている可能性もあるか。

余談だが、今着ている服も普段とはだいぶ違う。

いつもスカート付きズボンとか、カバーオールみたいなものを着ているのだが、今着ているのはパフスリーブのバルーンドレスのようなものだ。フロント部分を押さえる大きなリボンが背中に留まっていて、クレアとエリーから「妖精さんみたい」とお褒めの言葉を頂いている。

髪も丁寧にセットされて、ヘッドドレスなのだろうか、ヘアバンドになにかふわふわした装飾がいくつも付いているものを着けている。鏡が見られないから全部自分で触って確かめたのだが、明らかによそ行き用というかパーティ用の服装だ。

服に関しては、魔力（仮）がなくても誰かが着ていれば、大まかにはわかる。けれど、訓練してずいぶん視力が上がった目をさらに強化しても、細部までは把握できない。顔の造形が把握できるようになったあたりから、服を見ることに関しては成長の兆しが見えない。人が着ていない服なんて、一切見えないのだから不思議だ。手に取っている状態では見えず、着ている状態なら見えるというのもわからない。

ちなみにアクセサリーなども、人が身に着けていると大まかにだが見える。まぁ長めのネックレスとか、服のうえに出ているものはよくわからないのだけど。

服というか、身に着けるものに関しては、そういうものなのかもしれない。もっと魔力を見る目を向上させれば、細部まで把握できるようになる可能性は残っているので、まだ諦めるつもりはないが。

そんな感じなので服越しに体が透けて見えることはないし、服を細部まで把握するには、直接触って確かめるしかない。知らないことはまだまだ大量にある。なんだかちょっとわくわくしてきていた。

そんなことを思っているとすぐに階段は終わったようだ。

そのまま少し歩き、テオとエリーがなにかを押している。動きを見るに恐らく扉があるのだろう。両開きのドアを片方ずつゆっくり押し開いているようだ。

両開きのドア……実はこの家はかなり裕福なのか？　普通、両開きのドアなんてないだろう。いや、ここは生前に住んでいた国じゃないし、もしかしたら両開きのドアがスタンダードな外国なのかもしれない。

――などと考えていると扉が開ききった瞬間、バンバンバンという破裂音が聞こえた。

思考の海の中にいた自分はその音に盛大に驚いたが、普段から無口無表情キャラを通していたためか、びっくりしすぎたからなのかは不明だが、一切声は出なかった。

そして聞こえてくるたくさんの祝福の声。中には聞き慣れた声もちらほらとする。

あぁそうか、今日は自分の誕生日なのか。ついに一歳になったんだ。

転生してから一年、長かったような短かったような。

つまりこれは誕生日会なのだ。

暗闇に閉ざされていた視界には、ひたすら魔力（仮）制御の訓練を重ねて得た視力によって、たくさんの人たちが映っていた。

会ったことがある人数はたったの六人。でも自分の誕生日会に集まってくれた人はざっと数えただけで五十人を超えている。こんなにも祝福してくれる人がいる。それだけでなんだか泣きそうになってしまった。

自分を抱きかかえているクレアがゆっくりと祝福の輪の中に入っていく。そして父、アレクの隣に自分を座らせると自身もその横に座った。クレアの横にはエリーが、アレクの横にはテオがいて、周りのみんなから再度祝福の言葉がかけられる。

感動で胸がいっぱいになっていた。そして自分に課した制約のひとつを解く。

ほとんど表情を変えず、無口キャラを通してきた。それも今日で終わりだ。

「ありあとうございましゅ」

ニッコリと、自分にできる最高の笑顔でそう言った。すると……

「「「「「か、可愛いー!!」」」」」

……その反応は正直予想外だよ。


集まってくれた人たちから次々にハグ祭りにされ、ほっぺすりすり祭りにされ、キス祭りにされ……。今はクレアとアレクが誕生日プレゼントを順番に受け取っている。ハグにほっぺすりすりにキスとは、ここは本当に生前住んでいた国とは違うということを、改めて思い知らされた。

ずいぶん遠いところにきたものだ……。

虚空を眺めながら、思考の海に埋没しかけた自分を誰かが抱き上げる。確認するまでもなかったが、クレアだ。どうやらプレゼント授与式は終わったようだ。まったくもってお疲れ様だぜ、お母ちゃん。

「クリストフ家が次女、リリアンヌ・ラ・クリストフの一歳の誕生日会にお集まりいただき、まことにありがとうございます。ささやかではありますが食事をご用意させていただきました。どうぞお召し上がりください」

クレアが挨拶を述べる。

リリアンヌ・ラ・クリストフ。

これが自分の正式な名前のようだ。一歳になって初めて知る自分のフルネームだ。

クレアとアレクが細かく切った食事を口に運んでくれる。

「はむはむもきゅもきゅ」

ここ最近歯が急に成長してきて、少し歯ごたえのあるものでも潰して食べられるようになった。

そろそろ自分で食べはじめてもいい年頃なんじゃないのかと思うのだが、クレアと……特にアレクが嬉しそうに料理を口に運んでくる。こんな親馬鹿丸出しの表情をされたら、スプーンを奪って自分で食べたいなんて気持ちが、心の隅の方に移動して体育座りを始めてしまった。戻って来るまでにはしばらく時間がかかりそうだ。

食事が一段落すると、パーティ参加者による三大祭りが再開される。ハグもほっぺすりすりもキスも、もう一通り終わったと思ってたのにどういうことだよ。されるがままに任せていたのだが、さすがに疲れた……。お腹もいっぱいだし、あんまり激しくされるとリバースしそうだよ。

魔力（仮）の訓練で体力がかなりついているとはいえ、所詮は赤ん坊だ。もうグロッキーですよ、ダウン寸前ですよ、自分のライフはもうゼロですよ。

意識が遠くなる。まぶたが落ちそうだ……。

気が付いたらベビーベッドに下ろされる寸前だった。パチっと音がしそうな感じでまぶたを開けると、ちょうどエナとばっちり目が合った。少し驚いたような彼女だったが、すぐにいつも通りの優しい笑顔を見せてくれる。

「起きちゃったの？　リリー、人がいっぱいのところは初めてだったものね。疲れちゃったよね。さぁもう一度寝なさい？」

諭すように言われたが、正直目が冴えてしまった。

訓練成果のひとつとして、体力の回復スピードがかなり上がっている。もう疲労感は全然ないんだぜ！

なのでジーっとエナを見る。たいていは朗読の催促はこんな感じで行うのだ。ジーっと見ているとそのうち察してくれて、玩具や本を持ってきてくれる。喋らずに意思を伝えるというのはなかなかに難しいが、それでも七割程度の確率で催促に成功する。残りの三割を引き当てても、何度もジーっと見ていれば大体大丈夫なのだ。

「完全に起きちゃったかぁ～。しょうがないわねぇ。なにを読んであげましょうかねぇ」

朗読の催促成功である。

ご本読んで読んでビームのあとはいつも通りに、エナの膝のうえにお座りして読書タイムだ。とはいっても、ヒアリング（仮）訓練と、文意をつかむのにそこまで集中する必要はないため、

同時進行で魔力（仮）訓練と、手足をにぎにぎしたりして体を自由に動かすための訓練も行う。

毎回必ず手足を動かしながら聞いているので、今ではエナも慣れたものだ。特に気にすることもなく選んだ本を読んでいく。

今回はどんなものかな？

「えーと、これは私の最近のお薦めよ～。『蜆《シジミ》の一生～中級編～』」

相変わらずの海産物チョイスだなぁ、エナさんよ。

テオが樹木、エリーが草花。エナはというと、海産物なのだ。その守備範囲の広さは兄姉の比ではない。海に生息するものならほぼすべて網羅しているのではないか、というほど広大だ。海水魚に始まり、深海魚、海草、貝類、果てはプランクトンに至るまで、さまざまな本を読んでくれる。

特に好きなのは貝類のようだ。

「貝の仲間であれば、それ須《すべから》く貝類である」

などと名言風に言っていた。ちなみにこちらからは特に何も催促していないのに、である。

まぁそんな貝類マニアなエナの今回のお薦め、『蜆の一生 ～中級編～』はどんな内容かというと
――。

どこかの砂泥底《さでいぞこ》に生息していた一匹の蜆が二枚の貝で立ち上がるという、超展開から始まった。

あれ……？　なんかデジャヴな……確かに蜆は二枚貝だけどさ……。この作者……もしかしなくても例のあの作品の人か？　貝類にまで手を出していたなんて……。

立ち上がった蜆は隣に住む幼馴染みの蜆とともに成長し、一緒に学校に通ったり、ちょっとしたエロハプニングもあったりしながら、青春を謳歌するという青春学園ものだった。

蜆の青春学園もの。深く考えたら負けだな。

物語が終盤に差しかかり、主人公の蜆がもうひとり（一匹？）の蜆の幼馴染みとの、どろどろ三角関係に終止符を打とうとしたときだった。クレアが部屋に入ってきたのは。

「リリーちゃん起きてたの～？　エナにご本読んでもらってたのねぇ～」

三角関係の結末がちょっと気になったけど、そこで読書タイムは終わりになった。パーティも一段落したから、あとはアレクに任せてきたと言うクレアに抱っこチェンジする。

あれだけお客さんがいたら相手をするのも大変だったろう。実際自分はグロッキーだったし。

まぁ、見上げた母の顔には疲労の陰なんてまったくなかったけれど。

そこで今度はエナが、「では片付けを手伝ってくるわ」と言って立ち上がる。部屋を出る前に額にキスをくれ――。

「リリー誕生日おめでとう」

にこやかに手を振って片付けに向かった。

ふたりきりになると、幸せそうに自分を抱きしめて魔力（仮）を全開で放出するクレア。相変わらずこんなに放出して大丈夫なんだろうかと思うが、どんなに放出しても疲労のかけらも見せないこの人はすごいと思う。

魔力（仮）の放出。

散々苦労して、ふとしたきっかけでできるようになった思い出いっぱいの技術だ。そうだ……今ならクレアのようにできるかもしれない。そう思ったらあとは止まらなかった。

クレアが行う放出のようにふわふわで温かい……そんなイメージをしながら魔力（仮）を放出していく。自分の〝濁った瞳〟には、クレアの放出した魔力（仮）と自分の放出した魔力（仮）が真っ白な雪のように見える。

「なんだかリリーに包まれてるような気がするわぁ～……ふふ……幸せぇ～」

本当に幸せで蕩《と》けそうな笑顔を見せ、クレアが静かに安堵の息を漏らすかのように呟く。

しかし、そんな声も自分の耳を右から左に通過していった。

なぜなら、それどころではないモノが自分の、暗闇と魔力（仮）しか映さない〝濁った瞳〟に映っていたからだ。

あの位置にあるものは窓。壁は魔力（仮）がないから当然見えないし、透過できるわけではないので、外に魔力（仮）のあるものがあっても見えなくなる。窓は抱っこされていたときに触る機会があり、ガラスのような感触のものがはまっていたけれど、透過して外を見ることができた。たまに窓の外を小鳥の形状をした魔力（仮）の塊が、結構な速さで飛んでいくことがあるのだ。

そして、ソレは確かにエナがいつも窓拭きをしている場所に、存在していた。

ソレは、子どものテオやエリーと比べても明らかに小さい。恐らく二十センチにも満たないのではないだろうか。その上、背中には薄い濃度の昆虫の羽根のようなモノがある。姿形は人間だ。物語に出てくるような、某ネバーなランドにいるような、あんな感じの。

妖精……?

呆然と、頭の中で呟いた。

第二章　ドヤ顔妖精現る

トンネルを抜けたら……妖精がこっちを見ていた。

約一年前にも頭をよぎった有名な台詞を、一歳の誕生日にまたしても思い出すことになるとは。

……やっぱり後半は少し違ってたけど。

それはそれとして、どうやらやはりここは異世界で決定のようだ。

窓のある位置に、薄い羽根のようなものをプルプル震わせている、小さな人のようなものが見える。魔力（仮）しか見ることができない自分の瞳に、それははっきり映っている。

どこからどう見ても妖精にしか見えないそれは、不思議そうな顔でこちらを見ている。

魔力（仮）の放出を見ているのだろうか？　目線が自分とクレアではなく、その周りに向いているような気がする。

顔立ちや体形は女性のものだ。少女にも大人の女性にも見えるし、どちらにも見えない不思議な顔立ちをしている。

髪は顎のあたりまであり、若干カールが強めで、前髪を自然に斜めに流している。お洒落さんな妖精だな。

色は相変わらずわからないが、全体的に柔らかな印象だ。そんなことを思っていたら、彼女が部屋の中に入って来た。自分の勘違いじゃなければ、窓は閉まっていたはずだ。

まさか通り抜けた……？

窓が開いているなら、エリーの花壇に咲いているさまざまな花の香りがするはずだ。冬季にも綺麗に咲いてくれる優秀な花なのだと自慢していた。

妖精はゆっくりと空中を滑るように飛んで、放出された魔力（仮）に触れている。触れるたびに、顔が綻《ほころ》ぶ。妖精にもこの放出は自分たちと同じように幸せに感じられるようだ。

空中でクルクルと舞い、放出された魔力（仮）をのんびりと触っていく。

そんな彼女を凝視していたら、その視線に気付いたようだ。小首を傾げつつ、妖精が自分の目の前に降りて来る。そのままこちらを見ながらゆっくりと、頭の周りを回り始める。

クレアに抱きしめられているのであまり首を回せないのだが、それでもできる限り彼女を視界に入れようとがんばった。それで妖精は見られていることを確信したようだ。

ちなみにクレアの目の前を通ったにもかかわらず、彼女は妖精に気付かなかった。クレアの反応を見るに、妖精が見えているのは自分だけなのだろうか？

妖精も同じことを思ったようで、あたりを二周したあとにクレアの前に戻って手を振ったりしている。やはり、クレアは気付く様子がまったくない。

クレアは薄くだがちゃんと目は開いていたし、頬ずりしながら魔力（仮）の放出を続けている。目の前にいる目測二十センチの物体に気付かないのはいくらなんでもありえないので、見えていないのだろう。ちなみに自分の放出は、妖精を見つけた瞬間に途切れてしまった。

妖精はクレアに姿が見えていないことを確認すると、こちらに戻って来てなにやら口をぱくぱくさせ始めた。

喋っている？

どんなに耳を澄ませても、彼女の声は聞こえない。それに気付いたのか、妖精は困ったような顔をしている。

うーん、とわかりやすく考えごとをしていたかと思うと、今度はジェスチャーでなにかを訴えてくる。しかしいかんせん意味はわからなかった。

しばらくアレやコレやとがんばっていた彼女だったが、クレアが抱擁を終えて――。

「リリーの好きなご本を読んであげるわねぇ～。どれがいい～？」

そう言って膝の上の定位置に自分を移動させると、積まれているだろう本を取り上げ目の前に持ってきた。本自体は見えないが、クレアの手を見る限り何冊か持っているようだ。

するとクレアの手の横に移動して本を眺めていた妖精が、その中の一冊を指差した。

読んでほしいのだろうか？

とりあえず害意は感じないし、自分にはどれもなんの本なのかわからないし、妖精のリクエストに応えてみよう。

妖精が指定する場所の前に、クレアの手をぺたぺた触りながら少しずつ移動させる。妖精はびしっ！　びしっ！　と、擬音が聞こえてきそうな勢いでアピールしている。

目的の本にたどり着くと、彼女はうんうんと大きく頷いたので、その本をばしばし叩いてクレアに決定の合図を送った。

「はいはい、これねぇ～」

クレアはこんな感じで、いつも本を選ばせてくれる。とはいえ触ったところでなにかわかるわけでもないので、選ばせてもらってもあまり意味はないんだけどね。

普段は、冒頭を聞いて読んでもらったことのある本だとわかったら、クレアの手を叩いたり手を大きく動かしたりしてまた違う本を選ばせてもらう。まぁ今回は妖精が選んだものだし、読んでもらったことのある本でも別にいいかなと思ったけれど。

妖精がまた口をぱくぱくさせている。さっきと同じで声は聞こえないし、読唇術もできないからなにを言ってるのかわからない。けれどぱくぱくし終わったあと、なぜか彼女はドヤ顔になった。

……なんだろう、すごく似合ってる。

選んだ本をクレアが読み始めると、妖精はこちらの肩の上に乗って座ってしまった。いきなり近付いてきたから、ちょっとびっくりしたけれど、こちらのそんな挙動は妖精には関係ないようで気にするそぶりも見せない。

横目で妖精を盗み見ると、足をぶらぶらさせながら、リズムに乗るように頭を揺らしている。なんだかとても楽しそうだ。そんな彼女の仕草を見ながら、いつもとは違う朗読タイムは進む。

朗読タイムは、アレクが部屋にやって来るまで続いた。

どうやら、残っていたお客さんも全員帰ったらしい。肩のうえの妖精はアレクにも見えていないらしい。アレクを見てから妖精を見ると、なぜかまたドヤ顔をしていた。ドヤ顔好きだな、この子。

アレクが膝の上に自分を移動させ、朗読タイムは終了となった。今度はアレクとのスキンシップタイムとなるようだ。

誕生日会のときに、一歳になったばかりの子どもがお礼を言うという暴挙をやらかしてしまったためだろうか。アレクが抱き上げた自分と視線を合わせるようにして「パパだよ、パ・パ」とか言い始めた。

お礼を言ったあとに「こんなにたくさんの人の前でお礼が言えるなんてすごい！　天才だ！」とか「うちの子なんてお礼が言えるようになったの二歳近くだったのにすごいわぁ！」と騒ぎになり、正直やらかしてしまった感がすごかったので、自重しようと思ったところにこれだ。

当然、シカトしてやりましたよ！

それにめげずに何度もパパ、パパと繰り返すアレクを、妖精はなにか悲しいモノでも見るかのような目で見ていた。わかるよ妖精ちゃん、でもそんな悲しい顔はやめてあげて。

アレクと自分のスキンシップタイム、もとい一方的にパパ、パパと言ってるアレクを、しばらく見ていた妖精は、なにかを思い出したようで、こちらに向かってまたぱくぱく口を動かし始める。

……だからなに言ってるのかわからないってば。

言うだけ言ったあとに手を振り、なぜかまたドヤ顔になった妖精は、来たときと同じように窓のあるほうへ飛んでいく。そして、やはり窓を開けるような動作もなく、そのまま外へ飛んで行ってしまった。

アレクとのスキンシップは言葉の練習から高い高いに移行していたが、そんなことにはお構いなしで、妖精が飛んで行ったほうをじっと見つめていた。


生後十二カ月と十日が過ぎた。

あれから妖精は毎日部屋へ遊びに来るようになった。毎回窓をすり抜けて自分のところに飛んで来ると、なにかを喋ってからサムズアップしてドヤ顔を見せる。相変わらず声がまったく聞こえないので、とりあえず小首を傾げてからサムズアップし返しておく。そんな自分をエナや家族は少し不思議そうにしながら、微笑ましそうに見ている。

とりあえず、これが妖精と自分の間でのいつもの挨拶。きっと「おはようだぜ。私の顔が見られるなんて光栄だろう」とか「今日もきてやったぜ。嬉しいか、ガキんちょ」とか言ってるんじゃないだろうか。だってドヤ顔だし。

挨拶のあとは、ジェスチャーで意思の疎通を図っている。サムズアップみたいな簡単なものならわかるんだけど、どんどんパントマイムチックになっていくので、なにがなんだかわからない。パントマイムもかなり下手だし……。それでもやりきると、かいてもいない汗を拭く動作をしてドヤ顔だ。いや、汗は見えていないだけかもしれないけどさ。

意味が通じているかどうかは、彼女にとって問題ではないらしい。ドヤ顔で締めくくったあとに、小首を傾げて全然わかりませんよーの合図をしても、アメリカンよろしく「ふーやれやれ」といったむかつく顔をしながら肩を竦《すく》めて首を横に振るし。

そんな感じで挨拶に始まりパントマイムタイムを経て、毎日一緒に朗読を聞いたり、これまで通り魔力（仮）の訓練をしたりしている。

テオとエリーは誕生日会の次の日から、アレクと同じように自分たちのことをなんとか呼ばせようとしてくる。朗読の前や休憩時間、夜寝る前などに、言葉の練習をさせようとするのだ。

自重を決めたので、とりあえず普段は無視して、たまに「あー」とか「うー」など適当に言うようにしている。この調子で徐々に徐々に単語を増やしていこう。

あまり目立つのも危険だ。なんせこの家、自宅に百人規模の客が入るパーティールームがあるのだ。しかも三人目の子どもの一歳の誕生日に、それまで一度も会ったことのない人たちが、百名近く駆けつけるんだ。

それだけで十分親の立ち位置ってものが推測できる。相当な金持ちかお偉いさんだろう。まぁ、まだ親戚が超多い家系っていう線もあるけど、それはどうかと思う。

ただでさえ目が見えないというハンデがあるのだ。身を守るためにも、目立つことは極力避けなければいけない。いつまでも部屋に閉じこもっていては健康にも悪そうだし、外にまったく出ず、家に引きこもるような選択はなるべくしたくない。でも、目が見えない金持ちの子どもなんて、悪人にとって絶好のカモでしかない。治安状況もよくわからないのだから、なるべく目立たず静かにしているべきだろう。


今日も妖精と一緒に朗読を聞いている。

彼女は、戦闘シーンや台詞のかけ合いになると興奮したようにはしゃぐ。悲しい場面になるとしゅんとしてしまう。妖精の声は聞こえないけど、みんなの声は聞こえているということだろうか？　だったら意思疎通もだいぶ楽になりそうだなと思ったけど、すぐに思い直す。自重しようと決めたばかりじゃないか。

自分の周りには常に誰かがいる。その中で話しかけるのはちょっと難しい。でもやってみる価値はあるんじゃないか。そう思って実はタイミングを計っているのだけれど、早々そんな機会は訪れない。なのでちょっと冒険してみようと思う。

計画はこうだ。

最近数歩だけど安定して歩くことが可能になったので、エナしかいないときに、走行ルートに危険物がないかを手探りで確認する。そして、妖精には定位置で待機してもらう。つかまり立ちと見せかけてダッシュでエナから離れ、妖精に小声で話しかけてみるのだ。

すぐにエナに捕まるだろうから、迅速に行動せねばならない。もちろん妖精の位置も重要な問題だ。近くにいれば置いていってしまう。遠ければ障害物でたどり着けないかもしれない。まだバランスをとるのが難しくきちんと動けるかなんとも言えないし、あらかじめ走る予定の道を確保しておいても抜けがある可能性はある。なんせ部屋の中は魔力（仮）がないものばかりだ。危険がいっぱいどころではない。危険しかないのだから！

とはいっても、そこは視覚障害のある赤ん坊の部屋。そんなに危険なものは当然置いていないし、床はふかふかの絨毯で転んでも安全だ。本も読んでいないときはきちんと本棚に片付けられているようだし、大丈夫だろうと判断したうえでの冒険だ。

まぁそれでも危ないことは危ないので、なかなか踏ん切りが付かなかったりもした。けれど、今日は実行することにする。

這い這いしながら、走行予定のルートに転がっているものを排除していく。走行終了地点でお座りをすると、絨毯をぽんぽん叩いて妖精にここにいてと伝える。はじめはなかなか伝わらなかったが、根気強く絨毯を叩きながら妖精を見ているうちに、やがてうんうん頷いてそこに座ってくれた。

もちろん彼女はドヤ顔だ。もう見慣れたもんだぜその顔、このドヤ妖精めっ。

そこで一旦走行開始地点に戻って、必ず側に付いていてくれるエナも誘導する……のだが、妖精もなぜか付いて来る。ちゃうねん……。しかし、こんなところで諦める自分ではない。何度か同じやり取りをして、妖精をお座り待機させるのになんとか成功した。

さて、舞台は整った。あとは、ダッシュで妖精に近寄って話しかけるだけだ。

ベビーベッドの柵につかまって立ち上がる。エナはそんな自分を見て、いつバランスが崩れてもいいように支える準備にかかる。その瞬間柵を押して勢いそのままにダッシュ！

一歩、二歩、三歩……そしてズサー。

派手にヘッドスライディングを決めてしまった。エナが悲鳴を上げたけど、とにかく作戦を遂行する。幸い、妖精は目の前にいた。

「よーせーしゃんきこーう？　きこーらみぎてあげて」

小声で素早く妖精に伝える。舌足らずなのはこの際仕方がない。派手にヘッドスライディングして、ちょっと動揺しちゃったし。ヘッドスライディングにびっくりしたようで彼女は慌てていたけど、こちらの声は聞こえたはず。あとは右手を上げてくれるのを待つだけだ。なのだが、すぐにエナに抱え上げられてしまう。

「リリー！　大丈夫⁉　怪我は⁉」

お座りさせられて、そのまま全身をくまなく触られる。自分がどこも痛がらないので少し安心したのか、ほっと息を吐いて自分を抱きしめてくるエナ。そこまで心配するとは思わなかったので、ちょっと悪いことをしたと反省しようと思ったのだが——。

「大丈夫そうだけど、あとでランドルフ先生に診てもらわないといけないわ！」

少し大げさだなぁとも思った。

そんなエナにあきれつつも、とりあえず作戦の結果を確認しようとドヤ顔さんを捜すと、あっさり見つかった。ちなみにドヤ顔ではなく、心配そうな表情をしていた。右手は上げていない。

しばらく彼女を見ていたが特に変化はない。それでもじっと見ていると、心配そうな顔から小首を傾げたいぶかしげな顔に変化し、最後にはやっぱりドヤ顔になった。両手の位置は腰、ない胸張ってのドヤ顔だ。当然、右手は上げていない。

これはだめだったのかなぁと思ったけど、とりあえず妖精が帰るまでは結論を急がないことにした。もし声が聞こえていないなら、朗読を聞いていてもつまらないと思うんだけど、どうなんだろう。雰囲気を楽しんでいるんだろうか。

朗読してくれる時のテオとエリーは、それはもう生き生きとしているのだ。なんせそれぞれの趣味で得意分野で愛してやまないものたちの本を朗読しているのだから。

それを嫌がらず、むしろ催促しているように見える妹が可愛くて可愛くて仕方がない、といった感じもあるようだ。テオとエリーは楽しい場面は楽しそうに、悲しい場面は悲しそうに、それはそれは表情豊かに読んでくれるので、雰囲気を楽しむだけでも十分なのかもしれない。


午後の朗読者はエリー。草花愛好家の彼女のチョイスは『宿根草の冬季の生態に関する考察～株分け編～』と論文めいたタイトルの本で、内容はまんま論文だった。

さすがに論文を情感豊かに読むのは難しかったようで、残念ながら興味を引かれず、九割方魔力（仮）の訓練をしていた。

最近は、魔力（仮）を大量放出し、素早く制御するといった訓練を行っている。これまでの訓練で放出と回復を繰り返し魔力の総量がかなり増えているため、大量に放出しないとこれ以上の増加が見込めないからだ。

訓練をしていると、妖精は伸ばされた魔力（仮）を追いかけて捕まえようとしたり、柔らかかった魔力（仮）が突然硬化してびっくりしたりと、魔力（仮）に興味津々なご様子だ。柔軟性を瞬時に変え、さまざまな形状に変化させると、とても喜んでくれる。ちょっとしたアトラクションのような状態だ。こっちも楽しくなってくるので、いい訓練になっている。つらい訓練よりは楽しい訓練のほうがいいのは当然なのだ。

放出した魔力（仮）の制御回数がゼロになると、魔力（仮）は霧散消滅するので、そのタイミングで大体彼女はドヤ顔になる。ほんと好きだなこのドヤ妖精。あんまり調子に乗らせるのも癪なので、一度霧散してもすぐに再度放出して、難易度を上げてアトラクション再開である。

今日の訓練は、朗読終了よりもだいぶ前に終わった。

そのあとはまったりと妖精と一緒に論文を聞いていたけど、あんまり理解できなかった。論文なだけあって、専門用語がいろいろ出てきて意味がよくわからなかったし。でも、聞き終わったあとの妖精の表情は、希望と期待とほかにもなにかがあふればかりにキラキラしたものだった。

理解できたのだろうか……ていうか聞こえてるよね？　聞こえてるよね!?

ちなみに、右手は最後まで上がらなかった。

生後十三カ月が過ぎた。

いつも通り魔力（仮）の制御訓練と手足のにぎにぎ訓練をしながら、頭のうえに座っている妖精と一緒にエナの朗読を聞いてる。

今日のエナのチョイスは『蛸《タコ》の嵐』という冒険小説だ。

どうせ八本足で立ち上がるんだろう？　と思っていたら、あの作品の作者ではなかったようで予想外に普通だった。ちょっとがっかり。蛸に船が襲われる被害が続出する漁村を、旅の勇者が救うといった内容だ。奇抜なストーリーの本が多いだけに、こういう普通の話は逆に新鮮に感じる。

旅の勇者が、船と会話しながら蛸による被害が続出している海域に向かっている。ふむ。船の擬人化かな？　よくあることだ。そろそろ、なにか奇抜なことが起こってもいいんじゃないかと思いながら、放出した魔力（仮）を大きく伸ばす。さらに何本にも枝分かれさせ、一本は鋼のように硬く、別の一本は蛸の足のように柔らかく、それぞれの柔軟性を同時に変化させる。

一連の動作を、大体十秒くらいの時間で行う。これでもかなり早くできるようになったのだ。枝分かれも一本や二本じゃないし、柔軟性も各所で硬度を微妙に変えている。

つい二十日くらい前は、これをやるのに三倍以上の時間がかかっていた。十分赤くなれる成長速度だ。緑のアレとは違うのだよ！　緑のアレとは！

それにしても、いつもなら魔力（仮）の放出制御訓練中は、妖精が魔力（仮）をいじくろうと追いかけ回すのだが、今日に限ってはなにやらおとなしくしている。ちょっと不気味だ。勇者が船と会話し始めた場面や、船がダンディな細マッチョのおじさんになって勇者を乗せたまま海を滑るように駆け巡った場面で、妖精はちょっとびくっと動いたけど、別にそこまで不思議な内容でもないしなぁ。まぁ美少女ではなくダンディなおじさんだったのが誰得展開だとは思ったけど。ダメージ受けたら服とか破けるのかな？


　しばらく訓練しながら、妖精の挙動を静かに観察……といっても頭のうえなのでよくわからないけれど、とにかく様子を探っていると、急に頭のうえの重みが消失した。なにかな？　と思って頭上を見上げようとしたら、すぐに妖精は目の前に降りて来た。こちらに背中を向けて。そしてそのまま、右手の人差し指をピンと伸ばし、ゆっくりと腕を上げて天を衝《つ》く。小首を傾げようかと思ったあたりで、今度はその人差し指をくるくる回し始める。

　なんのパフォーマンスだろうか。今日のパントマイムタイムは終わったと思ったのだけど、まだ続きがあったのかな？　とりあえず見守る。なんだかんだで、妖精の挙動は面白い。見てて飽きることはないのだ。あきれることは多々あるけれどね。

　すると、もったいぶるようにしばらく回していた指を一旦止めたと思ったら、ズビィ！　と効果音がしそうな勢いで上半身を捻って、人差し指をこちらに突きつけてきた。ちょっと驚いたけど、彼女の動きが唐突なのは今に始まったことじゃない。だいぶ、毒さ……慣れてきたな自分。

　その姿勢のままだとつらいんじゃないかと思ったのだけれど、彼女はそんなこと意にも介さずポーズをとり続ける。相変わらず意味の通じないパントマイムだが、今日はちょっと静止する時間が長い。彼女なりに間の取り方を工夫してるのかもしれない、とか思っていたら――。

　彼女の指が伸びた。

　そう、伸びたのだ。え、なに……妖精って指が伸びるの？　と、半ば呆然とゆっくり伸び続ける指を見つめる。

　ゆっくりと、本当にゆっくりと伸び続けている指。第一関節とかどうなってんだろう……第何関節になるんだ？　などと、本当にどうでもいいことを思いはじめたときだった。関節を確認しようと視力を強化して気付いた。

　アレは……指じゃない……？　魔力（仮）……？

　自分とクレア以外の人が魔力（仮）を体の外に出すところは見たことがなかったから、すぐには気付けなかった。よく見れば妖精の顔もいつになく真剣で、かなり集中しているようだ。ポーズはアレだが。

　指から伸びた魔力（仮）は、彼女の身長ほども伸びたあと、一旦止まったかと思ったら左右に広がり始め、妖精を包み込めるくらい広がると、今度は右側から削れるように変化し始めた。そしてゆっくりとなにかを形作っていく。

　しばらく経ってその変化が止まる。

　それを確認してから妖精を見ると、肩を大きく上下させている。彼女が魔力（仮）の放出を行うのを見るのは初めてだし、恐らくは初めてやったのだろう。そうすると自分の経験からいえば、あの制御回数はかなりつらいはず。それこそ意識が飛びかねないほどの。ちょっと……いやかなり感心してしまった。

そんな自分を見て妖精はしきりにドヤ顔だ。あぁいや、いつも大体ドヤ顔だけど、なんか今日は成し遂げた感じがするドヤ顔だ。達成感いっぱいのドヤ顔というべきか。まぁ、つまりはドヤ顔なんだけどね。

ドヤ顔のまましばらく時間が経過する。上下していた肩も、もう落ち着いていた。こちらが何も反応を示さないのを不思議に思ったのか、妖精の眉根に皺がよってきている。

あ、拍手しないのが不満なのかな、と思ってぱちぱちと拍手をする。

自分を膝のうえに抱っこして朗読していたエナが、突然の拍手に「んー？」と言って朗読を中断し、こちらを覗き込んできた。

「どうしたの、リリー？　蛸の足に一本だけある弱点というか……えーと、アレな足には拍手しなくていいのよ？」

アレな足って……エナさんあなた……。一歳児になにを言ってんですか……。

エナの発言に、ちょっとそれはどうなのよとげんなりしていると、ドヤ顔さんが魔力（仮）で作ったなにかを魔力（仮）の出ていないほうの人差し指でしきりに指差している。

やっぱりこの形にはなにか意味があったのかな？

よくよく見てみると、なんだか規則性みたいなものがあった。そう……ローマ字のアルファベットのような、アラビア文字のような。あ、全然似てないやこのふたつ。とにかく、だんだん文字に見えてきたのだ。いかんせん意味はわからなかったけど。なので小首を傾げたら、妖精はがっくりと肩を落とした。

指先の魔力（仮）が霧散して、とぼとぼとしょんぼりしたまま頭のうえに戻って来る元ドヤ顔さん。しかし、そこで気付いた。気付いてしまった。〝魔力（仮）で形作った文字のようなモノ〟は見ることができたのだ。

目が見えないからと棚上げしていた文字の勉強。この方法ならば文字を覚えることも可能ではないだろうか。前提条件として妖精と意思疎通が取れないといけないわけだが……。

ヒントはすでにもらっている。

魔力（仮）で形作られた文字なら、自分の目でも見ることができる。妖精は魔力（仮）で文字を形作ってみせた。

形作ったのだ。

今まで太くしたり、細くしたり、伸ばしたり縮めたり、濃度を変えたり、柔軟性を変えたりはした。でもなにかの形を意図して作ったことはない。クレアと一緒に放出した魔力（仮）は曖昧な温かいイメージだった。

ここは異世界なのだから、恐らく自分の知っている、生前に三十年過ごした国の言葉では通じないだろう。かといって生前のほかの国の言葉は、とてもじゃないが無理だ。せいぜい、単語を少し書ける程度なのだ。それでも可能性がそこにあるのなら……やるしかないでしょう！

しょんぼりしているドヤ顔さんを、頭を倒して振り落としてキャッチ。びっくりしてぷんすかしている彼女に向かって、魔力（仮）で文字を形作る。

まずはひとまずもと母国語だ。

【読めてますか？　読めていたら両手を上げて振ってみてください】

生前とはいえ三十年も使っていた文字だ。結構すんなり作れた。

たった一年ちょっと使わなかったくらいでは、なんの問題にもならない。しばらく文字を出し続けていたが、ぷんすかだった妖精さんは小首を傾げるだけだった。

あ、こっちから見たら読めても、妖精のほうから見たら逆さまじゃないか？　これじゃあ読むの難しいよね。

そこで一旦文字を霧散させて、改めて作り直す。今度は逆さ文字を作らなくてはいけなかったので、ちょっと苦労した。そして、眉根を寄せている妖精をしばし見る。

すると、首を何度か左右に振ったあとこちらを見返す妖精さん。これが文字だと認識してくれたのかな？　でも意味はわからないと？

さっきの彼女の行動が、魔力（仮）で文字を作って意味を伝えようとしたのだとするなら、十分ありうる話だ。じゃあ、次はほかの国の言葉でやってみよう。

結果として、いくつか試した別の国の言葉でも妖精は首を振るばかりだった。もと母国語の何種類もある書き方でも試してみたが、すべてだめだった。

こうなりゃ自棄《やけ》だと、某ゲームで使ったことのある暗号なんかも使ってみたが、だめだった。やはり最初の予想通り、自分の知っている言語では首振り妖精さんには伝わらない。半ば予想していたことだったとはいえ、ちょっとがっかりしてしまった。

でもまだやれることはある。形作れるのは何も文字だけじゃないのだ。文字が使えないのならば、絵を描けばよい！　パンがないなら、ケーキを食べればいいのよ！　どこかのネットさんの名言が脳裏に浮かんで消えた。

懸念はある。だが、今は性別も違う、感性も違う気がする。なんせ転生したのだ！　できるかもしれない、いや……やらねばならない。

唸れ！　我が制御力！

…………。

…………。

完成したモノは……形容し難いひどい出来だった。

唯一の懸念、自分の絵心のなさは転生しても変わらなかったようだ。がっくりと落ち込んだ自分の肩を、妖精が慰めるように叩く。珍しく穏やかに笑ってサムズアップする、妖精の意図がよくわかった。

〝ドンマイ〟

あぁ……これも意思疎通の成功例なんだろうか……。

●•●•●

生後十四カ月が過ぎた。

転生しても自分に絵心がないのはわかった。だがそれで諦めていたら、せっかく繋がった道が閉ざされてしまう。

別に絵で食べていきたいわけでもないし、とにかく妖精に伝わりさえすればいいのだ。それに……魔力（仮）で形が作れればいい。絵である必要性はない。平面でなくても、立体でもいいのだ。

特徴を抑えてそれっぽく見えればいい。はじめは作るのが簡単で、かつわかりやすくて、単語としても使えるものから文字を教えてもらえればいいんじゃないか。

いくつも教わっていけば、共通項から文字の種類や言葉の編成がわかるかもしれない。

もちろん、そんな言語学者のような能力は持っていないが。それでも知らない言葉を学ぶときには、まず単語を覚えないとどうしようもないと思う。

ヒアリングのときだって同じようにして覚えたんだ。やってやれないはずがない。ぶっちゃけ、ヒアリングのほうが遥かに難易度は高いと思う。なにせ雰囲気で意味を理解しなければいけなかったし、聞き間違いなどもあったわけだし。それでも日常会話に困らないくらいには言葉を習得できたと思う。これが大きな自信になっているのは間違いない。

それから一カ月ほどかけて、とにかく単語やそのスペリングをたくさん学んだ。文字の勉強はかなりの時間を使って行っている。

魔力（仮）で身近なモノを形成し、それを妖精に見せる。妖精がソレの名前を魔力（仮）を使って文字にする。その単語のスペルをひとつひとつ覚えていく。覚えたら、何度も何度も魔力（仮）でそのスペルを形作る。作った文字を妖精に見せ、違っている場合は、身振り手振りで指摘してもらう。

最初の頃はものすごく間違えた。そりゃそうだ。手探りで見覚えのない言葉を習得しようというのだから。しかも教師である妖精と会話もできない状態で、だ。

正直、生前ならこんな状況で言葉を習得しようなんて正気じゃないと思っただろう。でもそれは前世の話だ。今は〝濁った瞳〟という大きなハンデがあるんだから、可能性がある限りはやる。何も問題ないじゃないか！

妖精も、最初は一日に作れる単語の数が少なかったけど、毎日文字を作ってもらううちに、どんどん作れる数が増えていった。妖精が凄まじいスピードで成長してくれたおかげで、勉強がとても進んだ。現に、少しずつ言葉を習得している。

テオとエリーによる言葉の訓練もスタートしてしばらく経ったので、「にー」や「ねー」と言ってみた。兄様の〝にー〟と姉様の〝ねー〟だ。案の定、テオとエリーの喜びようはすごいものだった。「やっぱりボクたちの天使は天才だ！」とか「リリーの姉として鼻が高いわぁ！」とか、もうあの親にしてこの子たちありだ。

勉強を始めてからは、朝起きるとすぐに妖精がやって来るようになり、朝食を食べたらすぐに勉強を開始する。朝食のあとはたいてい、エナがお昼近くまで本を朗読してくれるので、朗読を聞くと見せかけて文字の勉強をしているのだ。

お昼を食べたら少しの食休みを挟んでお昼寝タイムとなるので、妖精と一緒にお昼寝している。二時間も眠れば十分。お昼寝のあともたいていエナの朗読になるのですぐに勉強を再開する。

テオとエリーは学校へ通っている。彼らが学校がある日は、お昼寝のあと二時間もしないうちに帰って来るので、帰宅したらエナと朗読を交代し、学校のない日は、お昼寝のあとに彼らの朗読に切り替わる。最近は朗読もあまり集中して聞いていない。今は文字の勉強のほうが優先だ。

ごめんよ、お三人さん。でも内容は覚えてるから大丈夫だよ。前に読んでもらった本だったらちゃんと指摘しているからね！　マルチタスク能力もずいぶん上がったものだ……。

お勉強の先生はといえば、近頃はほとんど朗読を聞いていないご様子。こちらとしては勉強に集中できて嬉しい限りだけれど、朗読を楽しそうに聞いていたのを覚えているのでちょっと心苦しく思うときもある。

夕食とお風呂は休憩タイム。根を詰める必要はないし、適度に休むことも大切だ。とにかく今は文字の勉強が楽しくて仕方ない。生前、こんなに楽しく勉強できたことはあまりなかったので、自分でもびっくりしている。あとは、眠くなるまでずっと勉強。もちろん、兄姉に朗読してもらいながらだ。

こんな感じで一日が終わる。ほとんど文字の勉強漬けの日々だけど、毎日があっという間に終わってしまうくらい楽しいんだから構わない。

頭ばかり使っているように見えるけど、頭の休憩がてら、朗読の区切りがよいときになど、もちろん身体的なトレーニングもしている。とはいっても、文字の勉強とは比べ物にならないくらい短い時間だけどね。

それでも成果はきちんと出ていて、今では歩くのにバランスを崩すことがあまりなくなった。そろそろ普通に走っても、転ばないんじゃないだろうか。走れたところで、目が見えなければなにかにぶつかるだろうけど。

食事のほうも、離乳食を人の手を借りずに自分で食べ始めるようになった。やっとスプーンをひとりで使わせてもらえるようになったのだ。取っ手の付いたコップでなら、飲み物もひとりで飲めるようになった。料理はもちろんのこと、食器も見えないので手を誘導してもらわなければならないけれど、誰かに口に運んでもらうよりはいい。

母乳はついに卒業できた。エナがおっぱいを飲ませようとするところで、顔を背けてイヤイヤと拒否し続けたら、晴れて卒業となったのだ。エナは少し寂しそうだったけど、このくらいの時期にはもう卒業しておくべきだろう。慣れたとはいえ、恥ずかしい。

我ながら実に、成長著しいではないか。

生前はこれほどまでに自分の成長を実感できたことなど、なかったかもしれない。自分が赤ん坊なのが、近頃はちょっとだけ嬉しい。

夜寝る前になると、妖精先生はどこかへ帰って行く。どこに帰るのか聞きたいけど、いまはまだ質問するためのスペリングがわからないので仕方がない。

スペルを覚えた単語もかなりの数になった。そろそろ次のステップに進んでもいい気がする。次は短文だ。

簡単な動作をしている人を魔力（仮）で形作る。ずいぶん手馴れたもので、絵心がないと嘆いていた頃が嘘のようにうまくやれるようになった。例えばコップで飲む動作をしている人を作る。それを魔力（仮）の文字で文章にしてもらい、単語の組み合わせ方を見て、文章の構成を学んでいく。丸暗記に近いけど、塵《ちり》も積もればなんとやら。きっといけるはずだ。

毎日妖精と言葉の勉強。妖精先生もそれが楽しいのか、ずっと付き合ってくれている。最初の頃はスキンシップなんてほとんどしなかったのに、最近では間違えたらチョップしてきたり、正しい文が作れたら頭を撫でてくれたりする。

着実に仲良くなれてるようで嬉しい。彼女は文字の先生であり、転生して初めての友達なのだ。

短文の勉強が始まって、数日経ったある日のことだ。妖精は例によって、文をうまく作れた自分の頭を撫でてくれたのだが、その日は褒め方がいつもとちょっと違った。手で頭を撫でるだけじゃなく、体をすり寄せ、全身で撫でてくれるような感じだったのだ。

するとと彼女の体が触れたとき、鈴の音のような、高めの透き通った声が聞こえてきた。

その声は嬉しそうに、うまく文章が作れたことを褒めていた。耳のすぐ傍で聞こえたその声に聞き覚えがないのは確か。そして、今部屋には兄姉とエナと自分と……妖精しかいない。

聞き覚えがない声。

結論はひとつしかないだろう。これは〝妖精の声〟なんだ。

いままで妖精がどんなに大きな声を出しているように見えても、まったく聞こえなかった声。いったいなにがきっかけで聞こえたのか。

妖精に変わった様子はないので、どうやら彼女は気付いていないようだ。彼女の声がこちらに届いていることに。

しかし、彼女の声が聞こえるということは、もしやこちらの声も彼女に届くのではないか？　そんな期待が浮かぶが、今この部屋には兄姉たちもいる。この状況で会話をするのは、まずい気がする。いやまずい。自分が一歳ちょっとの赤ん坊だということを差し引いても、一歳の誕生日に一言喋っただけですごい騒ぎになったのだ。あの二の舞いだけは避けたい。

現に、あれ以降は元の無口無表情キャラを貫いている。そう、あれからほとんど喋っていないし、表情もほとんど変えていない。いや……なんか慣れちゃって……こっちのが楽なんだもの……。

喋るわけにもいかないし、以前のように冒険するには準備がいるので、覚えた単語で短文を作ってみることにした。THEカタコトだけど気にしない。意味さえ伝わればいいんだ。

妖精に見えるように魔力（仮）で短文を書き出す。

【声 聞こえる】

非常にわかりやすい短文に仕上がった。日々の勉強の成果だな。

「ええ!? ほんとにほんとにき――」

鈴を鳴らすような綺麗な声が驚いた……のだが、途中で聞こえなくなった。妖精が自分の目の前で口をぱくぱくさせ、なにかを喋っている。

あれれ……どうして途中から聞こえなくなったのだろうか。とりあえず現状を報告しよう。

【声 途中 聞こえる ない】

はいカタコトー。でも意味は伝わったようだ。妖精も小首を傾げて、わざわざ魔力（仮）で頭のうえにクエスチョンマークまで作っている。芸が細かい。自分も同じように小首を傾げて、クエスチョンマークを描き出しておく。

状況を整理することにする。
Q．彼女の声が聞こえたのは、どんな状態のときだったか？
A．うまくできたことを褒めてくれて、頭を撫でてくれたときだ。
でも、撫でてくれたことは今までもいっぱいあった。けれど、今回に限り声が聞こえた。それはなぜだろうか。これまでの撫でとさっきの撫での違いといえば――。

体を密着させていたこと？

可能性があるなら、試してみるべきだろう。

そこで、さっそく報告する。

【頭撫でる体くっつく声聞こえる？】

魔力（仮）文字を見た妖精が、すぐに頷きぴたっと額にくっつく。すると、少しして彼女が魔力（仮）文字で聞こえたかと聞いてきた。

全然聞こえなかった。どうやらただ体を密着するだけではだめなようだ。先ほどはどうしていたっけ？　再現して、検証したほうがいいだろう。

というわけで妖精に先ほどと同じ態勢をとってもらう。すると――。

「聞こえるー？」

おおお！　聞こえた！

ちょっと不安げだったけど、妖精の声は確かに聞こえた。すぐに魔力（仮）文字でそう返事をする。

「へーなんでだろうねー？　でもこの状態で私の声が聞こえるんなら、文字の勉強もすごく捗《はかど》りそうだなぁ！」

確かにそうだ。一方通行といえど、どちらかの声が聞こえるというのは非常に大きい。しかも先生役は彼女なんだから、自分が話せるより遥かにいい。

「にしても不思議だなぁ……。普通、妖精族の声は人間には認識できないし、接触しただけで聞こえるなんて話は聞いたことないんだけどなぁ……。今度女王に聞いてみようかな？」

妖精族……。やはり彼女は妖精で間違いないようだ。女王様なんているのか。っていうか、いまこのドヤっさん……妖精の声は人間には聞こえないって言ったよな⁉　知ってるくせに、いままで声をかけ続けてたのか……。まぁ、妖精の存在を視認できる稀有な人間を見つけて、もしかしたらって思ったのかもしれないけど。

それはそれとして、妖精族の女王様かーどんな人なんだろ。気になるので聞いてみよう。

【女王 誰?】

やっぱりカタコトは不便だな。声が聞こえるようになったから、余計にそう思う。早いところ短文でもある程度会話ができるくらいにはならないと!

「女王はね――」

彼女の話の要点をまとめるとこうだ。

・役職的には頂点が女王。
・ほとんどが二千年以上生きる長命種。
・彼女自身も二千年以上生きているらしいが、古参ではない。
・最古参の妖精になると、もう自分が何歳なのかわかっていない。
・〝世界の隣の森〟に住んでいる。
・妖精族を認識できるモノはほとんどいない。
・普段は森から出ることはないが、彼女は女王直属部隊のひとりで、〝特級魔力保持者〟という存在を探している。
・ちっとも見つからないが、任務は気長にゆっくりでいいらしい。
・すでに捜索任務に就いてから三百年くらいになる。超気長だ。
・なんとなく窓を覗いたところ、自分のことが見えるらしい人間を見つけて不思議に思い、いまに至ると。

それにしてもこの妖精……意外とすごいんじゃないだろうか。女王直属部隊ですってよ……。〝特級魔力保持者〟と〝世界の隣の森〟ってのはよくわからなかったけど、また今度聞いてみよう。スペルがわからないから聞くのが難しいけど。

しかし妖精族って長生きだなぁ、二千年って……。妖精っていうかエルフ？　でも自分の知識にあるエルフ像と全然合わないや。まぁ妖精族は妖精族なのだろう。実際に目にして声を聞いて、実在してるんだから仕方ない。

「声が伝わっているのは嬉しいんだけどさー。いったいどんな理由で声が聞こえるようになったんだろう？」

透き通った声に意識を引き戻される。とにかくいろいろ検証してみる必要があるのは確かだ。

まずは密着している状態からちょっとずつ体を離し、どの部分が影響しているのかを調べていく。すると、それが見事にドンピシャな検証方法だったことが判明した。彼女の体の一部が自分の耳に接触していれば、声が聞こえることがわかったのだ。

次は魔力（仮）が体の一部として認識されるかどうか、だ。もし魔力（仮）が体の一部として認識されれば、妖精が伸ばした魔力（仮）を耳に接触させるだけで声が聞こえるということになる。

つまり、彼女の顔を見ながら会話ができるのだ。

結果としては、これまたドンピシャ！　順調な検証結果に、体いっぱいで喜びを表す妖精族のお偉いさん。

そんな彼女を見ていて、ふと思った。

魔力（仮）が体の一部――。

以前、まだうまく魔力（仮）を判別することができなかったとき、ちょっとした思い付きである力を補うことができた。

そう……視力の強化だ。

魔力（仮）で目元を覆うようにしてそのまま濃度を上げると、魔力（仮）を見る視力が向上した。

一方で、あのときは耳に使ってもなんの変化もなかった。

妖精族を認識できる者はほとんどいない。自分の魔力（仮）も家族には認識できない。

ばらばらだったパズルのピースが、少しずつ嵌《はま》っていく気がする。

認識できない、妖精族、魔力（仮）――もしかしたら、妖精族は魔力（仮）でできている？

この仮説が正しければ、魔力（仮）で耳を強化した状態なら、妖精族の声が聞こえるのではないだろうか？

いままでの経験からして、魔力（仮）は物理法則に縛られない。

妖精が魔力（仮）でできているのならば……彼らもまた物理法則から外れた存在であるはず。だから物理法則の下に生きる人間の器官では認識できない。では……視力を強化したときのように、耳を強化すれば。

魔力（仮）は自分が思っていた以上に素晴らしい力なのかもしれない。

なぜなら――。

目の前を浮遊している彼女の魔力（仮）を、自分の体に接触させていなくても、強化した耳には、鈴を鳴らすような綺麗な声がしっかりと聞こえたのだから。

生後十六カ月が過ぎた。

妖精の声が聞こえてから今日までの間に、大きな出来事がふたつあった。

ひとつは、ひとりだけやっていなかった父アレクの誕生日会があったことだ。どうやら、去年は仕事のせいで誕生日会が中止になったため、今年は盛大に行われたようだ。知らない固有名詞がいくつか家族たちの会話に出ていた。その中でも――。

「今年は一斉清掃が今日と重ならなくて本当によかった」

と、アレクがマジ泣きしていたのが印象的だった。

アレクの仕事って清掃作業員なのか……？

あとから誕生日会をすれば別にいいんじゃないかと思ったが、話を聞いていると、この国では誕生日当日しかそういった催しは行われないようだ。宗教上の理由かなにかだろうか？

ともかく、アレクは誕生日会の間中、膝の上に自分を置き、両隣にテオとエリーを張り付けていた。まさに親ばか代表といった満足げな顔で。その分クレアとエナはいろいろと動いていたようだ。

自分の一歳の誕生日ほどではなかったが、出席者の数はかなり多かった。パーティールームのような部屋に、八十人前後はいたんじゃないだろうか。

アレクの音頭で始まったパーティーは、その言葉で出席者がどういう人たちなのか知ることができた。

「みんな、俺の誕生日会に参加してくれてありがとう！　今日は主も使用人も関係ない。みんな無礼講で楽しんでくれ！　乾杯！」

そう……どうやら集まった人たちは自分の誕生日パーティーのときとは違って、使用人らしいというのは、自分の部屋には一度たりとも来たことがない人ばかりだからだ。

家族が屋敷にいないときでも、エナが食事の支度をしている様子はなかったし、自分の誕生日会などでも見かけたことがあるから、ほかに使用人が少なからずいるのだろうとは思っていたけれど、まさかここまでとは。それに、全員が全員参加できるわけがない。警備に就いている人たちもいるだろうし、料理だって何度か運び込まれていたようだ。給仕をしていると思われる人たちもいた。

これは思っていた以上に両親の身分が高いということか。

しかし、使用人たちもなかなかやるじゃないか！　半数くらいが猫耳やら犬耳、果ては兎耳なんかでコスプレしている。誕生日会だから、張り切っているんだな。実に素晴らしい！　ちょっと触らせてくれないかな。

ちなみに、給仕をしている人も半分以上が何かしらのコスプレ装備だ。恐らくアレクの好みなのだろう。

親父よ……いい趣味してるじゃないか！　なかなかやるじゃないかっ！

使用人たちも、終始にこやかに過ごしていた。雇用者と使用人の仲がいいのは、ときに善し悪しあるかもしれないが、自分としては単純に嬉しかった。

なので、主役のアレクに、ちょっとしたプレゼントをあげようと思い立った。

プレゼントといっても、自分はなにができるわけでもない赤ん坊だ。けれど、七日に一度会えるかどうかの忙しさでも、会えば必ず「パパ」とか「お父様」とか呼ばせようと必死だったのだ。その辺をプレゼントにすれば喜んでくれるだろう。そんなふうに安易に考えて実行してしまった。

「おとーしゃま、おえでとーごじゃいましゅ」

結果、後悔はしていないが、反省はしている。だって、広いパーティールームが一瞬で静まり返ったから。「やべっ、やっちまった」と思ったが後の祭りである。……後悔はしていない、たぶん。

大きな出来事のふたつ目は、妖精の名前が判明したことだ。彼女の名前はクレスティルト。愛称はクティ。

名前を知らないままでもあまり不便がなかったためか、声が聞こえるようになって二日経ってからようやく名前を知らないことに気付いた。その上名前を聞き出すのに、ちょっと時間がかかった。なぜなら名前という単語がわからなかったからだ。

物や行動と違ってそのものを形作ることができない単語を学びたい場合、クティに意図を伝えるのが大変なのだ。そこで役に立ったのが、テオが朗読してくれた『この木なんの木、大きな木』という、某CMを思い出しそうな本で、書き出しはこうだ。

我輩《わがはい》は木である、名前は、まだない……。

色々交ざりすぎてないか？　とか、絶対狙ってるよな？　とか、思うところはかなりあったが、この際気にしてなんかいられない。テオがその文を読んだ瞬間、クティを頭のうえから振り落として両手でキャッチ。本を叩いてテオの朗読を一旦ストップさせると、魔力（仮）文字で【本　読む　文字　作る】を形作る。

この四単語は、朗読中に読んだ文章を文字にしてもらうという意味を持つ、クティと自分の間の暗号的なものだ。みんなの朗読を利用して勉強できないかと苦心した結果、この暗号に行き着いた。

〝名前〟という単語を知ることができたので、クティの名前も無事聞き出すことができた。

ちなみに、本を叩いて朗読をストップさせると、最初は朗読担当者が「あれ？　この本読んだっけ？」となったのだが、何度か同じことを繰り返すと、「一時中断」と「既読本」の合図の違いに気付いてくれた。既読本の場合は、本を叩きながら手を大きく振る。一時中断は本を叩いて朗読をやめたあとに、少し置いてから朗読担当者の顔を見上げれば再開される。

正直、こんな赤ん坊が特定の行動を取って自分の意思を伝えてくれることを、不気味に思わないのかと思ったが、そこは彼らの愛という名の目くらましが効いているようだ。

兄姉のシスターコンプレックスとエナと両親の親ばかがこれ以上悪化しないか心配だ。いや……もう遅いかもしれないが。

名前を知ることに成功したことで、クティが魔力（仮）文字を初めて形作ったときに見せてくれた文字の意味がわかった。それは彼女の名前だったのだ。

「すっごい苦労して書いた私の名前を読めないいなんてひどいやつだなー！　って、あのときはすっごく落ち込んだんだからね！」

とは彼女の談だ。でも、いまはもう読めるようになったから許してあげるねっ！　とドヤ顔になるのも忘れてはいなかった。

そして現在も勉強は続いている。

朗読中に、文章構成と各種単語を同時に教わることができるため、これまでよりも効率が段違いに上がり、自分の上達のほどを実感できるようになった。自信が付き、その自信がさらに上達を加速させ、もともと楽しんでいた文字の勉強がさらに楽しくなり、どんどん妖精先生と勉強を重ねていく。

そんなあるとき、ふと思ったことがあった。自分はとても勉強を楽しんでいるが、クティはどうなんだろうか？　彼女と出会い、文字の勉強をするようになってから早三カ月。クティは嫌な顔ひとつしないで言葉を教えてくれる。顔に出やすい……出まくりな彼女だが、確かめておきたいことでもあった。ボキャブラリー不足で以前は質問をひとつするのも苦労したが、今はもう長文だっていける。なので聞いてみた。

【言葉を教えるばっかりで退屈したりしてない？】

「退屈？　そんなのしてるわけないじゃない！　教えてるこっちが楽しいくらいだよ？　でもたまには外に出て遊ばないと、私みたいになれないぞ！」

外かぁ。勉強が楽しいから外に出ようなんて思いもしなかった。まぁ、それ以前に目の問題もある。部屋の中ですら、安全面から走り回ることは難しいし、歩くときも一歩一歩気をつけて歩いているような状況だ。外なんてもっと大変になるのは言うまでもない。

というか、クティは自分が目が見えていないことに気付いていないのだろうか？　彼女は危ないことを進んで提案するような性格じゃないと思うのだ。

三カ月という決して短くはない期間、一日の大半をともにしてきたのだ。たとえ、会話がジェスチャーや魔力（仮）文字だけだったとしても、クティが素直な性格であることはわかっている。だから間違いない。彼女は自分の病気に気付いていないのだ。それなら教えておくべきだろう。

【外は出てみたいけど、病気で目が見えないから危ないの】

「……え？　白く濁ってる……〝濁った瞳〟……ほんとだ……」

目をぱちくりさせると、魔力（仮）文字を見てからこちらの目を覗き込んで、その可愛い目を大きく見開く妖精先生。

やっぱり、気付いてなかったのか……。

「あ、あれ……？　でも私のことは見えるんだよね？　あれれ……〝濁った瞳〟だと何も見えなくなるはずなのに……なんで？」

信じられないといった感じで呆然と呟くクティに、意識的に微笑んでから答える。

【人や、クティの体の中に流れる白いモノが見えるの。それで判別してるんだよ】

「精霊力が見えるの……？　人族のも見えるってことは、魔力も見えるっていうの？　そんなの聞いたことない……すごい！」

呆然と呟いていたかと思ったら真面目な顔で呟き、さらに一転してキラキラと目を輝かせながら両手をパタパタさせて百面相だ。ほんとに見ていて飽きない妖精さんだな。

でも今の発言には聞き捨てならない固有名詞がひとつ、もと母国語で出てきた。これはすぐに確認せねばならない。

【クティ、わからない言葉があったから教えて。最初と途中の言葉】

「あ、えっと……〝精霊力〟と〝魔力〟かな？」

クティは少し考えると、そう喋りながら魔力（仮）文字を作って見せてくれる。こんな文章でもすぐに、こちらの疑問を察してくれるのだから助かる。

【うん、そのふたつ、精霊力と魔力ね、ありがとう】

「うんうん……ってそうか、精霊力も魔力も見えるのは確かだ！　私が出す精霊力が見えるから、文字を理解できるんだし！　魔力が見えてるからあなたは文字を書けるんだし！　なるほどなー、ふっしぎー。すっごーい」

ひとりで納得して、ぱちぱちと拍手する妖精さん。実に可愛らしい。

・・・もと母国語で聞こえたのは〝魔力〟という言葉。これはいったいどういうことだ？

もと母国語はクティには一切通じなかったのに、魔力という言葉だけはあるのか。図らずも仮でつけた名称と同じ……。

なにか作為的なモノを感じるが、確かめる手段がない。偶然という可能性はある。事実は小説より奇なり、という言葉もあることだし。いまは考えても意味がないから、とりあえずあとにしよう。

【ところで、コレは魔力で、クティが出してるのが精霊力なの？】

「うん、そう。妖精族が扱う場合は精霊力。妖精族以外が扱うのは魔力って呼ばれるよ」

【じゃあ扱う種族が違うと名称が変わるだけで、同じものなの？】

同じものでも種族ごとに名称が変わるなんてことは結構あると思うが、念のため聞いておく。

「ううん、似たようなものなのは確かだけど、違うものなの。詳しく知りたいなら専門家がいるから聞いてきてあげるけど……聞いてくるのにすごく時間がかかるかなぁ……」

【違うものなんだ。時間がかかるならいまはいいよ。なにかのついでにお願いしようかな】

「了解！　定期報告に行くときに、ついでに聞いてくるよ。楽しみにしててね！」

そういえば、彼女は女王様の命令でなにかを捜索するために住んでいた森を出てきたんだっけ。

魔力（仮）や妖精の実態にも興味はあるけど、それよりいまは魔力（仮）の正式名称がわかったことのほうが大事だ。仮で付けた名前だったけど、当たっていたことが嬉しい。

とにかく、これで（仮）は卒業だ！

●・●・●

生後十七カ月が過ぎた。

正式名称が判明し、魔力（仮）を魔力と呼ぶことにした。（仮）が取れただけだけどね。

ここは異世界なんだという期待を込めて名付けた仮の名称だったが、まさかドンピシャだったとは驚いた。

魔力という単語の発音が、生前に住んでいた国で使われていたものと同じだったのは気になる。

しかし現状ではクティに詳しい人に聞いてもらうか、魔力に関する本を読んでもらうくらいしか、魔力について調べる方法がない。

魔力に関する本を読んでもらうことは、朗読者の好みを考えるとだいぶ望みが薄い。そもそもそんな本があるのかどうかさえ不明だ。それに、自分以外の人が意識的に魔力を使っているところを見たことがない。クティも詳しくは知らないみたいだし、仕方がない。彼女の里帰りを待つしかないだろう。

そういえば、文字の勉強ばかりしていてそれほど気にしていなかったのだが、ここのところクレアが部屋に来る回数が極端に減っている。別に母親が恋しいわけでもないが、仕事が忙しくなってきたのかな？　程度には思っている。三日に二日は部屋に来たのに、ここ最近では七日に一日か二日と、アレク並みのペースになっている。

まぁ、常にエナかテオかエリーがいるし、クレアがいなくても特別寂しくはない。アレクなんて、いまやたまに来る親戚のおじちゃんくらいの認識だ。

クティとの勉強は、みんなが朗読する文章をクティが適度に書き出し、読み上げて、わからない部分を随時聞く、といった感じで進行している。まだまだ覚えることはありそうだが、朗読を一時中断させたりしないで勉強を進められるようになったので、ペースは上がった。

そのほかにも、クティは〝濁った瞳〟のことを知っていたので、もしかしたら任務中、〝濁った瞳〟に罹《かか》った人に会ったことがあるのではないかと思い聞いてみた。

「ここ百年くらいで三人の白く濁った瞳の人を見かけたことがあるよ。でも、その三人全員が私を見つけることはなかったし、魔力を扱えるとも思わなかったなぁ」

〝濁った瞳〟だと教えたときのクティの言動からして、そうではないかと思ってはいたが、実際にはっきり聞くとちょっとがっかりだ。つまるところ、〝濁った瞳〟という病気自体には、魔力を見ることができるという副産物はないということだろう。〝魔力を見られる現象〟と〝濁った瞳〟には関係性がない、と一応結論付けておく。一応なのは、結論の根拠がクティの言葉のみだからだ。何にしても情報不足なのは否めない。

埃《ほこり》を被らせておく案件がどんどん増えていくことは、もう仕方がないことなのかもしれない。せいぜい忘れないで、ときが来たら埃を払って綺麗に整理していきたいと思う。

今日の朗読者はエリーだったが、ちょうど区切りがついたので、今は休憩中だ。

自分の体重も順調に増加しているようで、九歳のテオは大丈夫だが、七歳のエリーは持ち上げるのに苦労するようになった。そろそろ十キログラムくらいにはなっているのかもしれないけど、体重計らしきものもないし、あっても見えないからよくわからない。そんなわけで、最近エリーは高い高いするのをエナに禁止されてしまった。抱っこしているのだって結構大変そうなのだから、仕方がないだろう。

「はいリリー、あんよが上手。あんよが上手～」

お姉ちゃんよ、あたしゃーもう一応ひとりでも歩けるんだぜ？　なめてもらっては困るのだよ。心の中ではそう言いつつも、エリーに手を取ってもらい歩行訓練をしている。

エリーの気持ちを無碍《むげ》にすることもないし、何よりアレクの誕生日会でやらかしてしまった分、体の成長くらいは年相応かそれ以下に見られるようにしておきたい。

朗読以外でも兄姉とのスキンシップはとにかく多い。抱きしめる、キスするは当たり前、運動するときには手取り足取りを地で行くのだ。それがあまりに楽しそうだから、多少鬱陶《うっとう》しくなっても振り払うような真似はしない。最近は諦観するようにやりすごしている。

まぁなんだかんだで、自分はこの兄姉のことが大好きなのだ。

文字の勉強を始めてからそれなりに経ち、そのペースも落ち着いてきた。

魔力の訓練は文字を書き出すことのほか、総量を増加させるため、寝る前に圧縮した魔力を大量放出することだけは続けていた。裏を返せば、それ以外はほとんどやっていない。なので、そろそろ魔力訓練そのものに比重を戻そうかと思い、考えていた理論を再検証してみることにした。

その理論とは、切り離した魔力は体の一部として認識されるかどうか。実証方法は比較的簡単だ。

ポイントはクティの声が聞こえるかどうか。

クティの声を聞く方法は――。
・クティの体の一部を自分の耳に接触させる。
・クティの魔力――クティの場合は精霊力だけど――を耳に接触させる。
・自分の耳を魔力で強化する。
精霊力と魔力がどの程度違うモノなのか、どの程度まで同じモノなのか。

つまり、体から切り離して放出した魔力を、自分の耳に接触させたときにクティの声が聞こえるかどうか。耳を強化できるのだから、意味はないといえばないのだが、別にやって問題があるわけでもないのでやることにした。

理論といえるほどの理論でもないし、体の一部という認識すら合っているのかと問われれば、正直疑問は残るが、要するに「理論という言葉、かっこいい」「体の一部だとわかりやすい」っていう程度の理由だ。

また、勉強が落ち着くのを待ったことには理由がある。魔力を切り離す感覚を説明するのが、ちょっとした単語だけでは難しかったからだ。いまなら単語も文章もかなりいけるので、問題ないだろう。

魔力と精霊力は似ているようで違うものだと言っていたので、自分が魔力を切り離すときのような感覚でクティが精霊力を切り離せるかどうかはわからないが、知りたいのだから仕方ない。クティにお願いして検証に付き合ってもらおう。

【——という感じで、魔力は体内で切り離せるの】

「……うぅーん……こんな感じかなー！」

魔力の切り離しの感覚を文章にするのはちょっと大変だったけど、なんとか伝わったようだ。

目を強化して、クティの精霊力の動きを観察していると、一繋《ひと》がりだったモノが切り離せている。

自分の魔力の動きとあまり違いはない。というかまったく同じだ。

【うん、そんな感じであとは放出してみて。繋がった状態で制御するのとはちょっと感覚が違うと思うけど、すぐ慣れるよ。がんばって】

「ふぅおー……こ、こうかなー！　あーあーあー確かになんか感じが違うー。こうー！　こうだ！」

ぷるぷる震えながら、切り離した精霊力を放出する妖精さん。ちょっと可愛らしい。

しかし、自分は切り離した魔力の制御をモノにするのに少し時間がかかったのに……。この子、あっという間に制御できてる。クティ……！　恐ろしい子！

【じゃあ、それを私の耳に接触させて、声が聞こえるかどうか確認しよう】

「りょーかーい。ほりゃー！」

精霊力の制御が簡単なのかクティがすごいのか、よくわからなかったが、切り離した精霊力の制御も問題ないようなので、さっそく理論の検証を行う。

クティの掛け声と同時に、勢いよく精霊力が自分の耳に突撃してくる。

勢いをつける意味はまったくないんだけどなぁ……。まぁ、全然痛くもないどころか、感触も何もないから別にいいんだけどね。

【では、耳の強化を解除するから、クティはそのまま声を出してて】

「よしきた！　どんときなさい！」

ドヤ顔妖精さんを確認してから耳の強化を解除する。

「あーあーあーワレワレハウチュウジンダー」

なんでそんな喉を軽く叩きながらやるような超定番のフレーズを知っているのかは一切不明だ。あえて言うならクティだからだろうか。

【もういいよ、問題なく聞こえるね】

「ふふん！　私にかかればこんなもんだよ！　もっと褒めてもいいんだよ！　いいんだよ⁉」

【はいはい、すごいすごい、クティは最高だよー】

えびぞり状態でない胸を張るドヤ顔さんにおざなりに返して、今回の検証は終了した。

いずれタイミングを見て、ほかの人でも耳にクティの精霊力を接触させたら妖精の声が聞こえるかどうかも確かめてみたいが、それは別に急がない。無用なリスクは避けるべきだし、もっと検証を重ねたい。

それに……別にクティの存在を教える必要性もないしね。ふふふ……自分だけにしか見ることができない優越感的なモノに、もうちょっと浸っていたい。

ちなみに、ここ一年ちょっとで二回もやらかしているので、魔力文字を書き出す際は、意識的に女性っぽい書き方をしている。現状では唯一の有効な意思疎通手段でもあるし、練習しておくにはもってこいだろう。性別に関してはいまから意識して気を付けなきゃ、もっとひどいことになりそうだからとか……思ってないよ！

「ワレワレハウチュウジンダー」から五日が経った。

いまはベビーベッドのうえで軟禁状態だ。朗読も禁止で、テオやエリーもおとなしくしている。エナはいつも通り、常に側にいて甲斐甲斐しく世話してくれている。まぁ、今回はちょっと……いや、かなり心配そうにしながらだけど。

ことの起こりは、ワレワレハウチュ……から三日後のこと。

自称理論の検証を無事に成功させて、朗読を聞きながら文字の勉強と魔力訓練を同時進行で進めている最中だった……と思う。曖昧なのには理由がある。テオの朗読が中盤に差し掛かったあたりで、最初に異変に気付いたのはエリーだった。

「リリー？　ちょっと顔が赤いわよ？　どうしたの？　……大変！」

心配そうに声をかけたエリーが額に手を当てたところ、発熱していることに気付いたらしい。正直、自分はぼーっとするなぁ程度にしか当時のことを覚えていない。

エナ、テオ、エリーで大騒ぎになったそうだ。クティも大騒ぎしたようだが、三人には聞こえないのでひとりで騒いでいたようだ。テオとエリーの狼狽ぶりはすさまじいものがあったようで、エナが大騒ぎするふたりを部屋から追い出すほどだった。このへんはあとでクティに教えてもらった。

目を覚ますと、横にランドルフ医師がいた。ご老人の胸からうえが見えたので、ベビーベッドに寝かされていることがわかった。ベビーベッドが高いのではなく、ご老人が小さいのだ。

まぁ老人だしな、身長が縮んだのだろう。あれ？　縮むんだっけ……？　それに……おかしいな、さっきまでテオの膝のうえだったはずなんだけど……。あぁなんか思考がおかしい、頭がぼーっとする。うまく考えられない。

「あ、目を覚ましたのね。大丈夫よリリー、軽い熱だそうよ。先生にお薬をもらったからすぐによくなるからね」

心配そうな笑顔でそう言うエナの顔が見える。

熱を出したのか。まぁ赤ん坊なんて結構、熱出すものだよな、問題あるまい。薬をもらったそうだし。苦くないといいなぁ。あーなんか……意識がぁ……薄く……。

意識が途切れる前に、クティがとても心配そうな顔でなにかを言っていた。

……もちっと……大きな声でぷりーず……。

そんな思考を最後に意識が闇の中に落ちていった。

暗い、暗い。

自分が立っているのか横になっているのかも、まったくわからない。ただ暗い。

まるで、昔海に落ちたときのようだと思った。いや、あのときはひどいパニックだったので、こんなに冷静ではなかった。

そう、いまはとても冷静だ。思考を十分に巡らせることができる。

……さっきまでテオに朗読してもらって……違う。ベビーベッドでご老人に診察されたんだっけ？

曖昧になっている記憶を穿《ほじく》り出すようにしてみたが、ちっともはっきりしない。ここはいったいどこなんだとあたりを見回すが、すべてが真っ黒だ。

でも恐怖はないし……こんな暗くて何も見えないところで、怖くないなんてことがあるのか？

あー……そうだった……ここ一年は似たようなものだったじゃないか。見えるのは魔力の白だけ。あとは全部真っ暗闇だった。

そんなことを思っていると、急に目の前に白い光が満ちた。

視界がすべて奪われる。真っ黒だったのが一転して、真っ白になった。痛いほどの白さに目を開けていることができず、手で光を遮りたかったが、白い光は翳《かざ》した手すら透過する。もはやどうしようもなく、ただ自分の体を全て通り抜けていくような真っ白な光を浴び続けた。

すると、いつの間にか光の形がわかるようになっていた。細かく、ものすごく細かく、その光は流動していてまとまりがない。まるで微生物の群体のようだ。それは、ひとつの生き物のように動き、圧迫感すら覚えるほど力強い生命体のようななにか――。

気付けば光はなくなり、周りには見覚えのある文字が浮かんでいた。

〝起動　条件分岐　強制終了　強制増加　強制減少　最小値　最大値……etc.etc.〟

なんだ……これは……。

かなりの数の文字が浮かんでいる。まるで自分を取り囲むように、守るように。

文字は明らかにもと母国語だ。クティに習った文字とは違う、長年慣れ親しんだあの文字。

状況がまったくつかめない。それなのに恐怖は一切ない。不可思議な安堵感すらある。これが守られているように感じた原因か。

わけのわからない状況に混乱している割には、頭が澄んでいて思考がスムーズだ。これならいつクティのボケが入っても突っ込める自信がある！　現実逃避気味にそんなどうでもいいことを思いながら、周囲の観察を続けていると、下の方になにか床のような地面のような……とにかく、ナニカがあることがわかった。

そのときになってやっと、自分の平衡感覚が復活していることに気付いた。なんとかして、その床のような地面のようなナニカの場所に行こうとするが、どうにもうまく体が動いてくれない。

宙に浮いているような状態だ。

はぁー。どうなってんだこれほんと……。せっかく地面っぽいものがあるのになぁ……宙に浮いた状態なんて性に合わんわぁ。人間大地に立ってなんぼだろうにー。とりあえず、降りろやー！

自棄《やけ》になって適当に叫んでみるが、なぜか声にもならない。しかし、これが功を奏したのか、床のような地面のようなモノに向かって体がゆっくりと降下していく。

おぉ……降りてく降りてく……まったく、ほんとにどうなってんだ！

少しの時間をかけて床のようなモノに到達した。その場所は思ったよりもしっかりしており、自分が立っていても特に問題はないらしい。

そこで、やっと体の自由が戻ってくる。ひとつひとつ確かめるように手足を動かし、ふと気付いた。

自分の手足が生前のそれになっている。びっくりして、一瞬思考が停止した。

なんかもう……なんでもありだなおい、はぁ……。

達観するしかないような、どうでもいいような、そんな奇妙な諦観《ていかん》に陥った挙句、この不思議な現象を受け入れてしまう自分にちょっとがっかりして、軽くため息をついた。


〈不思議現象体験中〉


頭上に魔力文字の看板を出してみた。

現在は床のような地面のようなモノの上を徘徊中だ。何かしらこの不思議現象の解明に繋がればいいのだが、と思いながら適当に歩く。この床のような地面のようなモノは、真っ白な長方形でテニスコート一面分くらいの面積があり、壁も何もない。

「ふむ……なにもないな。ほんと……なにもないな、おい」

口をへの字に曲げながら憤慨したように、いや別に腹を立ててはいないんだけど、独り言《ご》ちる。

この不思議空間にはあたりを見回す限り自分ひとりしかいないようなので、遠慮なく喋っている。

独り言なんて寂しいやつだと自分でも思うが、ここ一年ちょっとは喋ること自体ほとんどなかったのだ。いまくらい発散したい。

「なにもないわけではないか……一応、床……のようなモノと、上に文字があるしなぁ」

それに、自分も在る……なんて哲学的なことを思ったりもした。


〈不思議現象体験中（散歩 Ver.）〉

文字を少し変更した看板を頭上でゆっくり回転させながら、なにかないかと探しながらもう一度歩き始める。そして、床のような地面のようなモノの端から、下を覗いてみたときに気付いた。

「わーを……床がいっぱいだ」

端から見えたものは、無数の床のような地面のようなモノだった。不規則にものすごい数の床が浮いている。果ては霞んで見えない。どうやら自分はそのうちのひとつに立っているようだ。

「ますますわからん……なんだってこんな床ばっかりの不思議空間に来てしまったんだ……」

疑問は膨らむばかりだ。


〈不思議現象体験中（迷子 Ver.）〉

今日何度目か、看板を書き換えて、うーんと首を捻《ひね》る。自分には、まだまだ気持ちの余裕があるらしい。

「見えてるほかの床もここととあんまり変わらないようだな。まぁ見える範囲では、だけど……さて、見るべきものもないし……どうやって帰ったものかねぇ」

足を投げだすようにして、大の字に仰向けになる。頭の後ろで腕を組み、空……ではないけど、謎のもと母国語の文字が浮かんでいる方を見上げる。

「〝起動〟……なにを起動するんだ？」

目についた文字を読み上げ、そのまま、ぼーっと浮かんでいる文字群を眺め続ける。

どれだけ時間が経ったのだろうか。疲れるでもなく、眠くなるでもなく、体調的な変化は一切ない。

本日何度目かわからないため息を吐き出すと、床のような地面のようなモノに投げだしていた体を起こして、手をついたまま呟く。

「はぁぁあぁぁー……帰りてー」

変化は一瞬だった。

浮かんでいた文字がすべて消失し、暗闇がすべてを包み——そして、意識が覚醒した。

まぶたを開けた瞳に暗闇と魔力の白だけが映り、自分があの不思議空間から帰還したことを悟った。

安堵感は特にない。不思議空間でも恐怖心はなかった。最後のほうはちょっと焦ったりもしたけど、それもただ帰りたいと思っただけだった。

帰りたいと口に出したから帰れたのかな……。

不思議空間だけに、わけのわからない不思議な体験だった。ただの夢だったのだろうか。

「リリー、大丈夫？　苦しくない？　つらくない？」

すっかり耳の強化が身に付き、寝起きのようでもクティの声ははっきりと聞こえた。

【うん、平気。心配かけちゃってごめんなさい】

「ううん、心配はいっぱいかけていいんだよ！　だって私たちは友達だもの！　友達にはいっぱいいっぱい頼っていいんだからね！」

安心のドヤ顔さんだ。その言葉に頬が緩みそうになった瞬間、はっと気付く。普段が無表情キャラだから、ちょっとでも微笑するとテオやエリーが騒ぎだす。危ない危ない……っと、ベビーベッドのうえに座って周りを見回す。クティのほかには誰もいないことがわかった。

普段は部屋に誰かしらいるので、おかしいなと思ったら、エナがいつも寝ているベッドの反対側から足が見えた。どうやら、寝相が悪くて落っこちたらしい。ベッドの陰に隠れるように落ちていたので見つけられなかったようだ。

エナってば、意外と寝相悪いなぁ……。

微笑ましく思い、いまが夜だと気付いた。

【クティ、いまは夜だよね？　今日は帰らなかったの？】

「リリーが熱出して苦しんでるときに帰るわけないでしょ！　それに帰るっていうか、いつも適当に飛び回っているだけだしね！　それより！　ご飯になっても起きないし、みんな心配してたんだからね！」

え⁉　いままでクティはどこかに帰っていたわけじゃなかったんだ……。いやそんなことより、自分のことを心配してずっと付いていてくれたのか。それは心配をかけてしまって申し訳ないなぁと思ったが、それ以上に嬉しい。クティ以外誰も見ていないこともわかったので、今度は遠慮なく笑みを浮かべられた。

すると――

「……っ⁉」

クティはなぜかすごくびっくりしたようだ。でも、このドヤ顔さんはどこで驚くのかいまいち読めない挙動の怪しい妖精さんだ。いちいち気にしていたら身が持たない。

【私の熱そんなに高かったの？　いまは全然平気なんだけど。医者のランドルフさんはなんて言ってた？】

「……ぁ、ぇえっと、確か軽い熱だとかどうとか、エナが寝てるあなたに水に溶かした薬を飲ませてた。テオとエリーがすごく嫌そうな顔をしてたけど、苦かった？」

クティもすっかり家族の名前と顔を把握している。

軽い熱か。大事にならなくてよかった。いま元気なのは薬が効いているのかな。よかったよかった。

【寝てたから、苦いかどうかはわからなかったけど。いまはもう熱もないみたい。かなり元気だよ】

「そっかー、元気ならよかったぁ～。あ、でも無理しちゃだめだからね！　ちゃんと治るまでは勉強も訓練もなしだからね。約束して！」

【約束って……信用ないなぁ】

「ふふ……さぁ、寝た寝た！　ちょっとよくなったくらいが一番危ないんだから、しっかり寝ないとだめよ！」

【はーい。それじゃ、おやすみなさい】

優しく穏やかに微笑む妖精さんに促され、ちょっとお腹は空いていたが我慢しつつ眠ることにした。

さっきまで寝ていたはずだけど、案外すんなりと意識を手放せた。

今度はあの不思議空間に迷い込むこともなく、穏やかな夢の世界に旅立てた。

不思議体験の翌日、すごい苦みで目が覚めた。

毒でも盛られたのか⁉　と思うほどの苦さで、眠気が一瞬でどこかに消し飛び、思いっきり口の中の苦みを吐き出してしまった。

「きゃっ！　リリーちゃん大丈夫よ、これはお薬なの。ちょっと苦いけど、我慢してね？」

薬を吐き出して口の中はだいぶましになったが、それでも顔を顰《しか》めるくらい苦い。どうやら、寝ている自分にクレアが薬を飲ませようとしたようだ。

「クレア、ほら、これでまずはリリーを拭いてあげて。毛布はこっちに取り換えて」

「ありがとう、エナ。ほ～ら、リリーちゃん。綺麗綺麗しましょうねぇ～」

思いっきり吐き出したので、かけていたバスタオルのような毛布に薬が飛び散ってしまったらしい。エナに汚れた毛布を預け、渡された布で服や顔を綺麗にしてくれるクレア。毛布だけでなく服にも飛び散ってしまっていたみたいだが、自分の目ではどこまで飛んだのかわからない。

綺麗にしてもらったあとに、エナが違う毛布をかけてくれる。最近は仕事で忙しいのだろう、めっきり会うペースが減ったクレアだが、今日は家にいるらしい。疲れているだろうに、手間をかけさせてしまって申し訳ない気持ちになる。

そんな自分の気持ちとは裏腹に、クレアは嬉しそうに笑っている。

「はい、綺麗になったわねぇ～。よかったねぇ～、リリーちゃん」

久しぶりというほどではないが、会えない時間の分だけ笑顔が素敵になった気がする。

テオやエリーにも負けないくらい、こちらを構っているときのクレアは本当に幸せそうだ。でも、自分に非があるので謝っておこうか。いや、謝ったら謝ったでまた大騒ぎになるかもしれない。うーん……どうしたものか……。

そんなことを考えていると、エナが――。

「目を覚ましたみたいだし、お腹も空いてるだろうから下でなにか作ってきてもらうわ。あと、これも洗濯に回しておくわね。ランドルフ様からは、熱は引いたけどしばらく安静にするようにって言われてるんだから、ちゃんとベッドに寝かせておくのよ？」

「は～い」

まるで妹に言い聞かせるように、クレアを言い含めてから部屋を出て行く。クレアもクレアで可愛らしく返事をしているあたり、ふたりは本当の姉妹なんじゃないのかと思ってしまう。

「さぁ、リリーちゃん。ちょっとだけ寝ましょうねぇ～。エナがすぐにご飯を持って来てくれるわよぉ～。そしたらお薬がんばって飲もうねぇ～」

げ……あの苦いのまた飲まなきゃいけないのか……。一歳児にあの苦さはかなり無茶なんじゃないかねぇ……。

とりあえず、ベッドに横たえられながらも首を振ってイヤイヤしておく。

「だめよぉ～、ちゃんとお薬飲まないと、きちんと治らないかもしれないんだから～」

むむぅ……せめて牛乳とかで味をまろやかにしておくれよ、お母ちゃん……。

牛乳っぽいものは何回か飲んでいるので、この世界にもあるのは知っているんだ。ただそれを伝える術がない。こういうときは喋れないという制限が面倒くさい。

十分くらいで、エナが食事を持って戻って来た。

部屋にいい匂いが充満する。どうやら今日はクレアが食べさせてくれるようだ。誘導こそ必要だが、もうひとりで食べられるようになったんだがなぁ。まぁ一応病人だから、ここは妥協しよう。

クレアが嬉しそうに、あーんと言って、スプーンを口に運んでくれる。昨日も帰らず側にいてくれたクティはそれを見て、自分が食べているわけでもないのに、あーんと口を開けていた。初期の離乳食のようなとろとろの胃に優しいスープを味わっていると、クティも実際には食べていないのに、美味しそうな表情で口を動かしている。

そういえば、クティがなにかを食べているところを見たことがない。たいていは今のような感じで、自分たちが食事をしている横でなにもないのに食べる真似をしている。

【クティは食事をしなくてもいいの？】

「妖精族は基本的に食事はいらないんだけどねー。リリーが美味しそうに食べてるから、なんか真似したら美味しいんだよねぇ～。びっくりだよねー」

なんだかよくわからない答えが返ってきた。食事がいらないって、栄養補給はどうしてるんだろうとか思ったが、それよりも、なにも食べてないのに真似しただけで美味しいって……。

なに？　もしかして他人の味覚とかそういうのを受信してんの、この子？　やだ怖い！

「大丈夫だよー。別に心が読めるわけじゃないしー。真似してると美味しいって感じる気がするだけだよー」

ごくごくたまにこちらの心を読んだように、的確に答えてくることがあるクティさん。やだ怖い！

【やだ怖い！】

「ぷふーっ！」

魔力文字にしたら、笑われた。こんな感じで、冗談も言い合えるくらい仲良くなったのだ。

食事のあとに地獄の苦い飲み薬を我慢して飲んで、お昼寝タイムとなったのだが、いかんせんさっきまで寝ていたので眠くない。エナがその美声で優しく子守唄を歌ってくれるが、全然眠くならない。熱も下がっているし、体調も病み上がりってだけで特に悪くない。

あーこりゃあ、しばらく暇でやばいかもなぁ。そう思って、適当にクティに話を振ろうと魔力文字を作りかけたら——。

「文字の勉強は病気が治るまで禁止！　訓練も禁止！　わかった⁉」

と言われてしまった。

クティとの意思疎通には魔力文字が必須なのだが、それも禁止らしい。すると、ベビーベッドに寝かされたままで会話もできず、暇で暇でしょうがないというわけだ。

子守唄を歌うエナと、自分のお腹をぽんぽんと優しく叩いて睡眠誘導しようとしているクレアを、ぼけーっと眺めるくらいしかやることがない。

そこで仕方なくふたりをしばらく眺めていたら、エナが胸元からなにかを取り出し、それを見たあとクレアに告げる。

「クレア、そろそろ時間よ。戻らないと」

「えぇ～、もうそんな時間～？　リリーちゃんの側にずっとついててあげたいのに～。はぁ～、ごめんねぇ～リリーちゃん……お母さんお仕事がんばってくるから、リリーちゃんはおとなしくして早く元気になってね？　約束だよ～？」

どうやら、今日は休みというわけではないらしい。ため息なんてほんとに珍しい。というか初めて見たかもしれない。いつも明るく笑顔でのほほんとしているのだ。

額にキスをして名残惜しそうに自分を見つめてから、クレアは部屋を出て行った。病気の息子……じゃなかった娘を心配するのは当然なのだろうが、最近のクレアの忙しい様子を見ると、こっちが心配になってしまう。

仕事もほどほどになー、お母ちゃん。

結局赤ん坊の自分にできることなんてほとんどないと諦めて、労いの言葉を心の中だけで呟いた。

しばらく暇をもてあそんでいると、テオとエリーが仲良く学校から帰って来た。どたばたと全力疾走状態で。

「こら！　ふたりとも！　廊下は走っちゃいけないって前にも言ったでしょう！　それに手洗いうがいはしたの⁉　リリーが病気なんだから、普段よりももっと気を付けないといけないのよ！」

「「はーい……」」

部屋に入った瞬間にエナに怒られて、すごすごと部屋を出て行くふたり。微笑ましいなぁと思ったが、隣を見るともちろんクティはドヤ顔だ。

君が言ったんじゃないよ？　エナが言ったんだよ？　わかってる？　ねぇわかってる？　突っ込みたいが、魔力文字禁止令が出ているので我慢しておく。

しばらくして戻ってきたふたりは、ベビーベッドの横に陣取り、ちょっと小さめの声で今日学校であった出来事を話してくれた。朗読はエナに禁止されているので、学校の話をしてくれているの

ドヤァ・・・

だろう。
「それでね、ヤティルが花壇の花を勝手に摘んじゃったのよ。ひどいよね」
「でもそれは教室に飾るための花だったんだろう?」
「まぁ確かに、教室の花瓶に飾ってはあったけど……花壇の花を勝手に摘むのとは話が違うと思うわ」

学校の花壇も漏れなくエリーの管轄のようで、勝手に花を摘んでしまった友達に憤慨しているご様子。テオはきちんと理由を理解しているのか、相手の肩を持っているようだが、エリーとしては教室に飾るのなら花壇の花ではなく、別の花を用意すべきだと思ったようだ。先に一言あればエリーの気持ちも少しは違ったんじゃないかなぁと思ったのだが、当然口にはしない。

そんな感じで午後は夜までふたりの学校の話を静かに聞いて過ごした。

●・●・●

熱が出てから三日目。

ベビーベッドでの軟禁状態が続く中、朝食を食べたあと、ランドルフ医師が来て診察してくれた。

「……ふむ、昨日よりもだいぶ熱は引いておるのぅ。これならば特に問題もあるまい。〝癒やしの青光《せいこう》〟を用意せずとも大丈夫そうじゃ」

額に手を当てたり、喉を見てみたり、胸や背中を触診したりといろいろやってから、知らない固有名詞をご老人が口にする。それを聞いたエナは、胸をなで下ろしている。思うにさっきの固有名詞は、何かしらの薬で症状がひどいときに使うのだろう。そんな予想をしながらクティに聞いてみる。

【〝癒やしの青光〟って何？】

「勉強禁止！　治ってからって言ったでしょー！」

腰に手を当てると、ずいっと顔を近づけてぷんすかしてみせる妖精さん。ちょっとくらいは教えてくれてもいいのではと思ったが、どうにもこの妖精さんは融通が利かない。まぁ、自分を心配してくれてのことだから、仕方ないと諦めて――。

【じゃあ治ったら教えてね】

と文字を出しておく。

「もちろんだよ！　もう基礎の基礎からみっちり教えてあげるんだからね！　私は厳しいよー！すっごく厳しいよー！」

安定のドヤ顔さんが、ない胸を張って鼻の穴を大きくしている。

そうこうしているうちに、ランドルフ医師は診察を終えて退室していった。一昨日はご老人を見ていなかったけど、寝ている間に診察されたのかな。意識を一気に覚醒させたほど苦い薬も、一昨日は飲んでも目を覚まさなかったようで、まったく覚えていない。

今日もベビーベッドで暇な時間を過ごす。

熱もないっぽいし、体調も悪くない。思考はクリアだし、魔力も万全。しかし、それはそれ、これはこれ。エナが常にベビーベッドの側にいるし、クティもベビーベッドのふかふかのシーツのうえに座ってこちらをじーっと見ているし。魔力文字を出そうとすると妖精さんが妨害して――。

「ちゃんと寝なさーい！　治りかけが一番あ――」

と昨日も聞いた台詞を連呼するので、ほんとにすることがない。

エナはエナで一定時間ごとに、何度も額に手を当て――。

「喉渇いてない？　暑くない？　寒くない？　どこか痛くない？」

と聞いてくる。一歳児に返答を求めるのはどうなのよと思うが、心配で心配で仕方ないといった顔をずっとしているので、どうしたものやらという感じだ。なにせトイレへ立つときさえ――。

「すぐに戻って来るから寂しくなったら、すぐに言うのよ！　途中でもすぐに戻って来るからね！洗面所のドアは開けておくから、すぐに叫ぶのよ？」

といった調子だ。洗面所のドアは閉めようよ、と思うのだが、昨日のクレアも同じような感じだったので、諦めるしかないようだ。

そんなこんなでお昼を食べて少し眠ると、少ししてテオとエリーが帰ってきた。今日は全力疾走していないらしく、どたばたという足音は聞こえなかったし、エナが口を開く前に「手洗いうがいしてきたよ！」と先制攻撃をしていた。

すぐにベビーベッドに近寄ってきたふたりは、エナに今日の自分の具合やランドルフ医師に言われたことを聞き始める。特に問題はないことを聞くと、大げさなくらいにほっとしたようだ。

「治りかけが一番危ないんだから今日も朗読はだめよ？　静かにしていられないなら、部屋から出て行ってもらいますからね」

と、ばっちり釘を刺されたときも、ふたりは真剣な顔で頷いていた。そして、昨日と同じように今日学校であった出来事を少し話してくれる。

しかし、しばらくするとエナが「そろそろ部屋に戻って勉強しなさい」と声をかけてきた。暇だったのでふたりの話をもっと聞いていたかったが仕方がない。また暇になるなぁ～どうしよ～とか思っていたら――。

「『今日はここで勉強する！』」

と息ぴったりに言ったふたりが、なにやらごそごそとし始める。

「もう……まったくしょうがないお兄ちゃんとお姉ちゃんね……。静かにするのよ？」

軽くため息をついて、人差し指を立ててウインクするエナ。

ちょ……可愛いすぎですぞ、エナさん！

普段はキャリアウーマンばりの凛々しさを見せるエナの可愛い一面にドギマギしていると、妖精さんが目の前に移動してきた。〝てへ☆ぺろ〟よろしく舌を出して、瞬きを繰り返す。

あぁ……うん……ウインクできない人ってそんな感じだよね……。しまいには指で片方のまぶたを押さえて、てへ☆ぺろしていた。クティらしい実に残念な、てへ☆ぺろだった。

静かに勉強しながら、こちらをチラチラと見るふたりをぼけーっと眺めている。

「はぁ～」

「……ねぇエナ……やっぱり、リリーがつまらなそうだから、本読んであげちゃだめかなぁ？」

つい暇すぎてため息をついてしまったのを、テオが気付く。

「そうねぇ……確かに安静にしてなきゃいけないとは言われたけど、一歳ちょっとの赤ん坊にじっとしてろっていうのは可哀相よねぇ……。あぁ……でもそれで、また体調が悪くなったら……あぁ！　それだけはだめだわ！　だめだめ！　最低でもランドルフ様から許可が出るまでは禁止よ！　禁止っ！」

「「……はぁーい」」

テオとエリーが、お願いエナお姉ちゃんビームを発しそうな表情をしていたが、彼女を陥落するには威力が足りなかったようだ。

そのあとも、何度もチラチラとエナを上目遣いに見るふたりだったが、最後までエナの鉄壁の防御を打ち破るには至らない。そんな様子を眺めながら今日もまったり過ごしたのだった。

ちなみに最後の抵抗として、テオとエリーのふたりは毛布のようなものを持ち込んで。

「「今日は絶対ここで寝る！」」

と言って譲らず、エナも渋々折れたのだった。

熱が出てから四日目。今日もランドルフ医師が診察に来てくれた。

「うむ、もう熱は完全に引いたようですが、念のためもう一日二日は様子を見ましょう」

「わかりました、先生。食事に関しては――」

起きる前から部屋にいたクレアが、ご老人と食事やらお風呂やら薬やらの話をしている。

テオとエリーの通っている学校は、どうやら二日行って一日休み、二日行って二日休みというサイクルのようだ。本日はお休みの日だったらしく、朝食を一緒にとったあと、テオは庭の樹木の手入れ、エリーは花壇の手入れに出ていった。ふたりとも、「心配しないで」とか「すぐに戻って来るからね」と何度もどこへどれくらい行くのかを説明していた。額と頬へのキスも二回や三回じゃ済まない。

ちょっと心配しすぎじゃないですかね、おふたりさん。

これまでずっと生前と同じ感覚で暦を数えていたが、学校は七日間隔で動いているようなので、一週間のような概念が存在するのだろうか？　暦に関してはまったく手付かずだったので、熱を出した日からずっと泊まって一緒にいてくれる妖精様に聞こうと思った……のだが――。

「治るまで勉強禁止ー！」

【ＯＫボス】

と相成りました。

クレアも仕事がお休みなのか、お昼になるまでずっと彼女もエナと一緒に部屋にいた。自分は相変わらずベビーベッドに軟禁状態だが、今日はクレアが少しだけ朗読をしてくれた。ただし、テオやエリーはまだ禁止らしい。

お母ちゃん……自分だけってのはどうなのよ。

「内緒ね？」

と実に可愛らしく言う、三児の母。とても三人も子どもを産んだとは思えないくらいあどけなく、一方で慈愛に満ちた不思議な表情で微笑むものだから、これはイイなぁとつい思ってしまう。

血の繋がった母で、しかも自分の性別は女のはずなのだが、まぁ……生前は男だ。仕方がある まい……そう、仕方ないのだよ！

内緒の朗読会は、エナが「昼食を持ってくるわ」と立ち上がるまで続いた。ちなみに今日のご本様は『涙のデコポン』という、果物の国を舞台にした柑橘系の主人公の農地改革ものだった。


昼食を食べたあとは、テオとエリーは昨日同様にお勉強タイムに突入した。

今日はクレアがいるので、彼女を先生とした勉強会になっている。話を聞いている限りでは、テオは算数、エリーは歴史の勉強をしているらしい。算数は二桁の足し算と引き算だ。だが、どうやら我らがお兄様は算数が苦手のご様子。それに比べお姉様は、クレアに疑問に思ったところを少し聞くくらいで特に問題なさそう。

テオは現在九歳……生前の国で考えると小学三年生のはずだ。二桁の足し算引き算で四苦八苦……う〜ん、相当苦手のご様子だ。比較的簡単な、下手したら一年生でも解けそうな問題をやっている。まぁ……人には得手不得手がある。テオは優しいし顔もかっこいいから、勉強ができなくても特に問題あるまい。まぁできた方がいいだろうけど。

〈**イケメン爆発しろ**〉

とりあえず頭のうえに看板を出して回転させておくことも忘れない。お妖精さまも同じように、看板を出して回転させている。

〈**そんな頭で大丈夫か？**〉

この妖精……ほんとに何者だ？　そんなことを考えているうちに、テオは何度も間違えながらもなんとか全問解き終わったようだ。

「さすがテオね～。この歳でこんな難しい計算ができるなんてすごいわ～」

「ほんとにねぇ～。とっても賢くて、私もお母さんとして鼻が高いわよぉ～」

「兄様は学年でも一番ですものね」

なにやらものすごく褒められている、お兄様。エナとクレアの言葉は親ばか発言かと思って聞き流したのだが、エリーの言葉にはちょっと引っかかってしまった。

……まぁ、生前住んでいた国は義務教育制度があって勉学に力を入れている国だったわけだし、国によってはこんなもんなのかなと納得しておくことにした。


夕食を食べ終えた頃に、アレクが久しぶりに部屋に来た。

自分が熱を出したことは事前に聞いていたようで、どたばたと廊下を走って部屋へやって来る。テオとエリーも部屋にいたのだが、当然のようにエナとクレアに怒られた。自分を心配して走って来てくれたのだと思えば、ちょっと嬉しかったりもするが、それはそれ、これはこれ。

お説教を聞き終えたアレクが自分を抱き上げようとすると、クレアとエナに「まだ様子見よ！」と再度怒られ、ベビーベッドの横でしょんぼりしていた。熱も下がったんだし、抱っこくらい別にいいんじゃないかとも思うのだが、過保護すぎるふたりの勢いを見ると、アレクが悪いんじゃないかと思えてしまうから不思議だ。

仕方がないので、ベビーベッドの柵に顔を突っ込み情けない顔で娘の名前を呼んでいる男の頭を撫でておく。どこの世界でも父親ってのは立場が弱い生き物なのだろうか……。

しょんぼりさんを撫でていると、ドヤ妖精さんが自分の頭を撫でてくれた。

【ありがとね、クティ】

「リリーの頭は私に任せなさい！　たとえ、天が砕けようが、たとえ、大地が裂けようが、私が撫で続けてあげる！」

今日も絶好調のようで何よりだ。

●・●・●

熱が出てから五日目。目を覚ますとエナが窓拭きをしていた。クティはまだおねむさんのようだ。なにやら苦悶の表情で寝ている。

「すべすべまん——」

意味不明だ。きっとゴニオトキシンを食らっているか、テトロドトキシンでも食らっているのだろう。

寝惚け眼でぼーっとエナを眺めていると、クレアがやって来て朝の挨拶と一緒に額にキスしてくれる。エナもクレアが入って来たことで、自分が起きていることに気付いて額にキスしてくれた。そういえば、額のキスと頬のキスには違いがあるのだろうか？　されすぎていて、さっぱりわからんわ。

エナにキスされたあと、ランドルフ医師がやって来た。今日も診察してくれるようだ。ちなみにご老人からキスの挨拶はない。あったとしてもご遠慮したい。

いつも通りに額に手を当てたあとに喉を見て、胸や背中を触診して診察は終了のようだ。相変わらず聴診器などを使わないがイイのだろうか。往診なのだから大掛かりな医療器具は当然持ち歩けないだろうが、それでも聴診器くらいはあってもいいのではないだろうか。

医療に関してはまったく門外漢だが、とりあえずこの前の〝癒やしの青光〟とかいうものが「神に祈って傷や病を治してもらう」的なものでないことを祈るばかりだ。もちろん、神様に祈っておいてやったぜ！

「問題ありませんな。体温も完全に元に戻っているようですし、今日一日様子を見て何もなければ完治と言っていいでしょう」

クレアに問題ないと告げるご老人に、エナが食事について問う。

「先生、では食事も通常のものに戻しても大丈夫ですか？」

「うむ、問題あるまい。ただし、病み上がりなので八分目に抑えるように。それと昨日と同じ薬を出しておくので、しっかり飲ませるようにの」

エナは朝食を取りに部屋を出て行った。今日からやっと通常メニュー解禁のようだ。まぁ、まだあの苦いのは飲まないとだめなようだが。

ご老人の話を聞いたクレアの安心したような、でもまだ少し心配の残ったような顔が近付いてくる。

「リリーちゃん……お母さんは今日もお仕事に行かないといけないの……。おとなしくして、エナの言うことをちゃんと聞くのよ？　でも、寂しくなったらすぐにエナに言うのよ？　なにがあっても、騎士団全員壊滅させてでも帰って来るからね？　……あぁ～、リリーちゃん～ママ行きたくないよ～。うぅ～」

子煩悩なクレアを見て、ご老人が穏やかに微笑んでいる。

騎士団なんていたのか……それでそれを壊滅させても帰ってくるのか。うちのお母ちゃん、はんぱねーっす。

何度も何度も額にキスし、さらに額と額を合わせてじーっと心配そうな寂しそうな瞳で覗き込んでくるクレア。心配させてしまったなぁ……と申し訳ない気持ちになるけど、なんの兆候もなく突然のことだったので対策のしようもなかった。それに熱以外は特に問題もなかったし、不幸中の幸いってやつだろう。

そもそも赤ん坊はよく熱を出すものだけれど、テオやエリーはあまり熱を出さなかったんだろうか？　それとも、目のことがあるので病気に過敏になっているのだろうか。

クレアが名残惜しそうに、抱きしめたり頬ずりしたり、キスしたりしていると、エナが戻って来ていた。エナが「そろそろ行かないと……」と言うが、クレアは自分を抱きしめたまま首を振っている。クレアのいい匂いとさらさらの髪がちょっとくすぐったかった。

「……もぅ……　〝魔闘演《まとうえん》〟も近いんだから、あなたにはがんばってもらわないといけないのよ？　リリーのことは私に任せて、あなたはあなたにできることをがんばってきなさい」

「……はぃ」

とても名残惜しそうに、抱きしめていた腕をゆっくりと緩め、自分をベビーベッドへと戻す。最後にもう一度額にキスをすると寂しそうだが、それでもしっかり笑顔を作り、「行ってきます」と言ってクレアは仕事に行った。

魔闘演。また知らない固有名詞が出てきた。あとでクティに聞いてみるかと、脳内の埃まみれの棚に追加しておくことにした。

当のクティさんはというと――。

「汚物は消毒だぁぁあ～～」

いまだ夢の中。どうやら夢の舞台は七つの傷を持つ男が大活躍する世紀末に移ったようだ。

一方、自分は体調はばっちりで、病み上がり特有の気だるさもない。もともと々、熱以外は特に問題はなかったのだから当然といえば当然かもしれない。赤ん坊の体は免疫力や抵抗力が低いので過信は禁物だが、この数日は暇で暇でストレスがマックスだ。そろそろ、魔力訓練解禁してほしいかなぁー。

「なっ！　なにするだァーーーッ」

世紀末から一転、石の仮面が暗躍する十九世紀の某英国くらいまで戻ってしまった夢の舞台のせいか、劇画調の顔に変貌してしまった、いつもは愛くるしいドヤ顔さんは見なかったことにした。

朝食は病人食からいつもの離乳食に近いものに変わり、食べ応えがあった。はむはむしていると、波紋を極めたクティさんがお目覚めになったようだ。石仮面は無事倒せたのか聞きたかったが、やぼなことはやめておくことにした。

【そろそろ魔力の訓練を再開してもいいと思うんだけど、どうかな？】

朝食を食べ終えて、少し腹ごなしにごろごろしたあと、一緒にごろごろしていた妖精さんに聞いてみる。

「治ってからじゃないとだめー」

ごろごろ転がりながらあっさり却下するクティ様。

【さすがにもう大丈夫だよ？】

「だめ～」

【熱も平熱だし、病み上がりのだるさもないし、そもそも熱以外は全然平気だったんだよ？】

「……むぅ～～」

ごろごろ転がるのをやめた妖精様が、難しい顔をして空中であぐらをかきながらベビーベッドのうえへと滑空していく。

【じゃぁ……ちょっとだけ！】

「むーぅ」

〈お願い！〉

まだ難しい顔をする妖精様に最後の駄目押しとばかりに、装飾を施したちょっと大きめの看板を作ってお願いしてみる。

「……ほんとにちょっとだけだからね？」

ため息をつき、しょうがないなぁといった感じで折れてくれる妖精様。最後の最後はお願いを聞いてくれる優しいドヤ顔様なのだ。今はドヤ顔ではないけど。

【ありがとう、クティ、大好きだよ！】

「……っっっ!!」

ちょっと大げさにお礼を言うと、ドヤ顔様が目を見開いて硬直してしまった。そんな小さな影像は放っておいて、久しぶりの魔力の訓練にわくわくどきどきしていた。五日も魔力の訓練をしないなんて、転生したばかりの頃以来だ。ちゃんとできるか心配だったが、杞憂《きゆう》だった。

効率よく魔力を消費するために少し前から始めた魔力圧縮も、問題なくできる。

圧縮した魔力を放出し、高速で制御して消滅させる。これを十回くらい繰り返した頃だった。

「訓練終わりー！　ちょっとだけって言ったでしょー！」

ぷんすか妖精さんがチョップしながら言ってくる。ちょっと調子に乗ってやりすぎたようだ。ごめんごめんと文字を作って謝っておいた。

熱が出る前は、圧縮放出訓練も一日に百回以上やってたんだけどなぁ……。

そのあとはぷんすかさんと一緒にごろごろとベビーベッドのうえを転げ回り、お昼を食べてからちょっと長めのお昼寝をした。


目を覚ますとテオとエリーがベッドの横から素敵な笑顔でこちらを覗いていた。

「おはよう、リリー」

「よく眠れたかしら？　寝顔がとっても可愛らしかったわよ？」

寝ているところをずっと見ていたのだろうか。ふたりともとても満足げだ。

学校の話を少ししてくれたあと、ふたりは今日もこの部屋でお勉強のようだ。エナももう諦めたのか、別段何も言わない。むしろ、わからないところがあったら一緒に悩んでいるくらいだ。

エナはどうやら勉強が苦手のご様子。小三以下のレベルなんだけどなぁ……。

今日も朗読はなく、訓練も終了してしまったので、暇で暇でベビーベッドのうえをごろごろごろごろ。クティも一緒にごろごろごろごろごろ。ずっとやっていると何気に楽しくなってくる。

なんでも楽しめてしまうのは子どもの特権なのだろうか。頭脳は一応大人のはずなのになー。

そんな自分の様子を見て、テオとエリーとエナの三人は微笑んでいる。勉強しなさいよー、君たちー。

●・●・●

生後十七カ月とちょっと。熱が出てから六日目。

今日もランドルフ医師が診察に来てくれた。体調はばっちりで、熱っぽくもなくだるくもない。これなら大丈夫だろうと余裕綽々《しゃくしゃく》だ。

「うむ、もう問題ないじゃろう。またなにかあったら、夜中だろうが遠慮なく連絡するがよい」

「ありがとうございます、ランドルフ様。では、運動なども元に戻してよろしいでしょうか？」

「問題あるまい。ぐずりもせずにいい子にしておったようだしの。本当に聡明な子じゃ。普通の赤ん坊ならば、もっと手間がかかるだろうにのぅ。赤ん坊はもっと我侭《わがまま》にしていいのじゃぞ？」

医師らしい真剣な表情から一転、好々爺然とした顔のご老人が優しく頭を撫でてくれる。

今日から運動も朗読も解禁だ。やっといつも通りの日常に戻れると思うと、あの暇な日々もなんだか感慨深くなってくる。

それにしても、このご老人は〝濁った瞳〟の調査といい、今回の熱のことといい、とても親身になってくれるいいお医者様だな。なんか自分を見る目には孫に対するような慈しみがある気がする。

年齢的にもまさにおじいちゃんって感じだ。

祖父母が存命しているのかわからないし、本当のおじいちゃんに見えてくる。じーじとでも言ったら喜んでくれるだろうか？　そんな考えもチラっと頭をよぎったが、いくら親身になってくれるとはいえ、彼は他人だろう。あまり軽率な行動はしないほうがいいだろう。

頭を左右にゆさゆさ揺らしながら、寝惚け妖精が髪の中に顔を突っ込んでくる。

「……ふぁぁわぁぁぁ……リリーの髪の毛はいつもいい匂いだなぁ……」

髪に顔をぐりぐり押し付けて、くんかくんかしている変態は、しばらくしないと起きないだろうから放置することにした。

ご老人から完治のお墨付きをもらったので、今日から勉強と訓練が完全に解禁となった。勉強の比重はだいぶ軽くなり、朗読の内容をたまに魔力で書き出し、誤字脱字、文法のおかしなところを指摘してもらうというのが基本スタイルだ。ほかには、すでに習った単語を使った熟語や慣用句を教わっている。もと母国語と似たような意味を持つ言葉も多いようだ。

勉強が解禁されたため、棚上げしておいた〝魔闘演〟や〝癒やしの青光〟についても聞いてみた。

「あー、なんかねー。このリズヴァルト大陸にある四つの国で順番にやる大きなお祭りだよ。いろいろな種族が戦ったり、舞ったりするの」

いろいろな種族だと⁉

クティ先生はあまり興味がないのか、詳しくは知らなかったようだが、その説明の中にはかなり気になる言葉が交ざっていた。大陸の名前も四つの国のなんとかも、その言葉で一気に消し飛んでしまった。

【いろいろな種族っていうことは、人間や妖精以外もいるのかな⁉】

きっと今の自分は漫画的表現でいえば、目をキラキラと輝かせていることだろう。クティ以外にも他種族が存在しているとなれば、ここが異世界だと本当に確定する。少なくとも生前の世界には、人間以外の知的に発達した人型の種族は存在しなかったのだから。

「え、えと……リリー、テンション上がってる？　気のせい？」

【気のせい！　それより種族！】

おっと、ついテンションが上がってしまったようだ。だが、そんなことはどうだっていい。今は種族についてだ。急かすように、クティに向かって食い気味に魔力文字を書き出す。

目をぱちくりさせて驚いていたクティだったが、持ち前の立ち直りの早さで先生モードに切り替えてくれた。

「え、えっと、このリズヴァルト大陸にある四つの国には、大まかにいうと六つの種族がごちゃごちゃにいてね。リリーたちみたいな特に特徴のない、普通の種族が〝人族〟。人族は基本的に平均的な能力を持っているとされていて、リズヴァルト大陸で一番数が多いかな」

やはり、生前読みまくった色々な異世界ものの小説と同じように人間が一番多いらしい。そして、一番多い人族が生活や文化の基準となるわけか。

「次に多いのが～、人族に獣の耳とか尻尾とかをくっつけた感じの〝獣族《じゅうぞく》〟。まぁ、それ以外に特徴はないんだけどねー。能力的にも人族と変わんない。獣の種族って割には別に力も強くないし、俊敏でもないしねー」

【どんな耳と尻尾なの？】

「んーとねー……」

顎に人差し指を当て小首を傾げる可愛らしい仕草をして、クティは頭上に獣の耳を描いていく。

犬耳、猫耳、狐耳、兎耳……。描き出される多種多様な耳たち。それは、生前の世界でも見られたありふれた獣たちの耳だった。これといって特殊なものはなく、すべてに見覚えがある。

続いて尻尾を描き始めるクティ。細い尻尾、太い尻尾、丸い尻尾、短い尻尾……。そのすべてが毛に覆われ、ふさふさ感たっぷり。

……もふもふしたい。生前の世界では毛のない尻尾もあったが、クティが描き出す尻尾はすべてもふもふだ。実に素晴らしい。もふもふできない尻尾など尻尾とは呼べない！

「こんな感じかなー、わかったー？」

【うん、よくわかったよ！　ありがとう‼】

素晴らしきかな獣族。あぁ、なぜ自分は人族に転生してしまったのか。獣耳ともふもふ尻尾があれば、目が見えなくても気にしなかったというのに。神が憎いぜ……！

「次が～〝魔人族〟かなー。獣族が獣の耳と尻尾を持つのに対し、この種族は角とか羽が生えた人族って感じ。能力的に人族と変わらないのは獣族と一緒。羽があっても妖精族みたいに空が飛べるとかじゃないんだよ。ちなみに、魔人族に対して魔族とか魔物とか言ったりすると、すごく怒るみたい！」

素晴らしきもっふもふたちが薄れ、カーブした角や尖った角や短い角など、一、二本の角を生やしたたくさんの顔がクティ先生の頭上に描かれる。たくさんの顔たちの下側に追加で描かれた空を飛んでいるクティと、その下に少し距離をあけて横に線が引かれる。地面かな？　さらにその下に大きく〝○〟がつけられた。
○が付けられた空飛ぶクティ（羽が動くオプション付き）の下の地面に、棒人間のような適当な人型を描き、背中に蝙蝠の羽や鳥の羽を加えて大きく〝×〟を付ける。羽が生えてる棒人間には頭に角があり、飛行の有無を表しているらしい。
いつの間にか、空飛ぶクティの絵の○には花びらがついて花丸になっていた。

【じゃあ、魔人族と魔族や魔物は違う種族？】

「もちろん違うよ～。魔物は魔物。魔族は知性を持った魔物の総称かな。魔人族としては、ああいうのと一緒にされるのが許せないみたいだねぇ」

頭上に描かれていた魔人族が、牙や爪などがでっかくなった獣っぽいものになり、吹き出しも追加される。

吹き出しには「ボク魔族！　ちょー、つよい」と書かれていた。大先生的にはアレが知性らしい。魔族や魔物が蔑称になるということは、魔物や魔族には魔人族の特徴である角や羽なんかを持ったものが多いのだろう。見た目が近いのなら、もしかしたら迫害された過去もあったのかもしれない。いや、いまはそんな暗い話はいい。

重要なのは角っ娘！　ビバ、羽っ娘！　やばい、なにこの世界……最高すぎる。

「残りの三種族は人口がだいたい同じくらいでー、〝長耳《ながみみ》族〟と〝長毛《ちょうもう》族〟と〝小人族〟。長耳族は、種族名通りに耳がほかの種族と比べると長めで尖ってる。綺麗な人が多いけど、ちょっと体が弱いかな？　その代わり芸術とか音楽とかは得意かなー」

【長耳族ってエルフ？】

「エルフと長耳族は違うよ〜。エルフはエルフで、すごく数は少ないけどちゃんと種族としているよ。長耳族の特徴である耳の長さと綺麗な顔立ちとかは一緒だけどねー。森とか自然を大事にしてねー、ほとんど他種族と関わろうとしない閉鎖的な種族で、調査結果ではほとんど全滅寸前だったかなー」

花丸クティと魔物、「ボク魔族！　ちょーつよい」を消したあとに、耳の尖った顔が描かれる。今まで描いた顔は適当だったのに、やけに精密な美形だ。ふたつの精密な美形の間に≠（ノットイコール）が描かれ、片方には長耳族、もう片方にはエルフと書かれた名札がある。長耳族とエルフは違う種族なのか。しかもエルフは絶滅寸前……。

調査結果というのがいつのもので、どの程度の精度なのかもわからないが、もとは同じ種族だったものが、森か都市かに住まいが分かれて別種族になったのだろうか？

【エルフと長耳族はもともと同じ種族だったりするの？】

気になったので大先生に聞いてみる。

「ん〜、私たちが調査し始めたときにはすでに別種族だったからなー。ちょっとわかんない」

【そっか〜】

わからないんじゃ仕方がない。別にそこまで詳しく知りたいわけでもないし、長耳族は長耳族、エルフはエルフと納得しておこう。それに絶滅寸前なら自分が出会う確率は相当低いだろう。それに耳が長くてエルフっぽけりゃ、どっちでもいい！　エルフ耳万歳！　妄想が暴走しそうです、クティ先生！

「まぁ、私が調べたわけじゃないしねー。調査なんてそれ専門の部署のさらに下っ端の仕事だよ。

じゃあ、次ね～。次は長毛族だけど、性別でちょっと違いがある種族なんだー。男は成長しきる前に髭がもっさもさに生えるの。女は髪が伸びるのが、ほかの種族や長毛族の男と比べると格段に早いっていうのが特徴かな。あとは、男女ともに成長しても人族の成人の平均と比べると身長が低いっていうのもあるかな。あーそうそう、腕力がほかの種族と比べると強いっていうのもあるね。強いっていっても、最大の特徴になるほどではないけどね。最大の特徴はやっぱり、髭と髪の毛かな」

【なるほど……だから、長毛族なんだね】

「そゆこと～。あ、あと女のほうが強い！　腕力的に！」

精密な美形が変化して、もっさもさの髭の顔とウェーブがかかった長髪の顔になる。髭の顔とウェーブの髪の顔との間に強弱を表す〝く〟がしっかり描かれている。もちろん、髭∧ウェーブ髪だ。

「腕力的に！」と言ったとき、クティは腕を曲げて力瘤《こぶ》を作ろうとしたようだが、細い二の腕にはなんの変化もなかった。しかし大先生的には問題ないらしい。

つまるところ、アマゾネスなドワーフのような感じか。ドワーフといえば鍛冶師って気がするけど、この世界では違うみたいだな。それともドワーフはドワーフで存在するんだろうか？　エルフの例もあるし。

【ドワーフはいないの？】

「ドワーフってアレでしょ？　前にエナが読んだ本に書いてあったやつでしょ？　本に出てくる種族が現実にいるってことはあんまりないんだよ～？　ちゃんと現実と妄想の区別は付けなきゃだめだよ～？」

【ぐぬぬ】

妄想の産物のような姿のクティに言われるとすごく悔しい……でも！　……クリムゾンしそうになったが、すんでのところで踏みとどまれた。ドヤ顔さんなんかに負けない！　キリッ！

「最後は～小人族だね。この種族はすごく特徴的だよ。大人になっても、人族とかの平均身長の半分より少し高いくらいにしかならないの。その代わり、すごく素早くて器用。あと、耳の形が丸くなってるのも特徴かな」

【まさに小さい人なわけだね】

ノッポとチビとその中間くらいの三つの棒人間を描き、ノッポに〝人族〟、チビに〝小人族〟、中間くらいのものに〝長毛族〟と添えられている。確かに特徴的だ。さらに追加で描かれた顔だけの小人族は耳が丸い。

「そゆこと～。リズヴァルト大陸に住んでる種族はこの六種族がほとんどだね。あとのエルフとか〝竜族〟とかはほとんどいないかな。ちなみに竜族も人型の種族だよ」

【竜族？】

なんとなく想像がつくが、初めて出てきた種族名なので興味を引かれた。だってあれだろ？　竜っ娘《こ》だぜ？　竜っ娘！

「竜族は調査によるとひとりしか発見されていないし、もうだいぶ昔の話だから今はいないと思うなぁ。ちなみに、女の長毛族なんて目じゃないほどの腕力と、小人族なんて霞んじゃうほどの俊敏さを併せ持った、強靭な種族だよ。単独で国を潰すくらいの強さを持っていたから、大昔にほかの種族に恐れられて滅ぼされたって眉唾ものの話もあるんだよ。でも実際はひとりだけど生き残りがいたわけだから、全滅ではなかったみたいだけど。そんな過去があるから、ほかの種族の前には滅多に現れないし、妖精族を認識できるリリーみたいな珍しい力も持っていたから、調査も思うようにできなくてね～」

【単独で国を滅ぼすほどの戦闘力……それは恐れられても仕方がないかもしれないね】

「まぁ、そうなんだけどねぇ……。滅ぼさなければならないほど危険ではないと思うんだけど、いかんせん大昔の話だからね。文献に多少記述が残ってる程度で、わからないことのほうが多いみたいだよ」

上部が割れてぶっ飛びかけた形で止まった変な山と、拳を突き出した棒人間が描かれる。山をも吹っ飛ばす拳と言いたいらしい。拳を突き出した棒人間は、口から炎っぽいものを噴いている。

「謎だよねぇ～」と肩を竦めながら首を振っている妖精さん的には、炎を噴いて山を吹っ飛ばすのが竜族のようだ。恐ろしい種族もいたもんだ。でも、いまはいないみたいだし、特に危険はないだろう。竜っ娘には会ってみたかったが、命のほうが大事だし！

それにしても、これは異世界確定だよねぇ。思っていた以上に素晴らしい世界っぽいから、むしろオッケーだけどね！　あぁ……もふもふさんと早く仲良くなりたい。

……そういえば、もしかしなくても、アレクの誕生日会で見たコスプレさんたちの耳や尻尾は……本物だったというわけだ。使用人がもっふもふ……ごくりっ。

クティ大先生の講義によると、六種族が四カ国にごちゃごちゃに……つまり入り乱れて住んでいるわけで、このオーベント王国にも、人族以外の種族が数多く住んでいるということだ。それだけ多くの種族が共存しているということは、種族間の排斥なんかの差別は少ないのかもしれない。竜族に関しては大昔のことだっていってたし。魔人族は蔑称があるけど、長耳族や長毛族や小人族よりは多いわけだし。まぁ、まだ実情はわからないので、差別について結論付けるのはやめておこう。もふもふさんや角っ娘、羽っ娘、エルフ、ロリッ子にショタっ子。ぜひとも仲良くしたい。なにこの……素敵ワールド。

そうだ……クティは大まかに六種族といい、エルフや竜族といった人口の少ない種族は数に入れていなかった。つまり、ほかにも種族がいるかもしれない……！　もしかしたら……あいつらが、……！

心の中でグフフと怪しく笑い、目の前にいる一番の謎種族に向かって期待を込めて魔力文字をぶつける。

【草や貝に足があって、物理的に立ち上がったりする種族なんかも……！】

「そんな種族いません！」

……がっかりだよ。

ちなみに、がっかりしながらも妖精族について聞いてみたが、世界の隣の森に住んでいるので、調査や任務で来ている者以外はこの大陸にはいないそうな。人口もそれほど多くないらしいが、自分の種族のことは身近すぎてクティもあまり関心がないらしい。身近すぎると当たり前に思って興味が湧かないのってあるよね。世界の隣の森ってどこにあるんだろう。

あまり詰め込みすぎても疲れてしまうということで、本日の大先生の講義はここまでとなってしまった。残念。

クティの種族講義により、この世界には人間以外にもさまざまな人型の種族がいることがわかった。

異世界転生ものが好きで、たくさんのライトノベルを読んできた自分だ。ごたぶんに漏れず、そういう世界に憧れていた。そして自分はやってきたのだ。魅惑のもふもふワールドに！

アレクの誕生日会で見たコスプレ姿の使用人たちは、実はコスプレではなく本物。そう……本物の獣耳、本物のもふもふ、ビバもふもふ！

自分は赤ん坊だ。素敵なもふもふたちに会うために、街中へ繰り出すのにはちょっと難しい。だが、どうだろう？　この家には使用人が最低でも三十人以上いる。その半数近くがもふもふたちだ。つまり、街に繰り出す必要などないのだ。家の中でももふもふ捜索ができるのだ。

——とはいえ、問題も数多くある。

まずこの世界に生まれ落ちて一年半、使用人《もふもふ》に会ったのはアレクの誕生日会一度限り。なぜかはわからないが、この部屋には一切入って来ない。自分のお世話をする乳母役にはエナがいるからかもしれない。そのエナは、この家の主であるアレクやクレアと対等に接している。いや、部分的には上位に立っている。そんな彼女の管轄である自分の部屋には、ほかの使用人など必要ないのかもしれない。もしくは、信用の問題があるのかも。主人たちとも対等に話すエナに信用があるかどうかなど、聞く必要もなく明らかだ。だが、ほかの使用人はどうか。雇う際に厳選しているだろうが、かといって全幅の信頼を置けるかと言えばそうではないだろう。ましてや世話をするのは目の見えない赤ん坊だ。信頼以上に必要なことも多いはず。一年半もの間、一度も部屋に入れることすらないというのはちょっとやりすぎではないかとも思うが、ここは異世界であり、この家はお金持ちである。何かしら、思いもよらない理由があるのかもしれない。

——というのは所詮建前だ。

目の前に素敵なもふもふワールドがあるのだ。そんな建前は生ごみの日にでも出してしまえ。今後の急務としては、この部屋を出て、夢と希望と浪漫あふれる素敵ワールドに行くべく作戦を練ることだろう。

幸い使用人が部屋の前まで来ていることは知っている。最初は気付かなかったが、使用人と部屋に入って来る人たちとでは、ノックの仕方に違いがあるのだ。扉の前に来ても、彼らは部屋の中から……主にベビーベッドの位置から見える範囲には絶対に立たない。あくまで影のように接するのがマナーなのだろうか。ここまで徹底しているのはなぜなのだろうと思うが、今はどうでもいい。

もふもふを堪能するには、標的は耳か尻尾になる。たとえ近づいても、使用人が進んで自分を抱き上げたりすることはまずないので、そのあたりも考えなくてはならない。考えれば考えるほど、これはかなり難しいのではないか。

この部屋から出たことすら、たった二回しかない。そのうえ、自分との接触を制限されているだろう、使用人たちの目標物《もふもふ》に接近する必要があるのだ。そして接近するだけでは、目標物《もふもふ》に触れて堪能することはできない。

実に難易度の高いミッションだ。はたして無事こなすことができるのか⁉　いや……やらなければいけない！　人生には無理だとわかっていても、挑まなければいけない瞬間があるんだ！　もふもふのためならば！　やってやるさ！

ミッションNo.１〝開けゴマ〟を開始する！

脳内シミュレートを終え、計画を実行に移す。最初の関門は部屋からの脱出だ。ここは正攻法で挑む。

ドアは恐らくノブを回して部屋の中から押し開くタイプ。当然、ドアは魔力がないので見えない。だが魔力を伸ばすことで、壁など、障害物までの距離や位置を知ることができる。これを利用すればドアを探り当てることができるはず。

今の自分の身長なら、ドアノブには届くかもしれないが、ここはあえて自分では開けない。というか、自分で開けたらエナに連れ戻されるのは目に見えている。だからこそ、ここはエナに開けさせる！　そう……連れ戻されては意味がないのだ。エナの手により部屋の外に出るという事実を作り上げる。

いざゆかん！　素敵ワールド！

まずは本を叩いてエナの朗読を一時中断させる。すでに補助なしで立てるようになったので、彼女の膝のうえから滑り降りて立ち上がる。朗読を中断させて、運動に移ったことなど今までなかったので、エナはちょっと意表を突かれた顔だ。その間隙《かんげき》を縫う形で移動を開始する。

魔力を前方に一直線に伸ばし、壁までの距離を測る。

クティとの事前の打ち合わせで、進行ルート上にある障害物の位置は、彼女の切り離した魔力によって把握できるようにしてもらっている。なので、いまは障害物にぶつかる心配はない。

だが、ここで焦って最短距離をとってはいけない。障害物のある最短距離を狙えば、すぐにエナに捕まる。エナは自分が障害物を把握しているとは思っていないのだから。従って、障害物を大きく避けるように歩く。進行方向に障害物がなければ、エナも止めはしない。突発的なアクシデントに対応するためにも、すぐ側にいるだろうが、ヘッドスライディングでもしなければ問題はないはずだ。

一歩二歩と第一目標の壁まで歩いて行く。

「あらあら珍しいわね、今日は本より運動の気分なのかしら」とエナの声が後ろから聞こえる。いまのところ止める気はないようだ。

第一目標に無事到着し、次は手探りで壁の感触を確認していく。チラッとエナを見ると、二歩ほど離れた位置で、微笑ましそうにこちらを見ている。問題はないようだ。

壁伝いに進むと、つるつるだった壁の感触から、木のような感触に変わる。どうやらドアに到着したようだ。ちょっと背伸びして上の方を探ってみると、ドアノブのような感触があり……。

〈ドア〉

と、書かれた魔力の看板があった。

横を見ると、ドヤ顔でサムズアップしている妖精が見えた。なんだよ、手探りで探す必要なかったじゃん！

心の中でそんな突っ込みを入れると、後ろに控えているエナを振り向いてドアを軽くバンバンと叩いてみる。

「うん？　リリー、それはドアよ？　外に出てみたいの？」

YES‼　と心の中でガッツポーズを取って、再度ドアを叩く。今度はエナから視線をドアに移してからだ。これで、自分がどういった意図でドアを叩いているか、エナにはっきり伝わるだろう。

「うーん……部屋の外にはあんまり出さないってことになってるんだけど……。そんなに外に出たいの？」

横のドヤ顔さんも一緒になってドアを叩いている。聞こえないが、こちらの音は「ぽふぽふ」が適切だろう。

もう一度ドアをバンバンと叩いて、エナを見る。ちょっと手が痛くなってきた。じーっとエナを見つめて、「あけてぷりーず」と念を込めてみる。

「うーん……確かに二回部屋の外に出ているし、出てもいいんじゃないかって私は思うんだけどね？　クレアとアレクからまだ部屋の外には出さないでって言われてるのよ。ごめんね、リリー」

ぱぁどぅん？　いまなんと言いました、エナさん。

まだ部屋の外に出さないでと言われている、だと⁉　じゃあ、どうするんだ！　この先に待ち構えているだろう、素敵ワールドへはどうしたら行ける⁉

エナを見たまま硬直している自分。そんな自分にクティは発破《ハッパ》をかけてくる。

「勝手に出ちゃえばいいんだよ！　冒険だ！　突撃だー！」

ご丁寧にドアノブの位置には〈←ドアノブ←〉と魔力の看板を付けてくれている。

ここまでされて、やらなければ男が廃る！　……いまは女だけど。

このドアは押し開くタイプだ。これが引くタイプだったらアウトだったろう。神はまだ自分を見放してはいない！

作戦を急遽変更し、意を決してドアノブを両手でつかみ、一気に回す。作戦は臨機応変に変えるのだ！

まわ……す……まわそう……と……。

ドアノブは一歳半の赤ん坊の力ではほとんど動かなかった。

……なにこのドアノブ！　超重いんですけど！

ドアノブ自体は回すタイプだったのだが、錫か銅でもできているのか、冷たく動きが悪い。

「こーら、だめよ。ちゃんと鍵がかかってるんだから、いくらやっても開かないわよ」

な、なんですとー！　目を見開いてドアノブがある場所を凝視した。すると、看板が変化して**〈←ドアノブ←施錠中〉**になっていた。

妙に芸の細かいドヤ顔様がいまは憎かった。

ドアノブから手を離し、ぺたんとお座りしたところでエナに抱き上げられて、朗読していた場所まで戻されてしまった。

いったいいつの間に施錠なんてしたんだ？　テオやエリーが入って来るときだって、鍵を外しているような音もしなければ、内側から誰かが開けているようなそぶりもなかったのに。

「さぁ、本の続きにしましょうねー」というエナ。遠ざかっていく素敵ワールド《もふもふ》にすっかり落ち込んでしまった自分の耳には、それは悪魔の声にしか聞こえなかった。

芸の細かい妖精さんは、肩をすくめて首を左右に軽く振りながら戻って来る。

ドアノブに付いていた看板は**〈任務失敗〉**に変わっていた。

第三章　異世界最大の関心事

魅惑のもふもふワールドへと至る第一の作戦は失敗に終わった。生前の世界に「失敗は成功の母」ということわざがあった。失敗した原因を究明、対策し、次に繋げる。失敗は成功を生む。それを実現すべく、今回の原因を考えてみる。

ひとつは、両親による部屋から出してはいけないという指令。

ひとつは、施錠音も、それらしき仕草もなしにかかっていた鍵。

禁止令に関しては、いまはどうしようもない。ふたりとも仕事が忙しいのか、最近は滅多に帰ってこない。よって、すぐにどうこうできる問題ではない。

もうひとつはさらに難解だ。施錠音も、施錠したような仕草もなしにドアが施錠されているのだ。音を立てずに外から鍵をかけているという可能性もあるかもしれないが、そこまでしなければいけない状況なら部屋から出ることは難易度が上がるのではないだろうか。なので、できれば考えたくない。施錠の方法を考えるよりは、施錠されていない状況を利用することを考えるほうが建設的だ。この部屋には、少ない人数ではあるが、毎日必ず出入りしている人が確かにいるのだから。

結果から言えば、魅惑のもふもふワールドは手の届かない桃源郷だということがわかった。施錠されていない状況、つまりドアが開いている状態を利用すべく、多くのミッションを実行に移した。そのすべてが失敗に終わったのだ。

ミッションNo.2〝おーぷんざどあーばいえな〟。エナが昼食を取りに行くためにドアを開けるタイミング。続いて外に出ようとしてベビーベッドに移され、行動不能。クティがドアの外に出て、顔だけ覗かせていた。あの素敵な笑顔は当分忘れないだろう。

ミッションNo.3〝ごーほーむぶらざーあんどしすたー〟。テオとエリーが帰ってきて部屋に来るタイミング。エナの手をかいくぐるが、開いたドアまでたどり着く前に障害物に足を取られ、テオに捕獲される。素早く行動した結果、置いてけぼりになったクティが、ぷんすかしつつ腹を抱えて笑うという器用なことをしていた。

ミッションNo.4〝かもんでぃなー〟。エナが夕食を取りに行くためにドアを開けるタイミング。エリーに抱かれたまま、脱出できず。なにもできなかったので、ドアから覗くクティの素敵な笑顔は意識的に見ないようにした。

ミッションNo.5〝れっつごーぶらざー〟。テオがお風呂に行くためにドアを開けるタイミング。ドアを開ける前にテオに捕獲され、エリーに引き渡される。捕獲された瞬間にニヤリと笑った妖精の性悪な顔は、今度魔力看板にして掲げ続けてやる。

ミッションNo.6〝れっつごーしすたーとぅ〟。エリーがお風呂に行くためにドアを開けるタイミング。今日の数多くのミッションに気付いたのか、エナにしっかり確保される。完全な拘束状態だったので、性悪妖精も諦めたのか特に反応はなかった。

いったいどうしてこうなった！　ドアを通るどころか、その手前まですら行けないではないか！

最後のミッションなんて、エナに完全に感づかれてなにもさせてもらえなかった。これは日を置くしかないかもしれない。エナの警戒心が薄れた頃に再度突撃をかけるべきだろう。

それに、今回のことで両親に自分が部屋を出たがっていると話してくれるかもしれない。エナ自身は部屋の外に出てもいいのではないか、と言っていたわけだしな！　あとは運を天に任せるのみ……。

魅惑のもふもふワールドへ思いを馳せながら、その日は眠りについた。もふもふの性悪妖精が手の届かないところを飛びながら肩を竦め続けるという、ひどい悪夢を見るハメになったが。


翌日の寝起きが最悪だったのは言うまでもない。完治のお墨付きを受けたあとも寝泊まりを続けている、いまだ夢の中の妖精様を横目で見ながらそう思った。

自分が目を覚ましたことに気付いたエナから、朝の挨拶と共に額に軽くキスを受ける。彼女はあまり頬にキスをしない。なにかポリシー的なものでもあるのだろうか。クレアやテオやエリーは、額でも頬でもあまり変わらずキスするのだけれど……もちろんアレクも言うまでもない。だが、いまだ唇だけは死守している。

まだ寝惚けているのか、そんなどうでもいいことを思考していたら、エナから昨日のことで釘を刺されてしまった。

「リリー……部屋から出てみたいのはよくわかったから、昨日みたいに無理やり出ようとしないでね？　クレアには私から言ってあげるから。ひとりではまだだめだろうけど、私が一緒ならたぶん大丈夫よ。だから約束して？　ね？」

【いえすまむ】

まだ耳に少しかかる程度だが、伸びてきた自分の髪の毛を柔らかいヘアブラシのようなもので梳《と》かしながら、優しく諭してくる。当然エナには見えない魔力文字だが、自分の心の表れを示すように出しておく。

「一歳半の子にこんなこと言っても無駄かもしれないけど、リリーは賢いもの！　きっとわかってくれるよね？」

「あい」

返事くらいならいいだろうと、短く答えてこくりと頷いてみる。髪の毛を梳かしていたエナの手が、一瞬で石像と化したかのようにコキンと固まる。

しまった……まだ早かったか？　そう思ってエナを振り返ろうとしたら。

「やあぁぁん！　もう！　リリーはなんて可愛いの！」

ヘアブラシを放り投げて自分を抱き上げると、いやんいやん言いながら頬ずりしてすりすりすりすり。

やあぁぁんて……エナさん、あなた可愛すぎですよ！

騒ぎを聞きつけて、寝惚け眼のクティもエナとは反対側に頬ずりしてくる。

【おはよう、クティ】

「おあーよー。またなんかしたのー？」

まだ眠いですよ、もう少し寝かせてくださいよと、副音声が聞こえてきそうな寝ぼすけ様だ。

【いつもの発作かなー】

「あー」

ダブルすりすりはしばらくの間続くのだった。


朝食を食べたあと、クレアとアレクのふたりが揃って部屋にやって来た。久しぶりに会うふたりから、抱擁とほっぺすりすりとキスの嵐の洗礼を受ける。ちょっと辟易したあたりでお座りさせられ、ふたりも並んで自分の前に座った。

「リリー……私たちはこれから一月ほど帰ってこられないわ。……でもね！　あなたやテオやエリーのために精一杯がんばってくるわ！」

「あぁ……可愛い可愛い俺のリリアンヌ……。ただでさえ会えない日が多かったのに……パパはまたおまえに一月も会えないよ……」

ふたりとも悲しそうなのは一緒なのだが、意気込みのほどが対照的だ。

「ほら、アレクしっかりしなさい！　あなたは私を守る役目と剣舞を披露する役目があるんだから。リリーのためにも、格好悪いところなんて見せられないのよ！」

「う、うむ……そうだった。リリーよ、パパはがんばってくるからな！　パパの勇姿を見せられないのは悲しいが、その分、四カ国一の座を勝ち取ってみせる！」

「その意気よ、ふたりとも。リリーのことは私とテオとエリーに任せて、しっかりやってきなさい！」

凛々しいクレアとそれに勇気付けられたアレクが、拳を握ってやる気を漲《みなぎ》らせる。

ふたりから魔力がメラメラと噴き上がる。アレクがはじめて放出した魔力は、炎のようだった。

強い感情の発露で無意識に魔力が放出されているのだろうか。ふたりのやる気が漲る姿をぼんやり眺めながら、そんな考察をしていた。なんせ、なにをがんばってくるのかこのふたりは一切口にしていないのだ。意気込みだけを謳われても、こちらとしてはなんのことだかさっぱりだ。

炎のような魔力を漲らせるアレク。そんな夫のことを頼もしそうに優しく見守るクレア。

〈←バカップル←〉

アレクのやる気の炎を鬱陶しそうに見ていたクティが、ふたりの頭上に看板を掲げていた。間違っていないだけに、なんとも反応に困る看板だ。両親の仲がいいのは嬉しいことだが、お熱いやり取りは子どもの前ではやめていただきたい。ほらそこ、熱烈なキスとか始めない。エナもやれやれといった感じで、肩を竦めているし。

アレクとクレアの熱い抱擁とキスが終わったあと、ふたりはまた真面目な表情に戻り、自分のほうを振り向く。

「では、行ってくるぞ、リリー。赤神ウレトムへの祈りをしっかりな！」

「行ってきますね、リリーちゃん。すぐに帰ってきますからね」

神様関係は本でも何度か出てきている。赤神ウレトムは確か、戦いと愛の神だったか。つまりこれからふたりは戦いに赴くんだな。あ、魔闘演が近いとか言ってたから、それに行くのか。やっと合点がいった。なるほどなーと思いながら、アレクがドアノブを回そうとしたところでひとつ行動しておくことにした。トテトテとちょっとだけ歩いて、ふたりに近寄る。

「とーしゃま、かーしゃま」

——と声をかけ。

「いっれらっひゃ〜い」

にっこり笑って手を振った。瞬間、幸せがあふれんばかりの笑顔になったアレクに、抱きしめられて頬ずりされる。涙を流しながら我が子の成長をたたえるアレク。それに負けじと、アレクごと抱きしめてくるクレア。抱擁と賛辞の嵐はしばらくの間続き、エナの「とっとと行きなさい！」の一言で強制幕引きと相成った。

嵐の中で頭上を仰ぎ見た時に、お妖精さまの出した看板が非常にいい味を出していた。

〈親ばか×　ばか親◯〉

にんまりと鼻を膨らませて満足げなクティであった。


エナの膝のうえには憔悴したひとりの幼児がいた。無論、自分ことリリアンヌ・ラ・クリストフだ。嵐のような抱擁と賛辞のあと、ツヤツヤの肌といい笑顔で出発して行ったふたりとは対照的に、すっかり疲れてきってしまったのだ。そんな自分を労わるように膝のうえに抱っこして、エナが頭を撫でてくれている。目の前の妖精も、魔力で形作った団扇《うちわ》であおいでくれている。当然、風はこないけど。

ちょっとした激励のつもりだったのだが、思いもよらぬ反撃を受けてしまった。どうにもこのへんに関しては、同じ失敗を繰り返している気がする。しかし仕方がないのだよ。赤ん坊の自分には、彼らに報いる術《すべ》があまりに限られている。だから、自分ができることでなんとかしようとすると、結果としてこうなるのだ。それで喜んでくれるのだから、間違いではないはず。いい加減そろそろ慣れてほしいとも思うが、ほとんどそういう行動を取らないのだから、慣れろというほうが無理か

もしれないと思い直す。無口無表情キャラに慣れて、そっちのほうが楽なのだ。

頭を撫で続けてくれるエナの温かい手と、妖精様の団扇により元気が戻ってきた。今日はまた、棚に上げて埃が積もりに積もってしまった項目を処理しようと思っている。

完治のお墨付きをもらってから、まずは種族に関して教えてもらった。それにより、この世界が異世界だと確信することができた。ここが異世界だということは、生前の世界とはいろいろと違うはずだ。なので、常識と言われる分野に関しても聞いておく必要がある。そう……例えば暦とか。

妖精先生に教わった結果、やはりこの世界特有の暦や時間があることがわかった。暦は約八百年前に起こった戦争で年号が変わり、現在は〝緑暦《りょくれき》〟。一年は十三の月があり、一月は四週。一週は七日で緑↓赤↓青↓黄↓白↓黒↓無と順に巡っていくそうだ。生前と似た部分もあるのでわかりやすい。

ちなみに今日は〝緑歴七百八十七年六の月の二順目赤の日〟なのだそうな。

「暦に関してはこんなものかなー。なにかわからないところはある?」

顎に人差し指を付けてちょっと小首を傾げながら、妖精先生がなんでもこいとばかりに微笑んでいる。

【えーと……七色日で一順、四順でひと月、十三月で一年なんだから、三百六十四日しかないんだけど、一年は三百六十四日なの?】

「あー、えっとね……一の月のはじめの一日は暦としては数えない一日で、リズヴァルト大陸では祝日とされている特別な日なの。四年に一回だけ祝日が二日になって、森の天文学者が太陽の運行や月の運行がなんとかって言ってたけど、忘れちゃった。興味なかったし。それにしても計算早いね！　さすがリリーだよ！　天才だよ！」

最後に素敵なドヤ顔になる妖精先生。

どうやら一年の長さは三百六十五日で、生前と同じようだ。閏年まであるとは恐れ入った。誕生日会のときに自分は転生して十二カ月が経ったと思っていたけれど、この世界でいうと、十三カ月だったのか。

しかし、簡単に暗算できるような週の計算で、妖精先生にお褒めの言葉を授かったけど、正直その程度で褒められても素直に喜べない。やっぱり、この世界の学問レベルは低いのだろうか……。あまりいいことではないが、自分的にはそれはありがたくはある。と考えたところで、もうひとつの理由に思い当たった。たまに忘れるが……いま自分は赤ん坊なのだ……一歳半の……。一歳半という年齢を考えれば、計算ができること自体すごいだろう。

そこでまたもうひとつの疑問が浮かんだ。

クティって、絶対自分のこと赤ん坊だって思ってないよな……。出会って半年になるが、赤ん坊扱いされた覚えがない。見た目でわかることだろうが、そこはクティクオリティというか、わかっていない可能性も……。否、絶対赤ん坊だと気付いていないと断言できる。そのへんもいつか伝えておく必要があるだろうと思うが、いまは暦の勉強のほうが大事なので、棚の奥で埃を被っていてもらうことにする。腐らないうちに整理したいけど、腐っても別にいいや。

暦がわかると次は時間が気になったので、聞いてみたところ、単位が違うだけで生前と変わらないことがわかった。

ちなみに一日は二十四時間で一時間が一ハルス。一分が六十リン。一リンが六十ゴウらしい。時間を表す単位があるということは、それを示すものもあるだろう。つまり、時計が存在する可能性があるということ。

【時間を知るための道具があるの？】

「あるにはあるよー。時計とかだねー。でもすっごく複雑なやつでねー、持ってる人は少ないねぇ。ほとんどの種族は教会とかの鐘の音と、太陽の位置で時間を計ってるよ」

時計はあるけど普及していないようだ。異世界ものの定番の教会の鐘も出てきたけど、この家で教会の鐘の音なんて聞いたことはない。結構遠くにあるのだろうか？

【教会の鐘って聞いたことないけど、この家から遠いの？】

「この部屋は遮音されてるからねぇー。それがなければこの部屋でも普通に聞こえるはずだよー。教会の鐘は時計できちんと管理されてて、朝の六ハルスから三ハルスごとに五回鳴るんだよ」

防音完備とはやはりすごい屋敷だな……。というか、朝の六ハルスって……生前と同じ夜中の零時から数えればいいのか？　あれ？　でもそうすると、教会の鐘の音が聞こえないこの家では、太陽の位置で時間を把握するしかないのか？　いや……屋敷のすべてが防音とは限らないか。

こちらのそんな考えを察知したのか、たまに鋭い妖精様が追加で驚愕の事実を教えてくれる。

「この屋敷には時計がかなりの数あるから、鐘の音が聞こえなくても大丈夫なんだよ？　この部屋に時計はないけど、エナは懐中時計を持ってたよー」

懐中時計だとっ⁉　文明レベルがわけわからん！

朗読中のエナを見上げながら、この世界の文明レベルについて考えていると、そんな自分を見てエナがにっこり微笑んでくれた。凛々しいお姉様の綺麗な笑顔に、混乱した頭が落ち着きを取り戻す。

いや……ここは空調機器があるんだから、時計くらいあって当然と考えるべきなのか……。しかし懐中時計か……確かに、エナが前にクレアに時間を教えていたことがあった。そのときになにかを取り出していたような……それが懐中時計だったのか。時計の技術だけなら中世くらいのレベルだろうか……。いや、実は腕時計とかもあったりするのかもしれない……。

【クティ！　腕に着ける時計とかはないの？】

「腕に……？　そんな時計はないと思うけど、腕になんて着けたら重くて大変じゃないかなー？」

黒板に手のひら大の時計を腕にくっつけた人間が描かれたと思ったら、顔には汗が大量に追加されていた。

腕時計はまだないのか……。時計の技術は懐中時計までか。生前の世界では、確か十六世紀くらいにゼンマイ式の懐中時計が登場したはずだ。その頃にはパピルスや羊皮紙に代わって植物紙が使われていたはずだが、本を触った感じではごわごわするし、そうとは思えない。異世界だから、やはり生前の世界とは色々違うのだろう。

そんな風に思考を巡らせている間に、妖精先生のお絵描きは講義終了なのか消滅していった。クティ先生もいつの間にかつけていたメガネと指示棒を消して、自分の頭のうえに載せている。

【終わり？】

「ちょっと休憩。詰め込みすぎてもよくないよー」

まだ聞きたいこともあったが、クティはすっかりくつろぎモードのようで、これ以上の講義は断念するほかなさそうだった。

クティ先生の講義は休憩となり、エナの朗読の声だけが静かに部屋を流れていた。テオやエリーのように表情豊かにメリハリの利いた朗読ではなく、持ち前の美声を生かしたしっとりと流れるような朗読だ。彼女の声は一種の催眠波のように、疲れているときは子守唄になり、普段は物語に引き込むように自然に意識を向けさせる。勉強のときは、気を付けていないとこの声にやられてしまうので厄介だ。

そんなエナが選んだ今日の本は『黄昏の狸と一本槍』。赤い夕日と宵闇の中間——黄昏の刻《とき》。謎の騎士が滅びゆく世界を一本の槍に封印した。そんな封印された世界を救うため、アレやコレやと奮闘する狸の物語だ。謎の騎士が封印の理由をいままさに語ろうとしたところで、テオとエリーが帰って来た。

「「ただいまー」」

「おかえりなさいふたりとも。手洗いうがいは済ませてきたかしら？」

「「もちろん！」」

一番の盛り上がりが期待されたところで、無情にも本が閉じられる。自分の肩のうえに移動していた妖精の、「オーマイガッ」という声が聞こえてきそうだ。両手で顔を覆い大口を開けて天を仰いでいるポーズにも共感できる。もう少し、あと一時間《ハルス》くらい遅くきてほしかったよ、おにいちゃん、おねえちゃん。

基本的にエナの朗読はテオとエリーが帰って来たら終了なので、続きはまた明日となってしまう。

非常に残念だが仕方ない。気持ちを切り替えて今度はふたりの朗読を聞こうと思ったが、そろそろ休憩も終わりでいいんじゃないかと考え直す。

【クティ、そろそろ休憩は終わりにして次の講義をお願いしたいんだけど】

「オーマイガッ」のポーズから微動だにしない妖精さん。なので、ちょっと肩を揺らして小さな体を振り落とし、両手ですかさずキャッチ。

いまだにポーズを崩そうとしないオーマイガ妖精さんを、上下にシェイクして正気付かせると、もう一度講義の催促をするべく文字を作ってみせる。

「はわあぁうああえぇ〜」

【大丈夫?】

ちょっと強く振りすぎたかなと思い、目を回しながらも、星やらリング付きの惑星やらを魔力で器用に形作り、頭上で回しているお茶目さんを一応気遣ってみる。

「むー。リリーは最近ちょっと乱暴なんじゃないかな!　かな!」

【そんなことないよ〜、気のせいだよ〜】

乱暴もなにもクティの扱いに慣れてきたっていうだけなので、そんな非難がましい目で見ないでほしい。ぷりぷり怒っているキュートな妖精さんを適当に宥《なだ》めつつ、次の講義はなににしようかと考える。その間にも、今日の朗読担当者であるテオが膝のうえに自分を移動させ、朗読準備を完了していた。

「次はなにを教えてほしいの、リリー?」

【じゃあ、次は〝癒やしの青光〟について教えて】

テオの朗読を聞き流しつつ、クティ先生に希望の講義内容を伝えてみる。熱が引いたあとに診察してくれたご老人が言っていたあの固有名詞だ。

「あー、あれねーいいよー。でもねーあれは私も考えたんだけど、教えるのはちょーっと難しいかもしれないんだよねー」

【難しいの？】

「そうなんだよねー。リリーは賢いから理解できるだろうけど、実践となると話が違うからねー。それでもいい？」

なにやら実践するような内容らしい。ちょっと……いやかなり自慢げなドヤ顔を見せる妖精さんの発言に興味を引かれた。最初はどんな薬なのか、ちょっと教わるだけのつもりだったのだが、そんなことを言われてしまっては引き下がれないってもんだ。

【がんばるよ！　ぜひ教えてください！　先生！】

「違う！　私のことは師匠と呼びなさい！　はい、もう一度！　シショウ！」

【師匠！　お願いします！】

勢いに乗っている妖精師匠に合わせて、こちらも調子良く大きな魔力文字を描き出す。

「よろしい！　私の修業は厳しいぞ！　それでもよければついてきなさい！」

【いえすまむ！】

踏ん反り返りすぎて完全に顔が見えない師匠に、きらきらの瞳を向けて答える。そしてクティ師匠の〝癒やしの青光〟に関する講義が始まった。

「まず、最初にやることは……」

【ごくり】

「やることは……」

【ごく、ごくり】

「……………えーと……」

両手を組んで仁王立ちになっていた師匠が、だんだんと視線をそらし始めて、しまいには完全に違う方向を向いてしまった。

【師匠？　ちゃんと教えてください】

「あーぇーとぉー」

視線を合わせない妖精をちょっとジト目で睨んでいると、クティも観念したのかしどろもどろに弁明を始める。

「ぁ、あのねぇ……実はそのぅ、私は感覚的に使えちゃったから～、理論的に説明するっていうのが難しくてね～。だからね……どうしよう？」

【私にそんなこと言われても……】

可愛らしく小首を傾げて、えへっと笑いかけてくる師匠。使い方以前に自分は〝癒やしの青光〟についても何も知らないのだ。どう答えていいのかわからない。

【とりあえず、理論の説明はいいから。〝癒やしの青光〟がなんなのか教えてもらえる？】

「あーそうか……知らないんだっけ？　そっかそっか……じゃあ、まずはそこからいってみようか！」

目をぱちくりさせると、納得がいったのか、人差し指をピンと立てて右手を突き上げ、左手を腰に当てるフィーバースタイルを取るクティ。背後に魔力の集中線まで出現させ、まさにいまにも確変しそうだ。

そして語り始めるは、異世界最大の関心事といっても過言ではないそれで、完全に大当たりだった。

「〝癒やしの青光〟は第二級の回復系に属する〝魔術〟を刻印した〝魔道具〟だよ。切断していなければたいていの傷は治せるし、それなりの病気も治しちゃう」

【ちょ、ちょっと待って！　いま『魔術』って言ったよね⁉】

妖精師匠の説明を遮るように、魔力文字で慌てて確認を取る。なんといっても魔術である。異世界ものなら必ずと言っていいほど出てくる不思議な能力だ。この不思議な能力に憧れない異世界ものの読者はいないだろう。ごたぶんに漏れず自分もこの不思議な能力——魔術、つまりは魔法に並々ならぬ関心がある。

だからこそ、あんなに魔力訓練にも励んできたのだ。

「ぇ、あ、うん。魔術って言ったよ。第二級の回復系はこの大陸だと珍しい魔術だからねぇ～。びっくりするのは当然だよねー」

心の中でガッツポーズを取ったが、表面上は冷静だ！　冷静だったら冷静だ！　いま心の中を覗ける者がいたならば、ドキドキのワクワクでワクテカしすぎている自分を見ることになるだろうけど。

【魔法って私も使える⁉】

「え、魔法は使えないよ？　魔法なんて本の中の話だし」

な、なんですとー⁉　いま実在するようなことを言っていたのに、本の中の話ですとー⁉

【ど、どういうこと⁉】

慌てて、「なに言ってるのこの子」みたいな顔できょとんとしている妖精さんを見つめる。

「どうもこうも、魔法なんてファンタジーなものは本の中の話だけで、現実で使えるなんて誰も思わないよ？」

【だ、だってさっき魔法が実在するようなこと言ってたじゃない……！】

再びきょとんとして、今度は頭上にクエスチョンマークを揺らす妖精さん。

「あーわかった！　〝魔法〟と〝魔術〟は違うんだよ！　魔法っていうのは曖昧な力で、物語に出てくるような非論理的なものでね。魔術は違うの……魔術はきちんと論理的に体系立てられた技術なんだよ」

今度はこっちが頭上にクエスチョンマークを出す番だった。つまりは……魔法はフィクションで、魔術は確たる技術だと、そういうことなんだろうか。

【え、えーと……じゃあ魔術は私も使える？】

「ん～……一般的に魔術と呼ばれている技術にもふたつあってね。ひとつは〝特定の触媒〟を扱える才能を持つ者が使用方法を構築したモノ。もうひとつは〝術式〟を独自に構築するモノ」

前者の特定の触媒は、発動を補助するためのアイテムかなにかだろうか。それすら特別な才能を持たないといけないとは、魔術はかなりハードルが高いようだ。

【特定の触媒を扱う才能がない者は、もうひとつの方法を使えばいいの？】

「ん～そうなんだけど……そう簡単な話でもないんだよねぇ～。まぁ、まずは前者のほうから説明しちゃうね？　特定の触媒を用いる才能の持ち主には、森の研究者が言うには、〝先天的素養保持者〟と〝後天的素養取得者〟っていう二種類がいるの。先天的素養保持者は言葉通りの意味で、生まれつき触媒を扱う才能を有している者。後天的素養取得者は触媒を扱う才能を持って生まれなかったけど、知識や経験などでそれを補い触媒を扱うことを可能とした者たち」

つまるところ、魔術は生まれ持った才能以外にも、知識や経験によって扱うことが可能なモノなのか。

「次にもうひとつのほうだけど……正直こっちは現実的じゃないんだよねぇ～。普通はすでに構築式が存在する〝既存の魔術〟と呼ばれる魔術を使うのが一般的なんだけど……。この魔術は一切手を加えることができないの。それに対して、そのもうひとつは一からすべての術式を構築することにより、どこにもない自分だけの魔術を作ることができるの」

【どっちがいいかは人それぞれだろうけど、自分だけの魔術が作れるならそっちのほうが私はいいかなぁ】

「まぁ私もそうだねぇ～。でもね……独自に術式を構築できる者は極端に少ないんだよ。もともと触媒を用いる才能を持つ者だって、森の外……リズヴァルト大陸の全種族でも、総人口の二割程度しかいないし。その才能すら、ピンきりでね。既存の魔術もたくさんあるんだけど、そのたくさんの魔術のうち、極々簡単な魔術しか扱えない者がほとんど。第二級とか第三級クラスの魔術を扱える者になると、ここオーベント王国の人口が約三十万人くらいだけど、三十人に満たないくらいだったかな。だけど、もうひとつのほうはもっと少なくてね。リズヴァルト大陸の種族からはここ八百年近くひとりも現れていないし、魔術を使える妖精族の精鋭の中でも、術式から生み出せるのはたったひとりだけなんだ」

【そ、そんなに……】

つまり、魔術とは超高難度の技能ということか……。

生前読んだ異世界ものの多くは、比較的簡単に魔術を使える世界が多かっただけに、これはちょっとショックだ。

だが、まだ自分にその才能がないと決まったわけじゃない。先天的素養がなくても、もうひとつの後天的素養のほうでカバーできるかもしれない。なんてったって「異世界に行ったらしたいことランキング」で堂々一位に輝くこと間違いなしの、「魔法的な能力を使ってみよう」なのだから。

ここで諦めるわけにはいかない！

【そ、それで……魔術の才能はどうやって調べるの？】

はやる気持ちをなんとか抑えながら聞くものの、自分のテンションが上がっていることは間違いない。

「才能があるかどうかの検査は、リズヴァルト大陸だと十歳からだねー」

……え？　……えーと……？　……じぶんいまなんさいだっけ？

【マ・ジ・デ⁉】

「まじさ！」

素敵な笑顔が今日一番のあくどいモノに見えた瞬間だった。

ショックのあまり、しばし呆然としてしまった。

「異世界に行ったらしたいことランキング」堂々の第一位であった、「魔法的な能力を使ってみよう」は早くも頓挫しかけている。

【十歳……それ以外の方法は……？】

淡い期待と微かな希望……似ているようでちょっと違うふたつが入り交じった眼差しを、今日一番の素敵な笑顔をしている小憎らしいあんちくしょうにぶつける。

「森の中にある大規模施設だったら確かめられると思うけど……まず妖精族以外は行けないし、ないも同然だね！」

ぐっはー！

いままさに、自分の口からはエクトプラズム的ななにかが飛び出しただろう。それほどの衝撃が体中を駆け巡った。

「まぁ、でも十歳なんてとっくに過ぎてるだろうし、別にリリーには関係ないよねー。それで検査結果はどうだったの？　普通は学園とかお城で検査するみたいだけど、リリーはどっちだったのー？」

この妖精さんはなにを言ってらっしゃるのだろうか……完全に思考が停止していたため、処理が追いつかない。

「……んー？　ちょっとリリーってば！　ねぇリリー!!」

なんの反応も示さない自分の異変にやっと気付いた妖精さんが、頬をぺちぺちと叩く。

「もー寝ないでよー！　私はまだ眠くないんだからー！」

ぺちぺちぺちぺちと頬を叩き続けながらとんちんかんなことをのたまう妖精さんに、突っ込みを入れねばとだんだんと思考を再開させていく。

「リーリィイー‼　おーきーろー！」

【……ハッ】

妖精さんの絶叫に、ようやく思考が回復したようだ。

【……ごめんごめん、なんの話？】

「もー突然寝るなんて！　もしかして……疲れているの？　だったら無理しないでいいよ？　また熱出したら大変だし……」

ぷんすかしていたと思ったら、一転して心配そうにしおらしくなる妖精さんだ。思考停止を招いた衝撃はどこへやら、目の前のこの可愛らしい妖精さんに、気持ちがほっこりしてくる。

【ごめんごめん、大丈夫だから。ちょっと衝撃的な事実を知ってね。思考が停止しちゃっただけだから心配しないで？】

「むー……ならいいけど～。ほんとに無理はしないでいいんだからね？　調子悪くなったらすぐに言うんだよ？」

あくまでこちらを気遣ってくれる心配性な彼女には、心の中で微笑んでおいた。

この部屋にはいまテオやエリーがいるのだ。無防備に微笑むのは危険すぎる。こうやって自分の無口無表情キャラが完成していくんだなと、心の片隅で嘆息した。

【それでなんの話？】

「えっとねー、十歳の検査は受けたんでしょ？　どこで受けたの？」

再度思考が停止する……がそれも一瞬のこと。だが、まだ万が一自分の歳を理解しているという可能性が……ないと思うが、一応聞いてみる。

【……え、えっと……クティは私が何歳に見えるのかな？】

「……？　ぇーっとぉ……。……⁇　わかんない……何歳なの……？」

ぱちくりおめめが大変可愛らしかったが、どうやら万が一はないようだった。

【クティ……よく聞いてね？　私は赤ちゃんなの。歳としては一歳と半分くらいだよ？】

「……⁉⁉⁉」

言葉にならないとはこのことだろうか……。

一瞬フリーズしたあとに目がどんどん見開かれ、信じられないといった感じで、口がぽかーんと大きく開く。そして、彼女にとっての驚愕の事実を突きつけた自分の頭から足の先までを、何度も何度も視線を往復させ凝視する。

【わかった？】

「……ぇ……ぁ……ぅえと……」

まだ思考がまとまらないらしい。クティクオリティといえばそのままだが、彼女は目の前の赤ん坊にしか見えない自分のことを、赤ん坊と認識していなかったのだ。よく言えば、外見ではなく能力で判断している。悪く言えば、何も見えていない……都合よく脳が解釈している的な意味で。

彼女の普段の言動や勉強法なんかは、明らかに幼い子ども、ましてや赤ん坊を相手にしたものではなかった。声が聞こえなかった当初はまだしも、短文の勉強を始めてからはどんどん複雑かつ高度になっていったのだ。

彼女の弁護をするなら、まず自分は普通の赤ん坊ではない。それに妖精族はいろんな種族を調査しているという。そしてクティはどうやらドヤ顔なお偉いさんのようだ。調査結果を当然知っているわけだろうから、赤ん坊の見た目で成長が止まってしまう種族なんてのもいたのかもしれない。まぁ、以前に聞いた種族の話では出てこなかったが。少数種族の説明は省いていたし、ありえない話ではない。

……それでも！　そんな現状を踏まえても！「クティだから」と言われたら納得してしまう妙な信頼感がある。だからあえて言おう。

クティだから！

クティの思考が平常運転に戻るまで、しばしの時間がかかった。

彼女的には、目の前のどこからどう見ても赤ん坊な自分が、赤ん坊であるという事実が、フリーズするほど受け入れ難いことだったのだろう。

【落ち着いた？】

「う、うん……リリーは赤ちゃんだったんだね……。確かに……言われてみれば赤ちゃんだよね……。人族の赤ちゃんだよね……どう見ても……」

ちょっと……いやかなり意気消沈している妖精さん。見事に肩ががっくりと下がり、頭のうえにたれ線が三本ほど魔力で描かれていた。こんなときにも芸が細かい。

「……ぁ、ぁの……でもさ……普通、赤ちゃんって文字とか書けないよね？　それにリリーは……その……すごく頭いいよね？　それに……それに！　はじめて会ったときのアレ！　体から魔力をあんな風に出すなんて！　熟練の魔術師でも難しいし、それこそ赤ちゃんができることじゃないよ！　あんなことができるから……てっきり……。ねぇ……なんで……？」

ものすごく遠慮がちに、普段の彼女とは比べものにならないくらい弱々しく上目遣いに聞いてくる。こんな妖精さんならお持ち帰りしたいわぁと微笑ましくなるが、答えは適当に濁しておくことにした。

【うーん……まぁ私はほら、私だから？】

正直に、別の世界から転生しました三十歳の男です！　なんて言ってもまた混乱させるだけだろうし、彼女とは長い付き合いになると半ば確信しているので、折を見て話せばいい。

しかしなるほど……クレアの放出は熟練の魔術師でも難しい技術なのか。まぁ……普通の人には見えないモノだ。クレアも無意識にやっていたわけだし、自分だって意識的にやるのはかなり時間がかかったしな。つまりクティは自分のことを最低でもクレアくらいの歳であると判断したわけだ……見た目は別として。どう考えても抜けているというか、天然というか……まぁ、それこそがクティらしい。

「……そう……だよね！　リリーはリリーだよ！　ほかの赤ちゃんがどうだろうと、リリーはリリーだよ！　私だけのリリーだよ！」

……最後の言葉は聞かなかったことにしておこう、うん。

【それで、えっと魔術の才能の検査だっけ？　まだ一歳半だから受けてないよ】

「あーうん、そうだよね……わかった。じゃあ、十歳になるまで待つか、森の施設に行くかだけど……」

いつものように、人差し指の先を顎につけて小首を傾げるド天然妖精さん。なにかちょっと考えているようだ。森の施設に行く方法はないみたいなことを言っていたけど、特別な方法でもあるのだろうか？　あるならぜひともお願いしたいところだが、自分はこの部屋から出ることすらできない身だ。こんな状況で森の施設で検査してもらうことははたして可能なのだろうか？

仮に可能だったとしても、穏便に済ませるには相当短い時間でこなさないといけないだろう。もしくはエナが寝たあと、夜の間に実行するか……。穏便に済ますにはこっちが最善だな……。

「うーん……森の施設に行く方法なんだけど……」

なんだか言い出しづらそうにもじもじしているクティを、じっと見つめて続きを催促する。

「あ、あのねぇ……実は定期報告に帰ったときに、ナターシャにでもお願いすれば、たぶん大丈夫なんじゃないかなぁといまさっき思い付いたの……」

【ナターシャ？】

チラッチラッとこちらを窺うように視線を送ってくる、普段とは明らかに違うクティ。

「ナターシャは世界の隣の森の女王だよ」

【女王様にお願いなんて大丈夫なの？】

「あー、別にそれは問題ないよ。私が言えばあいつ断れないしー」

やっと普段通りのドヤ顔で鼻息荒く、ふんっと鼻を鳴らす。女王の直属だとは聞いていたけど……女王自身にそんな態度が取れるほどのお偉いさんだったのか……。クティ、恐るべし。

【じゃあ、お願いしちゃおうかなぁー？】

「うん……それは別にいいんだけどね？　えーっとぉ……」

また歯切れが悪くなるお偉いさん。なにかまだ言いづらいことでも残っているのだろうか……。

【なにか言いづらいことがあるの？　気にしないで言っていいよ、私とクティの仲でしょ？】

出会って半年しか経っていないが、そんなものは関係ない。信頼関係を築くのには多少時間は必要だが、それ以上に大切なものがほかにもあるのだから。

「うん！　そうだよね！　あのね！」

一瞬で、パアアァーっと効果音が見えるくらい輝く笑顔になったクティは言い放った。

「明日、定期報告に帰らないといけないから、そのときに言ってくるよ！」

……明日？

クティと出会って半年くらい。今日まで一度たりとも会わない日はなかった。

しかし、彼女は明日定期報告に帰るという。

【そっかぁー、どのくらいで帰ってこれるの？】

「……ぁ、あのね……」

途端に歯切れが悪くなるクティさん。

まさか……帰ってこないなんてことは……。女王へお願いするなんて、やっぱり大それたことなのだろうか……。本人の言いようからはまったくそんなことは感じられなかったが、いまの彼女を見てしまうと、そんな不安が湧き上がってくる。

「……定期報告にはね……一度世界の隣の森に帰らないといけないんだ……。ナターシャに直通のゲートを張らせるから、移動にかかるのは片道一日くらいなんだけど……」

【じゃあ報告に一日くらいかかるとして、三日くらいで帰ってくるんだね？】

彼女のあまりに沈鬱な表情に最悪の予想をしてしまったが、それはどうやら杞憂のようで少しほっとした……のだが――

「報告にはね……その……早くて二十日くらいかかるかな……」

【二十日……】

往復の移動時間と合わせて二十二日……約三順《週間》。それも早くて……だ。この半年間毎日顔を会わせ、一日の大半をともに過ごした。熱を出したあとは二十四時間《ハルス》ずっと側にいてくれたのだ。約三順《週間》……月の三分の二以上の長い時間……。やっとクティが落ち込んだ理由がわかった。わかりたくなかったが、わかってしまった。彼女が言いよどむのも無理はない。こちらもなんと言ったらいいのかわからずに、落ち込んでしまう。

すでに魔術のことは頭の中から完全に消えうせてしまっていた。

そんな自分の異変に瞬時に気付いた者がいた。彼女は今日の朗読担当者ではないため、どんな動きも見逃さないとばかりに意気込んで自分を見ていたのだ。表情にほとんど出さないとはいえ、毎日一緒にいる彼女だ。雰囲気で察することに関しては、クティ以上といっても過言ではない。

「リリー、どうしたの？　この本、気に入らないの？」

「え？　……リリーはこの本が嫌いなの？」

エリーの声に、テオもすぐに自分の顔を覗き込み異変を察したようだ。だがそんなふたりの気遣いもいまの自分には届かない。

二十二日……。明日にはクティと一時的だがお別れしないといけない……だから、自分はこんな気持ちでいてはいけない。自分のことは心配いらないからと、笑って送り出してやらなければいけないのに……心は思い通りにならない。

……はぁ……。

深い深い嘆息が心の中で響いた。


ふたりとも落ち込んだまま、その日は寝る時間となってしまった。

雰囲気の暗い自分に、テオもエリーもエナもたくさんの言葉をかけてくれたが、その全てが右の耳から左の耳に流れていってしまった。あまりに心配したエナがランドルフ医師を呼んだが、老医師は特に異常はみられないと言って帰っていった。当然だろう、体ではなく心の問題なのだから。

ベビーベッドのうえでクティと一緒に横になっている。エナも自分のベッドで寝息を立てている。自分を心配して大騒ぎしていたテオとエリーも今日はこの部屋で寝ているが、今はふたりとも静かに眠っているようだ。

次に目を覚ましたら、クティと二十二日間も離れなくてはならなくなる。ならば、言いたいことはいま言っておくべきなのかもしれない。

二十二日間離れる程度で、これほどにも気落ちするとは思わなかった。三十年＋一年半も生きてきたのだ。別れはそれなりに経験している。だが、これほど濃密に特定の誰かと毎日を過ごしたことはなかったかもしれない。

子どもは些細な別れでも大泣きしてしまう……肉体が少なからず精神に影響を及ぼしているのだろうか。そんなことを考えながら、横に寝ているクティを見つめる。もうすでに半身のような彼女だ。正直に言おう、一時でも離れるのは寂しい。できることならずっと一緒にいたい。

「くちぃ……」

知らず知らずのうちに、こぼれるように、自分の半身のように思っている彼女の名が口をついて出てしまっていた。相変わらずの滑舌だが、いまはそんなことどうでもいい。

すると、隣で眠っていたはずの彼女が、はっとしたようにこちらを見た。

「リリー……初めて私の名前呼んでくれた……」

滑舌に問題があっても、ちゃんと彼女の名前を呼んだのだと認識してくれたことが嬉しい。魔力文字ではたくさん書いてきた名前だが、確かに言われてみれば、口に出したのは初めてだったかもしれない。離れ難くなるほど一緒にいたのに、まだ初めて経験することがあるのだ。まだまだ彼女と一緒に経験できることがいっぱいあるとわかり、なんだか無性に胸が苦しくなった。

「くちぃ、くちぃ……はあくかえてきてね？」

「うん！　うん！　ナターシャひっぱたいても早く帰ってくるよ！　任せてよ！　私はクレスティルト！　世界の隣の森でも最高の魔術師だよ！」

うまく動いてくれない口に苛立たしく思いながらも、自分の気持ちをきちんと言葉にすると、自称最高の魔術師さんは猛烈な勢いで立ち上がり、いつもの素敵なドヤ顔で約束してくれた。

その約束がすごく……すごく嬉しくて、いまできる最高の笑顔で——。

「っん！」

と返すことができた。

流れた一筋の涙はとても温かくて、嬉しいときも涙は出るんだと、通算三十一年と半年くらいの人生で初めて知ったのだった。

第四章　クティのいない日々

翌朝、目を覚ましたらクティはもういなかった。

見送られたら離れられないと思ったのだろう。

自分も泣いて離さない自信がある。だから、これでよかったのかもしれない。

――というのは結局建前だ。

自分の周囲に、あの手のひらにも乗る小さな相棒がいない。そう思うと、心にぽっかりと大きな穴が空いたような気持ちになった。なにかで埋めるには穴が大きすぎて、補塡《ほてん》できるものを見つけるには時間が全然足りない。

自分が起きたことに気付いたエナが朝の挨拶とキスをしてくれるが、とりあえず、寝ていれば時間は過ぎてくれるだろうと、もう一度目を閉じる。

クティに早く会いたいな……。

ただただ……そんなことを思っていると、案外すんなりと意識を手放すことができた。


左右は見渡す限り真っ白、上空にはもと母国語の文字が浮かんでいる。下方にはたくさんの床。

今自分は生前の姿をしている。それは手足を見ずともわかった。

「また来たのか……この不思議空間」

ため息とともに言葉を吐き出す。前に来たのは熱を出したときだから、それほど時間は経っていない。別にやることも、やる気もなかったので、どこに来ようが構わない。

しかし、睡眠で時間を飛ばそうと思っていただけに、こんななにもないところに来てしまっては意味がない気がする。

ごろんと適当に床の上に寝転がる。はぁ、とため息をもう一度ついてから、いま一番会いたい人のことを思いつつ目を閉じた瞬間、なにかが自分の目の前に出現した気配がした。

寝ようと思ったらこれだ……いったいなにがしたいんだこの不思議空間は……！

いっそ怒鳴りつけてやろうかと思い、目を開けたそこには……。白と黒で縁取られた横長の長方形――生前の世界で最大シェアを誇り、知らない者はいないとまで言われたコンピューターＯＳの後期型のウィンドウのようなモノが浮かんでいた。

そのウィンドウの中では、いま一番会いたいドヤ顔さんがなにかのパントマイムをしていた。

これは出会った頃の彼女だ。懐かしくて……目頭が熱くなる。

しばらくパントマイムをしていたドヤ顔さんが、自分に意味が通じていないことに気付き、諦めて肩を落としてしょんぼりする。

この頃はまったく意思疎通ができていなかったからなぁ……。

なぜこの不思議空間で半年前の出来事を見せられているのかはわからなかったが、いま一番会いたい人の映像が見られたという喜びが先で、理由などどうでもよかった。

肩を落としてしょんぼりしながら、動画の中で自分の肩のうえに移動するクティ。そしてエナの美声が聞こえはじめる。

この動画は音声付きのようだ。ありがたい話だが、どうせならこんな意思疎通ができていない頃じゃなくて、ちゃんと声を聞けるようになったあたりの動画を見せてほしかった。と、思った瞬間だった。

動画が一時停止し、そのうえにもうひとつウィンドウが開き、画面を埋めるように上から下になにか黒いモノが一気に流れてすぐに閉じる。早すぎてなにが起こったのかまったくわからなかったが、あとから現れたウィンドウが閉じると、最初のウィンドウに先ほどとは違う動画が再生されていた。

動画ではクティが魔力文字を書いてなにかを説明していた。

懐かしい……なぁ……長文ができるようになったあたりだ。

さっきの不思議現象のことは頭の隅のほうに追いやり、動画のクティを懐かしく見る。

元気いっぱいに動き、魔力文字でいろいろな単語を教えてくれるクティ。〝濁った瞳〟のことにまったく気付いていなかったクティクオリティ。精霊力と魔力という言葉。

定期報告に行くというのもこのときにはじめて言われたんだよな……。いつ行くかは、つい昨日知ったんだけどさ。

また感傷的になってしまった心にクティのドヤ顔が突き刺される。

早く会いたい……。早くあのドヤ顔が見たい……。

そんなことを思った途端、また新たなウィンドウが開き。先ほどと同じ謎現象が起こる。

今度は少しだけ読み取れた。見覚えのあるもと母国語の文字がいくつかあったのだ。画面に流れた黒いなにかは文字だった。

読み取れた文字は「クティ」「ドヤ顔」のふたつ。その意味を考える前にウィンドウが閉じ、一時停止されていた動画のウィンドウの周りに、多数のウィンドウが出現する。いくつも出現したウィンドウにそれぞれ別の動画が再生されていた。そのすべてでクティがドヤ顔をしている。

「ぷ……くっあははは」

ドヤ顔が見たいと思ったら、ドヤ顔の動画がたくさん現れた。この不思議空間はなかなか粋なことをする。感傷的な気分などどこへやら、目の前にあるさまざまなドヤ顔についつい笑ってしまう。たくさんのドヤ顔たちに囲まれ、たくさんのクティの声に包まれる。なんだかとても幸せな気分だ。この不思議空間に励まされているような、不思議な気持ちになってきた。不思議空間なだけになー……などと、適当なことを思いながらたくさんのクティを飽きもせず眺め続ける。

クティが帰ってくるまで、ずっとこの不思議空間で過ごしてもいいなぁ……。

ドヤ顔動画が再生されているウィンドウは、自分を囲むようにドーム型に展開している。床に寝転がって見ているので半円状なのだろう。立っていたらほぼ三百六十度を囲まれたのだろうか。立つ気もないのにそんなことを思いながら、ドヤ顔たちを見つめる。

いったいどれほどの時間、ドヤ顔を見ていたのだろうか。次第に意識が遠のき始め、幸せな気分でドヤ顔に突込みを入れたところで、視界は完全に白い闇にのまれた。

目が覚めるとなにやら騒がしかった。

「ランドルフ様はまだなの⁉」

「エリアーナ様、落ち着いてください！　ランドルフ様はもうすぐ到着されるはずです」

「あぁ……早く……早く……リリーが……リリーが……！」

エナが珍しく取り乱しているようだ。最初の声は叫び声にも似たものだったし、次に聞こえた声はいまにも泣きだしそうだった。

いったいなにがあったのだろう……こんなエナは初めてだ……。

ゆっくりと起き上がり、ベビーベッドの柵の上から少し顔を出して、ドア付近で取り乱しているエナを恐る恐る見た。

その瞬間、エナのすぐ側に立つ、魅惑のアレ《ウサギミミ》を装備した素晴らしきお方とばっちり目が合ってしまった。瞬間、そのお方は——。

「エリアーナ様！　お嬢様が！」

と、こちらを指差して叫ぶ。

しかし振り返ったエナに一瞬で間合いを詰められ、抱きしめられたことのほうが驚きだった。ベビーベッドからドアまでは優に三メートル以上はあったはずなのだが、まばたきする間もなく自分はエナの腕の中にいた。

「あぁ……よかった……ぐすっ……よかった……」

「よかったです……お嬢様……」

ちゃんと手加減をしてくれているようで、抱きしめられても全然苦しくはなかったのだが、エナは泣いていた。ドアの前にいた素敵装備《ウサギミミ》のお方も、目尻を拭っている。

いったいなにが起こっているのかまったくわからなかったが、とりあえずエナが泣きやんでくれるまでどうしようもないと思ったので、そのまま待ってみることにした。

しばらく待ってもまだ泣きやまず、エナが自分を抱きしめ続けていると、ランドルフのご老人がやって来た。ぜぇはぁぜぇはぁと息を切らせている。

全力疾走でもしてきたような感じだなぁ……元気なご老人だな……。

「はぁはぁ……エリアーナよ……ぜぇ……リリアンヌ嬢の意識が戻らぬと……はぁ……聞いて飛んできたのじゃが……」

「……ずずっ……うぅ……す、すみません、ランドルフ様……」

荒い呼吸のまま問いかけるご老人と、さっきまで泣いていた――というか今も泣きながら鼻を啜っているエナ。

「はぁはぁ……いやよい……とにかく、意識は戻ったのじゃな？」

「はい……」

「そうか……はぁ、さすがにしんどいわい」

もしかして自分は昏倒でもしていたのだろうか？

ふたりの会話から察するに自分の意識が戻らなくてエナがご老人を急遽呼んだ。だが、ご老人が駆け付けてみたら自分の意識は戻っており、泣いて喜んでいるエナがいた、というところだろうか。

自分が意識を取り戻していることをエナに確認したご老人は、どさっとふかふかの絨毯の上に座り込んでしまった。いつも背筋がぴんと伸びている元気そうな人だが、やはりご老体にはきついものがあったのだろう。文字通り駆け付けてくれたご老人には感謝の念が絶えない……ありがたやありがたや。

ふたりが落ち着くまでしばしの時間がかかったが、部屋にはさっきまでの緊迫感はなく、至極まったりとした空気が流れていた。

「ふむ……特に病の症状は見当たらんのぅ……」

「そ、それでは、なぜ意識が戻らなかったのかわからないということですか⁉」

診察の結果、ご老人が出した答えは「お手上げ」だった。その答えが納得いかないエナは、少しヒステリックになっているようだ。普段は滅多に声を荒らげることなどないのに、ご老人に詰め寄っている。

「落ち着きなさい、エリアーナ殿。おまえさんが騒いだところで、原因がわかるわけではないのだよ」

「……すみません……」

「よいよい。リリアンヌ嬢を思いやる気持ち故だというのはわかっておる。それに……いまはおまえさんのほうが病人に見えるほどやつれているではないか」

あくまで冷静なご老人に宥められ、エナは申し訳なさそうに頭を下げている。そんなエナにご老人は穏やかに声をかけている。

泣きやんだエナはだいぶやつれていた。ご老人の言うように、エナのほうが明らかに病人に見える。だが、自らの状態よりもこちらのほうが気になって仕方がないらしく、ご老人の「座って休んでいなさい」という言葉も耳に入っていない様子だった。

どうやら自分は半日以上意識が戻らなかったらしい。朝食を持ってきたエナは、二度寝していた自分を無理に起こさず、しばらくそのまま寝かせていたのだそうだ。昼食の時間になっても目覚めない自分をおかしいとは思ったが、熱が出たときにも同じことがあり、そのときは一、二時間《ハルス》で目を覚ましたらしい。そこで、また熱が出たのかと額と額を合わせて熱を測ってみたが、異常はなかった。念のため、この時点でご老人に診察の依頼を出したが、今日は立て込んでいるので夜になると言われたようだ。そして、夕方になっても目覚めない自分に焦ったエナが夜になるのも待ちきれず、使用人を数人走らせてご老人を引っ張ってきたというわけだ。

自分には思い当たることもあるのだが、ご老人たちに原因はわからないだろう。

エナは納得できないようで、もう一度診察してくださいと頭を下げている。ご老人もエナの願いを聞き入れ、再度診察するが、結果は同じ。原因は不明で、翌日の朝にまた診察に来ると言って帰って行った。

部屋には心配のあまり憔悴しているエナと、学校から帰って来て事情を聞かされたテオとエリーがいる。素敵装備《ウサギミミ》なあのお方は、兄姉が帰ってくるまではドアのところで待機していたのだが、ふたりを招き入れると姿が見えなくなってしまった。ちょっと残念だったが、今はエナが心配でもふもふな素敵ワールドには浸れそうにない。

ほんとに心配させすぎてしまったようだ……。だが、まさか半日以上も昏睡状態になっていたとは思ってもいなかった。

思い当たる原因……それは、あの不思議空間でのドヤ顔鑑賞会だ。あの不思議空間にいる間は昏睡状態になってしまうのだろう。ただの夢のようなものかと思っていたのだが、どうやら違うようだ。

前回は初めてのことだったので、夢にしてはいやにはっきりと覚えていたが、明晰夢《めいせきむ》かなにかだと思ってあまり気にもしていなかった。気になるようなことは一切起きていなかったし。

だが今回は違った。クティに会いたいと思ったら映像が流れ、ドヤ顔が見たいと思ったらドヤ顔が再生されたことを、いまもはっきりと覚えている。夢というにはちょっとおかしい。そして昏睡に陥った時間と、あの空間にいたであろう時間は、大体同じような気がするのだ。

もちろん、きっちり計ったわけではないので、そう感じたとしか言えないのだが。なので、昏睡の原因が不思議空間にあるとするならば、不思議空間へ行ったときには、みんなを心配させるほど長居しないよう対策を練る必要がある。

しかしいくら考えても、対策らしき対策が思い浮かばない。

どうしたものかと頭を悩ませていると、エナが優しく頭を撫でてくれる。

「ごめんなさいね、リリー、テオ、エリー……そしてありがとう」

穏やかな笑顔で不思議なことを言うエナ。どういう意味だろうか？　そう思ったら、自分の心をエリーが代弁してくれた。

「エナ……どうして謝るの？　どうしてお礼を言うの？」

「……それはね、いま、リリーもあなたたちも私のことをとても心配してくれてるわ」

「うん……リリー、すごく心配してるね……もちろんボクたちも心配してるよ！」

負けじと声を上げたテオに儚《はかな》げな笑顔で応えたエナが続ける。

「私はリリーの乳母であなたたちのお姉さん役で……心配させるようなことをしちゃだめなの……だからごめんなさい。そしてリリー、ちゃんと意識を取り戻してくれて、私たちのところに戻ってきてくれて……ありがとう。……あの人やあの子は戻ってきてくれなかったから……」

あの人……あの子……？

消え入りそうな声で語られた言葉の意味を、反すうする間もなく次の声が上がる。

「それは……エナの……赤ちゃんの……」

エリーが悲しげな声で言ったが、最後のほうは言葉にならなかった。

エナの……赤ちゃん……。

確かにエナは乳母で、仕事があり毎日母乳を与えることができないクレアの代わりをしてくれている。だが、考えてみるべきだった。母乳が出るということは、エナにも母乳を与えるべき赤ん坊がいる可能性があることを。夫の存在を。

一年半もの間、エナは常に自分の側にいた。クレアやアレクとあれほど仲がよいのだ、普通なら乳兄弟として我が子を連れてくるだろう。けれど、そういったことは一度としてなかった。

つまりは……。

「……テオとエリーにはあの人のことを話したわね。第二騎士団は危険な任務が多いもの……仕方なかったわ」

静かに目を瞑《つぶ》り、なにかを耐えるように絞り出された声は諦観の色が濃く、すでに過去を受け入れているようだった。

第二騎士団……クレアが騎士団があるようなことを言っていたが、そこの第二部隊にエナの夫と思われる人が所属していた……。危険な任務も多かったのか。覚悟はできていたのだろうな……。

「……あの子のことも……あなたたちは知っていたのね……。ええ……私の赤ちゃんは生まれてくることができなかったわ。でもね、代わりにリリーに会えたわ。アレク兄さんと親友であるクレアの娘であるリリーに。そして……リリーはちゃんと私たちのもとに戻ってきてくれた。だから大丈夫なの」

穏やかないつもと変わらない声音で語られた話は、胸の奥に静かに重く残っていた。


エナの赤ちゃんは生まれてくることができなかった。その事実が心の中で次第に大きくなっていった。自分はその赤ちゃんの分もエナから愛情を受けているのだ。エナに母乳をもらい、エナが常に側にいてくれる。文字通りエナに育てられている。

エナの事情を知らなかったいままでと、知ってしまったいまとでは、ずいぶん気持ちが違う。エナの自分を見る目は慈愛と優しさに満ちているが、生まれてこられなかった子どもの分も上乗せされているのだとよくわかるようになった。そんなエナに、自分はいったいなにを返すことができるだろうか。

子どもがすくすく育ってくれることが親の願いとはよく言うが、自分はすくすくというにはちょっと違う育ち方をしている。

たとえば、〝濁った瞳〟のために全盲であること。

たとえば、通常の赤ん坊とは遥かに違う知識量を持つこと。

とても一般的とは言えない子どもだ。

自分に降りかかるであろうリスクを避けるために、隠している事実がある。自分が普通に喋ってみせればすぐにでも喜ばすことができるのだろうが、間違いなく自分がほかの子どもとは違うこともすぐにわかってしまうはず。天秤は常に自衛に傾いている。


昏睡から数日が経過し、エナのやつれ具合ももとに戻った。あれから不思議空間には行っていないので、自分が再び昏睡状態にならずにいることが、エナが元気を取り戻した要因だろう。

正直なところ、不思議空間へ飛ぶ条件と帰還の条件だけでも判明させておきたいところだが、現状ではそれもままならず、偶然に任せるしかないのが歯がゆい。

ベビーベッドの上から朝の掃除をするエナをぼーっと眺める。しばらくすればエナも自分が起きていることに気付くだろう。それまでは彼女の調子を確認するためにも、ぼんやり観察させてもらっている。

これは昏睡の翌日からずっと続けている。目に圧縮した魔力を大量に集めて見ることで人の体調を確認できるのだ。魔力の色の濃淡や形状から、体調の善し悪しがわかるというわけだ。

自分が昏睡から目覚めたとき、エナの胃の部分には黒い斑《まだら》なアメーバ状のモノが広がっていた。圧縮を覚えたことで、服のうえからでも魔力の精緻な流動が把握できるようになったことが役立った。エナを観察していて気付いたのだが、体内に流れる魔力は人体に悪影響を及ぼすモノがあると、それを異物と判断するらしく、一日で別の物質だとわかる塊を作り出すようだ。

圧縮魔力による視力の強化を会得したのが最近だし、観察対象が限られるのでそう確実なことは言えないが、もしなにかしらの異物を発見した場合、どうにかしてエナを休ませようと思っているのだ。


幸い今日もエナの体調は通常通り問題ない。

そうこうしているうちにエナが、自分が起きていることに気付いた。じっと見ていたし、視線でわかったのかもしれない。

「おはよう、リリー。よく眠れたかしら？」

そういって額にキスしてくれる。次は跳ねた髪をヘアブラシで優しく整えてくれるのが、朝の日課だ。

エナの事情を知ってから、なんだか妙に愛情を感じる時間になった。今までも髪を整えてもらうのは気持ちよかったのだが、最近は気持ちよさだけでなく、温かいオーラのようなモノも感じる。

今日も優しく温かい朝の習慣を終え、エナが朝食を取りに行く。エナは普段、朝食を先に済ませているようで、この部屋で朝食をとるのは自分だけだ。

ベビーベッドからいつもの自分用の椅子に移される。朝食は多少歯ごたえのある大きさの具が入った温かい野菜スープと、一口サイズに切られているパン、スクランブルエッグにサラダ、そして温い牛乳だった。

エナに誘導されながら子ども用のスプーンでゆっくりと食べる。相変わらず全体的に薄い味付けだが、もう慣れてしまった。

圧縮魔力で視力強化しても、食べ物や食器は見ることができない。圧縮した魔力でも結局魔力がないものは見られないのだ。このままではずっと誰かのお世話を受けなければ食事ができない。匂いで物の位置がわかるなどと、曲芸じみた真似はできないから仕方ないだろう。

魔力による視力に頼っているせいなのか、第六感やそのほかの感覚器官が鋭くなっているという気もまったくしない。まぁ……魔力を見る力が向上していると前向きにとれなくもないが……。

時間をかけた食事が終わると、エナが食器を片付けに行く。といっても、ドアの前に待機しているであろう使用人に渡すだけなので、あっという間に終わってしまう。

部屋の外には常に使用人が待機しているようだ。警護をする人もいるだろうし、何人くらいいるのだろう。

現状でそれがわかったとしても大した意味はないのだが、いまは考え続けることが大事なのだ。

常になにかを考えていないと、ドヤ顔妖精の顔が頭に浮かんですぐに落ち込んでしまう。

けれど、エナに余計な心配をかけてはいけない。

そう思って、クティが定期報告に出発したその日以外は、落ち込んだ姿を見せないように気を付けている。

●・●・●

生後十八カ月目。

緑歴七百八十七年、そろそろ七の月になるのだろうか。

その日、テオとエリーは、午前中の日課である樹木と花壇の世話をそれぞれ終えて部屋に戻って来た。普段なら日課のあとすぐに出かけるはずのテオがその様子を見せない。エリーもいつもはたっぷり二時間《ハルス》ほど遊んだらお昼を食べて学校へ行くのだが、昼食後もゆっくりしている。今日は学校の創立記念日かなにかで休みなのだろうかと思い始めたあたりで、テオが教えてくれた。

「あ、そうだ！　リリーはお利口だからボクたちが今日学校に行かないのは不思議だよね？」

「そっか……だから今日はなんだか不思議そうな顔をしてたのね！」

特に表情に出した覚えはなかったのだが、どうやら彼らは自分のほんの小さな変化にもきちんと気付いてくれるようになったようだ。毎日一緒にいるのは伊達ではないらしい。

「今日からボクたちは夏休みなんだよ！　だから八の月の初めまでずうぅっと一緒にいられるからね！」

満面の笑みを浮かべたテオがぎゅーっと抱きしめてくる。それを見たエリーも、早く早くとテオを急かしながら順番に自分を抱きしめる。

夏休みかー懐かしいねぇ……そんな季節なのか。去年は魔力訓練に夢中で気にしていなかったけど。夏休みと言えば宿題とプールと西瓜と日焼けと宿題と宿題と宿題と……etc.etc.。この世界にもそういうものはあるのかねぇ……。

などと生前の夏休みの思い出に浸っていたら、ふたりが手に何かを持っていた。音が出る玩具のようだ。

基本的に玩具の類は魔力がなくて見えないので、形状は触らないとわからない。あの音はたぶんいわゆるガラガラだ。以前、木製の持ち手を握らされたことがあるのでわかる。音が出る部分は円柱形で、細かい装飾っぽいものが施されていた。赤ん坊の玩具にしては結構精緻《せいち》な飾りなんじゃないだろうか。如何にもお金がかかってますよって感じの玩具で、あまり触りたくない。だって壊したらいやだし。

この部屋の玩具は大体そういう装飾が付いている。さすがお金持ち、赤ん坊の玩具にすら金をかけまくっているようだ。

少し前まで、テオやエリーは自分を喜ばせるためなら玩具が壊れようがなんだろうがお構いなしだった。

以前、テオが張り切って振りすぎたガラガラがすっ飛んで、壁に激突して壊れたことがあった。当然自分には見えなかったから、クティに損傷具合を教えてもらったのだが……そのときのテオの落ち込みようはひどかった。

高価な玩具が壊れたせいではない。己の不注意で、もしかしたら大切な妹が怪我をしたかもしれないという事実に落ち込んだのだ。何度も何度も謝ってくれて、こちらが罪悪感を抱いてしまいそうなほどだった。

そんな事件もあり、テオの玩具の扱いは張り切りすぎるようなことはなくなった。だが、テオはどうにも興奮すると加減がきかなくなることがある。

自分を抱きしめるときに、興奮していた場合、まず間違いなくエリーかエナが制止するので問題ないのだが……。男の子だから多少乱暴なのは仕方がないだろう。けれど、テオはどうやら自分と一緒のときでなければ、これほど興奮状態になることはないようなのだ。

エリー談だが、学校ではテオは優しくて気配りもできるうえ、爽やかな王子様として通っているらしい。

なにが彼をそこまで興奮させるのか。外では猫を被っていて、反動でこうなっているのだろうか……。ちょっと将来が不安だ。二面性は誰にでもあるだろうが、無邪気で愛らしい笑顔を見ていると、ついつい心配してしまう。

自分から見た彼は……勢い余って失敗しまくるだめな弟のような兄貴、だ。これではどっちが兄なのかわからないな。まぁ、家族で一番精神年齢が高いのは恐らく自分なので、仕方がない。いや……ついつい忘れるが自分は彼らの妹だった。

テオの将来も心配だが……自分の将来も心配だ。生前は男だっただけに、女として生きていくことが、想像はできても現実感がいまだにない。いま自分が女であるということすらうっかり忘れてしまうのに……大丈夫なのだろうか。

目の前にはガラガラなど、音の出る玩具で必死に自分を楽しませようとがんばっている兄と姉。エナは微笑ましそうにその光景を見守っている。

夏休みに入ってテオとエリーの朗読と触れ合いの比率が半々に近くなっている。未読の本が少なくなってきたのだろうか？　自分との触れ合いを心底喜んでいるふたりを見ると、そうでもないような気がしてくる。以前はシスターコンプレックス一歩手前と思っていたが、はっきり言おう。いまは完全にシスターコンプレックスだ。

いや……自分の見立てが甘かっただけで、もっと前から手遅れだったかもしれないが。

彼らは玩具を自分に持たせても常に手を握って補助しようとするし、隙あらば……いや隙がなくても抱きしめられる。歩行訓練で少し歩けるだけで、褒め称えられ抱きしめられる。玩具を振って音を鳴らすたびに、褒められて抱きしめられる。とにかく抱きしめられるのだ。これをシスターコンプレックスと言わずしてなんと……兄ばか、姉ばかがあったか。

そうだな……まだシスコンなどと不名誉な称号を言い渡す前にそちらがあったか。そうだ、彼らは兄ばか、姉ばかだ！　胸を張って言おう！　この兄ばか！　姉ばか！

無論、言葉にするわけにはいかないので、魔力文字の看板をふたりの頭上に飾ろう。天使の羽のような装飾も付けてゆっくり回転させてやる。

エリーに手を引かれて歩行訓練をしながら、無事看板の設置を完了させる。

「すごい！　すごいわ！　今日は三歩も歩けたわ！　リリーはなんて天才なんでしょう！　あぁんもぅ！　もう!!」

そうする間にもエリーに抱きしめられた。

テオはというと――。

「さすがボクたちの天使だ！　もう明日には走れるようになって、追いつけなくなっちゃうんじゃないか!?」

……これだ……。

以前もふもふな素敵ワールドへ至るためのミッションで、何度かふたりの目の前で歩いているのに、これだよ。ふたりの記憶領域はどうなっているんだろうか……。ちょっと本気で心配になってしまう。それとも、彼らにとって歩行訓練中の出来事とそれ以外では別物なのだろうか。

意味がわからない。自分で考えておいて意味がわからない。そんなわけのわからない思考の渦にのみ込まれつつ、今日もふたりのばかっぷりを心配する。

テオとエリーの夏休みが始まってから幾日かが過ぎた。

たっぷり昼寝をしてから、今日もテオやエリーと戯れる。いつも通りに玩具を使って自分の気を引こうとするふたり。そんな兄姉を適当に眺めながら、たまには玩具で遊んであげようとテオがいるほうに顔を向ける。

玩具は壊すのがいやでなるべく遊ばないようにしているが、まったく遊ばなければテオとエリーとの触れ合いの手段が減ってしまうし、高そうな玩具を用意してくれた両親にも申し訳ない。なので、さほど興味はないがたまには遊ぶようにしているのだ。

音が鳴っているあたりに手を伸ばすと、テオが嬉しそうに玩具を持たせてくれる。エリーは少し悔しそうだ。するとエリーが座っていたクッションのような物をテオの背中に叩きつけて――。

「あいたっ」

と、動きを止めた兄の隙を突き、玩具を持つ自分の手にエリーが手を添えて補助役を奪い取る。次に悔しそうな顔をしたのはテオだった。クッションといっても彼女たちが座っている物はそこそこ硬さがあるので当たったらそこそこ痛いはず。この手段を選ばない感じがすごい。目的のためなら兄のダメージなど知ったことではないのだ。

ちなみに万が一にも自分《リリアンヌ》に被害が及ばぬようにかなり慎重に狙いをつけていたのを見ている。彼女の中の優先順位は、一番に妹《リリアンヌ》、二番に彼女自身で、だいぶ下がってテオなのである。

　学校での話を聞くには、彼女は穏やかな優しい物静かな人物。テオが王子様ならエリーはお姫様、のはずなのだが……自分の評価は、目的のためなら手段を選ばないときに過激な子だった。

　テオもエリーのそんな性格を熟知しているのか、奪われてもやり返したりはしない。そんな真似をしたら、それ以上の報復が待っているとわかっているからだ。

　エリーだって常にテオを出し抜こうとしているわけではない。朗読などの順番はきちんと守るし、勉強の際にわからないことがあっても、テオがエナに聞いていれば、きちんと待っている。分別はあるのだ。だが、どうにも自分が絡むとその分別が飛んでしまう気がする。テオを出し抜こうとする頻度がやけに上がるのだ。それも……暴力的に。

　穏やかな笑顔で辛辣な出し抜き工作を行うのが彼女なのだ。現状は標的がテオだけなので客観的に見ていられるが、いつか矛先が自分に向かないかちょっと心配だ。自分に向けられるあの笑顔の意味が変わる日が来ないよう願うばかり。

　敵に回してはいけない存在。自分の胸に刻まれたエリーのプロフィールのひとつだった。

　熾烈な主導権争い……もとい触れ合いタイムは、エナの「勉強は？」の一言で終了となった。

　やっぱり夏休みの宿題が出ているのだろう、渋々と勉強を始めるふたり。

　熱の一件以来、彼らは必ずこのベビールームで勉強をする。何度かエナが「自分たちの部屋に行きなさい」と注意したが、ふたりは頑として譲らなかった。エナは仕方がないとばかりに大きくため息をつくと、いくつかの条件と共に、この部屋で勉強する許可を出した。

その条件とは——。

ひとつ、勉強しろと言われたらすぐ行う。

ひとつ、静かにする。

ひとつ、勉強中はリリーを構ってはいけない。

そのうちのふたつはなんとかこなせるふたりなのだが、どうにも最後のひとつが難しいご様子。勉強中にチラチラとこちらを見てくる。その度にエナが「や〜くそくを〜」と歌う。今のふたりにはきっと悪魔の歌声に聞こえているに違いない。

美声の悪魔……彼女との約束を守らなければ即座に部屋から追放されるのだ。それだけは避けたいふたりとしては、声が聞こえた瞬間に勉強に戻らざるをえない。それでもしばらくするとまたチラチラ見始めるので、悪魔も何度となく例の歌を囀《さえず》ることになる。

今日も何度か悪魔の歌が聞かれたのだが、ふたりが勉強に集中し始めたあたりでエナが立ち上がった。

すると珍しく部屋をノックする音が聞こえた。この部屋に入ってくる人でノックをする人間はいまのところ、部屋にいる三人と一月ほど帰ってこれないはずの両親、あとはランドルフ医師くらいだろうか。

屋敷にいるほかの使用人たちはこの部屋には決して入ってこない。ノックの前にエナが立ち上がったところを見ると、彼女は誰かがドアの前まで来たことを知っていたのだろう。

エナがドアを開け、ベビーベッドからは相変わらず死角になる場所にいる誰かと、一言二言話す。

それからドアを閉めてこちらを振り返ったエナは、開口一番――。

「テオ、エリー。ローランド様とアンネーラ様があと数日でお着きになられるそうよ！」

知らない名前がふたつ、エナの口から飛び出した。

「エナ！　本当⁉」

「お爺様とお婆様が来てくれるの⁉」

嬉しそうに、だが意外というニュアンスをたぶんに含んだ声音だった。

……おじいさま？　おばあさま？


現在の自分を簡潔に述べるならば……着せ替え人形だろう。目の前にあるのであろう、たくさんの服たち。であろうというのは、当然見えないからだ。ではなぜそんなことがわかるか……それはそうだな、あれはつい三時間ほど前のことだったな。


エナから伝えられた祖父母来訪の話に、テオとエリーは浮き足立った。祖父母が大好きなようだ。

彼らの口から語られる祖父母の話は、どこぞの冒険小説に近いものだった。

曰く、祖母が親指一本で盗賊をぶちのめした。

曰く、祖父母のふたりだけで魔物が跳梁跋扈《ちょうりょうばっこ》する奥深い迷宮を踏破した。

曰く、祖母単独でドラゴンを絞め殺した。

明らかに盛られた話だった。

誰がどう聞いてもちょっと盛りすぎだろうと思う内容だ。それこそまさに英雄譚だ。盗賊の話なんてどこの世紀末の胸に七つの傷がある人ですかと思う。こんな話を鵜呑みにしている兄姉の様子からして、祖父母への信頼がよくわかる。さもなければ、こんな話すぐに嘘だと気付きそうなものだ。

ふたりの中の祖父母のイメージは強くて格好よいのだろう。だが自分からすると胡散臭さくて仕方ない。

自分が抱いた祖父母のイメージ。

それは……可愛い孫に自分たちの栄光を誇張して語ってしまう典型的な爺様婆様。この手のタイプは扱いやすいが、機嫌を損ねると厄介だ。まぁ、自分は赤ん坊だしさほど問題はないだろうが、自慢話に付き合わねばならないのかと思うと面倒くさい。そのときは得意のスルースキルを駆使して、魔力訓練でもしていよう。そう心に決めたあたりで――。

「はいはい、ふたりともそこまでよ。ローランド様とアンネーラ様のお出迎えに着る服を今から選んでおきなさい」

「「はーい」」

自分を抱き上げたエナが、「ふたりとも仕方ないお兄ちゃんお姉ちゃんね」という心の声が聞こえてきそうな微笑みを浮かべて告げる。

出迎えに着る服……つまりは正装してお出迎えするということだろうか。まるで生前の世界でいう中世欧州の貴族のようだ。というか、この屋敷の外観すら見たことがないのでなんとも言えないが、ここが中世欧州に似た国だということは間違っていない気がする。

まぁ、異世界ものの定番という期待もたぶんに含んでいるのは言うまでもない。だが、そのほかにもそう考える理由がある。

家族の話で何度か出てきた、騎士及び騎士団という単語だ。

生前の自分にとって騎士や騎士団なんてモノは、ゲームか漫画か小説か……いわゆる空想上の存在でしかなかった。せいぜい実在してもコスプレかイメージプレイといったところだ。そんなものがいたのは、中世……つまりだいぶ文明レベルが低かった時代の話だ。

その頃の技術レベルとこの世界の技術レベルは一部が一致し、一部がまったく外れている。外れている部分は〝魔術〟という、生前には存在しなかった魔法のような技術の賜物ではないだろうか。まだ魔術について詳しくは知らないが、クティに教えてもらった範囲では、使える者が少ない高等技術ではあっても、総人口の二割程度は扱えるらしい。そんな特殊な技術があれば文明の発展に寄与していないわけがない。

生前の世界は魔術はなく、科学技術が発展した。科学技術が発展したのは、簡潔に言ってしまえば手間を省くためである。もし、魔術によりさまざまな手間が省けるのならば……この世界では生前ほど高度な科学技術は望めないだろう。

そう考えれば、テオやエリーが祖父母を出迎えるのに正装をするのもわかる。クリストフ家はやはり貴族なのだ。

そして、正装すべきはテオとエリーだけじゃない。たとえ一歳半くらいの幼児であっても、正装しなければならないのだ。誕生日のときに着たドレスなんかも正装と言えるだろう。

というわけで自分は今、着せ替え人形状態なわけである。

念願の三度目となる部屋の外への移動は、階段を下りてすぐの部屋までだった。エナだけでなくエリーも一緒だ。自分のことより、妹の服選びのほうが重要らしい。女の子の前に姉であり、姉である前に〝リリアンヌ・ラ・クリストフを最高に着飾るためなら手段を選ばない者〟なのだそうだ。クティばりのドヤ顔でエリーにそう宣言されては、もはや何も言えない。

部屋の中にはエナとエリーのほかに、使用人が三人いた。二度目の不思議空間から帰還して以来だろうか。ひとりはそのときに見た素敵装備《ウサギミミ》のお方だった。ぜひともあの装備を触らせて……いや……もふらせてほしい！　誤解されがちだが、触るのと〝もふる〟のとでは大きく違う。触るとはただ触れることだ。もふるとは、愛で撫で揉み、ときには口に含み、その感触すら楽しむ高等嗜好技術なのである。

だが勘違いめさらぬよう。口で楽しむのは、主にその質感を堪能するためであり、食べるためではない！　口は最高の感覚器なのだ！　間違えてはいけない！

――閑話休題。

結論から言おう。

ただ触れることすら難しく、もふるなどはっきり言って不可能だった。彼女たちの役目は基本的に着替えの手伝い……ではなく服を持つ係。エナとエリーが自分の服を厳選するためのハンガー役だったのだ。

おかげで自分の半径一メートルにすら近寄ってくれない。

素敵装備《ウサギミミ》はひとりだけだったが、使用人は三人とも女性だ。まぁ……一応着替える自分は女の子なわけだし、男の使用人は相応しくないだろう。

三人の使用人――メイドさんたちの髪は、全員同じように低めの位置でお団子にしてまとめられている。三人それぞれ容姿は違うが、一列に並んでいると、なんとかシリーズと言われそうなほど統一感がある。さすがお金持ちの屋敷のメイドさんといったところか、美人揃いだ。三人とも立ち居振る舞いに隙がない。

隙がないので、突撃してもふるような真似もできない。それ以前に、自分自身がエリーにがっちりとホールドされている。

なぜ離してくれないのだ、お姉様！　たとえ無駄だとわかっていても！　男にはやらねばならないときがある！　やらねばー！　あ……自分、女だっけ。

まぁ、ホールドされてなくても服をとっかえひっかえさせられているので、もうボクのライフはゼロに近いんですがね。いったい何着着たのだろうか……。

エナとエリーはまだまだ元気いっぱいのようだ。コレでもないアレでもない、でもコレも似合いそうだし、ソレも似合いそうだし、あぁんだめよ、全部似合っちゃうリリーが怖いわ！　全部着せるしかないわ！　……って、正直付いていけない。

女性って怖いわぁ……。将来は自分もあぁなるのかと思うと震えが止まらないわ！　なれるかわからないけど。

そんなわけで最終的に何着着替えさせられたのかわからないが、だいぶ長いこと着せ替え人形状態だったことは間違いない。だってもう、お腹がきゅーってなってるし。その音にようやく気付いたのか、エナの動きが止まり、少しうえを向いて壁のほうに目を向ける。

「あぁ！　もうこんな時間じゃないの！　リリー、ごめんなさいね……お腹空いたでしょ？」

視線の先に時計があったようだ。自分もそっちを向いてみると、薄ぼんやりとなにかが一部だけ見えた。視力を強化してみると、はっきり見える。

それは太った三日月型で、中にはいくつかの細い部品のようなものが何個も入っていた。とても時計には見えないが、あれは複雑機構なのではないだろうか。つまり、時計の針などは魔力を持たない物質で作られていて、本体内部の複雑機構は魔力を持つ物質で作られている。

生前の世界には複雑機構が部分的に見えるようになっている時計が結構あった。もしかしたらアレに似た感じのデザインかもしれない。まぁ結局のところ、この時計では魔力しか見えない自分の瞳で時間を確認することは不可能なようだ。

「じゃあ、今日はこの辺にしてまた明日続きをしましょうか。ローランド様たちが到着するまでには時間もあるし、ゆっくり選びましょう」

にっこりと素敵な笑顔を見せながら、なにかとても残酷なことを言われたように思うのは気のせいだろうか。もう一度言っておこうか？　ボクのライフはもうゼロよ！

● ● ● ● ●

翌日は朝から嬉々とした女性陣――エナとエリー、昨日と同じメイドさんたちによる着せ替えが始まった。

いったい何着あるんだろうか……。大部分はドレスタイプの服だが、ほんの少しだけレディーススーツのようなものも交じっていたりする。男装の令嬢ってやつをイメージして作っているのだろうか……こちとら幼児なんですが。スーツタイプの服もなんていうか……リクルートスーツのような簡素なものはないが、装飾の少ないすっきりしているものから、反対に装飾過多な幹部用の軍服めいたものまであった。

どうしてそこまで詳しく服の形状がわかるのか。それは訓練の賜物とでも言っておこう。以前から人が身に着けていれば、ぼんやりとだが服を視認することはできたし、直に触ればある程度は生前の記憶にある服のイメージで補いながら把握できた。

しかし、魔力の訓練を重ねた結果、イメージによる補足を色だけに抑えることができるようになった。

圧縮魔力で強化した目で自分が着ている服を見れば、形状までわかるようになったのだ。かなり集中しないと体の内に流れる魔力のほうが見えてしまうので、ちょっとコツが必要だったが、すぐものにすることができた。

なんというか、「ピントを合わせる」という言い方が一番近いだろうか。ただ、圧縮魔力で強化した視力でも、ほかの人が着ている服の細部を判別するのは難しい……ができないわけではない。ピントがなかなか合わず、合っても維持が難しくて、ほんの一瞬でまたぼやけてしまうのだ。

それでもやはり魔力がないものは見えず、服やアクセサリーなども体に身に着けている状態なら見える、という不思議な境界線は存在し続けている。ハンガー役のメイドさんたちが持っているだけではダメなようで、みんなが手にしている服が見えないのが残念だ。

ちなみにハンガー役のメイドさんたちの格好はというと、装飾がほとんどない実用性の高いロングスカートのエプロンドレスに、頭にはちょこんと小さめのホワイトブリムを載せている。いわゆるヴィクトリアンメイドといった感じで、萌えをメインに据えた生前の世界で流行《はや》っていたメイドさんとはまったく違う。

残念ながら素敵装備《ウサギミミ》のお方の尻尾はロングスカートで隠れていて見えなかった。長い尻尾を持つお方たちのスカートはどうなっているんだろうか……。尻尾といえば敏感なものだろうし、ちょっとしたことで反応するなら、スカートの外に出しておかないとスカートが捲《まく》れちゃって大変だろう……実に楽しみだっ！

それはともかく、問題はこの着せ替えがいつまで続くかだ。

もうすでに今日だけで三十着以上は着替えているはずだ……。だが、いまだにエナとエリーはきゃっきゃと姦《かしま》しく服を選び続けている。採寸なんてされた覚えはないのだが、これだけの量のぴったりサイズの服を集めるのは大変だったろう。しかも、幼児用だ。

……まさかとは思うが、全部いま現在の自分に合わせて作られたものなのだろうか……。成長の早いこの時期に……。家族の自分への溺愛っぷりを思うと、十分ありえそうなのが怖い……。

生前は趣味と遊びに給料を費やし、「貯金？　なにそれ」の生活で、衣服などあまり気にしたこともなかっただけに、思考が及ばない。

考えるのをやめて無になりたいという衝動に駆られるが、無になろうとすると相棒様のことをつい考えてしまう。そうなると当然気落ちするので、必然的にまたエナたちに心配をかけてしまう。それだけは避けなくてはならない。

つまるところ、自分に残された選択肢は常になにかを思考しつつ、この着せ替え地獄をひたすらに耐えるということだけだった。

……誰か助けてくれー！

お出迎えの正装選びは三日間にも及んだ……。恐るべきは、服選びを本当に嬉しそうに真剣に行い続けたエナとエリーのふたり+メイドさん三人だろう。とてもではないが真似はできない……。

それに、後回しにしていたはずのエリー自身の服選びが、いつの間にか終わっていたことにも驚いた。

この三日間でスカートには多少慣れたのだが……いや、やはりスースーして微妙だ。なんか心もとないのだ……。空調が効いているのでまったく寒くはないが、肩や背中がむき出しになることもちょっとどころじゃなく心もとない。

サマードレスタイプのオーガンジードレスで、胸元で重なり合うオーガンジーの縁を、スパンコールのようなものが綺麗に飾っている。左胸に付けられたワンポイントの薔薇とウエストサイズを調節可能なふんわりリボン、ふわふわのオーガンジーと合わさって、お披露目したときにはテオが「妖精のようだ」とぼんやりした顔で呟いていた。スカートは三枚仕立てで、裾部分にはボリュームを出すためなのか短めのチュールが縫い付けてある。

色は相変わらず不明だが、エリーが――。

「あぁ……リリーにはやっぱり白が似合うわぁ……」

と、うっとりしていたので白なのだろう。

ちなみにドレスの形状を選ぶのに二日と半分。残りの半日は色選びだった。色違いの同じ服が何着も部屋にあったようなのだ。単色のものだけでも最低五色はあり、当然単色だけなんてことはありえず……もはや部屋にあった服の数は……恐ろしくて考えたくない。

エリーはというと、自分とほぼ同じ型のドレスで、違うのは色と胸元にあしらったワンポイントの薔薇の位置だけだった。

「互いを引き立て合う白と黒。素敵ねぇ～」

とエナが言っていたので、エリーは黒なのだろう。ふたりはぷりきゅ……とか思ったけど自重しておこう。装飾の少ない軍服のような正装をしたテオが仲間はずれになってしまう。

テオは腰に細身の剣を佩いている。レイピアというよりは、鞘が少し太いのでサーベルだろうか。鎧のない子どもの騎士様って感じで格好よいと思う。……可哀相なので「見習い」はつけないでおく。

仮にもお出迎えなので、簡単な挨拶の仕方をエナとエリーが手取り足取り教えてくれる。いわゆるカーテシーだ。

だが思い出しておくれ、おふたりさん……自分は一歳半くらいの幼児ですよ？　そんなの普通は覚えられるわけないじゃないですか……常識で考えて。いやもしかしたら、この世界の常識では一歳半くらいの幼児でもこういった挨拶を覚えるのか？　常識がわからないというのは、こういうときに恨めしい。

まぁ、できなくてもそれはそれで、自分を物覚えのよくない子だと思わせることができてちょうどいいかもしれない。とか思ったけど、すでに何度かやらかしている身だ。もはやそんな低レベルの工作では意味ないのだろうな。

まぁ、やるやらないは、祖父母が来るまでに決めればいい。というか、数日で来ると言っていたけど、具体的にいつ到着するのかは言ってなかった。いつ来るんだろう？　お三人さんに聞くわけにもいかないし、どうしたものやら……。

翌日はお昼前に慌しくドレスを着せられた。

ドレスを選んだ部屋に連れていかれて、今回はメイドさんたちにも手伝ってもらいながらの着替えだった。部屋にいるのはエナとメイドさん三人と自分だけだ。あの地獄の三日間では、半径一メートル以内に絶対に入ってこなかったメイドさんたちにまで手伝わせているし、四人とも結構焦っているのが伝わってくる。これは緊急事態というやつだろうか。

おぉっ!!　素敵装備《ウサギミミ》のあのお方がめっちゃ近くにいる……これは、行かねばならないのではないでしょうか！　でもよくわからないけど、一応これって緊急事態だよね？　そんなときに本能に任せた行動を取っていいものだろうか……。あぁでも今自分赤ん坊でした、はい、そうでした！　これはやっちゃっていいよね!?　いざ逝《い》かん！

と思ったところで、いつの間に接近されたのか――というかいつの間にいたんだ――エリーががっちりと自分の手を握っていた。

気付けば自分の着替えも終わっており、握られた手からギギギと音を立てそうな動きで視線をエリーに移し、もう一度ギギギと正面を見返したときには、部屋の壁際にいるのか、素敵装備《ウサギミミ》のあのお方は目測五メートル以上離れて深々とお辞儀をしていた。

「さぁリリー、お爺様とお婆様がもうすぐ到着されるわ。えっと……」

エリーがなにか言っている。

深々とお辞儀をしている素敵装備《ウサギミミ》のあのお方までは、とてもじゃないが、その手を振り払って捕獲されずに到達するのは不可能だ。

どうしてこうなった！　もふもふ神よ！　我が願いは届かなかったというのか⁉

心の中で血の涙を流していると、エリーが正面に回って自分を抱え上げようとがんばっていた。彼女の中には、自分の手を引いて連れて行くという選択肢はないようだ。脇の下あたりに手を添えられたけど、力が足りないのかやり方が悪いのか、無理やり抱き上げようとするので体が痛む。

幼児といってもそこそこ成長しているし、エナからエリーは抱っこ禁止を言い渡されている。小学生に上がったばかりの少女が、幼児を抱き上げようとしているのだ。無理な体勢になるのは致し方ないだろう。

それに、目の前でゆらゆら揺れていた素敵装備《ウサギミミ》が、もはや手の届かない遥か彼方に行ってしまったので、なんだかもう色々なことがどうでもよくなっていたせいか——。

「ねーね、いたい」

「ぇ……ご、ごめんなさい！　リリー、大丈夫？　ごめんね？　え、えっと……ど、どうしよう……」

ついこぼしてしまった一言に、エリーが一瞬きょとんとしたあと、慌てて謝ってきた。なんだかちょっと可哀相なくらいにおろおろしてしまっている。

エリーの背後に控えているメイドさんたちは動かない。主人からの命令があるまでは差し出口を挟むことはできず、動かないのではなく動けないということだろうか。みんな心配そうな顔で見ている。助けに入っても別にいいんじゃなかろうか。そうしてエリーが挙動不審になっていると、誰かのノックが聞こえた。

「着替えは終わったかしら？」

透き通る美声、これは間違いなくエナの声だ。その声を聞いたエリーが、挙動不審な態度からやっと回復して明らかに安堵の表情になる。さっきまで自分の着替えを手伝っていたはずなのだが……いったいいつの間に部屋を出たのだろうか？

「エ、エナ！　あ、あのね、リリーが！」

いまにも泣きそうな声を出すエリーに驚いたエナが、自分から見て左手側にあるはずのドアを破壊しそうな勢いで開け、部屋に入ってきた。

「どうしたの⁉　なにがあったの⁉　リリー！　大丈夫⁉」

横目で見ると、ドレスを着たエナが凄まじいスピードで近付いて来る。

ものすごい剣幕で超接近して来るものだから、思わず驚いて硬直してしまった。あまりに速くてうまく視力のピントを合わせられなかったのだが、視界に入ったエナの足先の魔力が少しおかしな動きをしていた気がする。一瞬すぎて見間違いだったかもしれないが。

「なにがあったの⁉　エリー！」

「は、はい！　ぁ、あのリリーを、も、持ち上げようとしたら……そ、その……リリーが痛いって……」

鬼気迫る表情のエナに詰め寄られたエリーが、今度は半泣きで答える。涙自体は見えないのだが、表情も声も泣きだす一歩手前だ。エナはそれを聞くと、すぐさまこちらの体中を触って異常がないかを調べ始めた。

「リリー、痛いところはない？　我慢しないでちゃんと言うのよ？　ここは？　ここは？」

いつになく険しい表情と有無を言わせぬ迫力に、こくこくと頷くことしかできない。実際にいまは痛いところなんてない。エリーが言ったことは事実だけど、エナはちょっと落ち着いたほうがいいと思う。心配してくれるのは嬉しいけど、これはさすがに過剰だと思うよ。

「エリー、なにがあったのかきちんと話しなさい」

エナに言われたエリーが、すぐさま自分を抱き上げようとしたことを話しだす。それを真剣な表情で聞いていたエナが、小さなため息をひとつついた。

「エリー、もしかしてこうやって抱き上げようとしたのかしら？」

エナの手がこちらの脇の下をつかむように添えられる。力が入っていないので当然痛くはない。こくんと頷くエリーに困ったような顔になるエナ。先ほどの恐ろしい雰囲気は霧散している。なんとかピントを合わせて確認したエナは、胸に薔薇があしらわれたシンプルなホルターロングドレスを身に着けていた。大きく胸元が開いている。

背中のほうは見えないが、ドレスの作りからしてこちらも大きく開いてるのだろう。ぜひともじっくり眺めたいところだ。早く後ろを振り向いてほしい。

「エリー、今日のリリーはドレスを着ているでしょ？　このドレスは生地が割と薄いから、厚手の生地で作ってあるいつもの服とは違って、無理やり抱き上げようとするとリリーにはちょっと痛いと思うの。だからどこか怪我をしてるとか、そういうのじゃないと思うわ」

「そ、そうだったんだ……」

困ったように微笑むエナに、安堵の表情を浮かべたエリー。もう大丈夫そうだ。涙が溜《た》まっていたのだろう、ハンカチらしきものでエリーの目尻をエナが優しく拭っている。雰囲気が和らいだからか、壁際に控えていたメイドさんたちがドアのほうに移動していた。

ひとりがなにかを――恐らくドアだと思われるものを支え、ひとりがそこでごそごそしている。まさか、蝶番《ちょうつがい》がぶっ壊れたのか？　さっきの衝撃音では仕方がないかもしれないな……。むしろよくドアごとぶっ壊れなかったものだ。

メイドさんたちを眺めていると、エリーを慰めていたエナに抱き上げられる。無理やり引っ張り上げるのではなく、体を包み込むように軽やかに抱き上げてくれるので、痛みはまったく感じない。むしろ抜群の安定感と安心感だ。その様子を確かめたエリーが、エナの腕の中にいる自分を見つめて、両手でそっと手を包み込んできた。

「リリーごめんね……がんばってもっと力をつけて、今度は痛くないように抱っこするからね。……だから嫌いになんてならないでね？」

また泣きそうな顔をしているエリーに、なんか努力するところが違うよお姉ちゃん、と心の中で突っ込みを入れつつ微笑む。

「……っ‼」

それを見たエリーが一瞬硬直したあと、パアアァァと効果音がしそうなほど劇的に笑顔になった。背後にお花畑が見えそうなくらい、素敵な表情に変わったエリーは、さっきまで半泣きだった少女にはまったく見えない。いったいなにがどうなったのかさっぱりだったが、泣いているよりは笑顔のほうが遥かによいと思う。エナはそんな自分たちを微笑ましそうに見ていたが、やがてエリーを促して歩き出した。

「さぁ、もうすぐローランド様たちがお着きになるわ。しっかりお出迎えしないとね？　あ、でもあとでランドルフ様にちゃんと診てもらわないと」

エナの過保護な発言は毎度のことなので気にしないでおこう。それはそうと、やはり今日の慌しさは爺さんと婆さんが到着するからだったのか。少し進むとテオが合流し、またしばらく歩いていく。エリーの、るんるんとスキップしそうなほどの上機嫌に不思議な顔をしたテオだが、特に理由を聞くことはなかった。

それにしても、この屋敷は本当に広い。いったいどれだけ歩けば――玄関かな？――お出迎えの場所に到着するのだろうか。五分くらい歩いて着いたところは、高い位置に、部屋にある灯りのような、魔力の流れが見える細かいものの塊が浮かんでいた。形状と場所から考えると巨大なシャンデリアだろう。その位置から考えると、ここは三階ぶち抜きの吹き抜けになっているのかもしれない。

視線を正面に移すと、そこには数多くのメイドさんと執事さん、家令やフットマンとおぼしき人たちが整列している。ここはエントランスホールなのだろうか？

ずらっと並んだ使用人たちの列の終わりにつく。自分を抱きかかえているエナを挟む形でテオとエリーが左右に立った。準備万端といった感じだ。

そして両サイドに立っているふたりを見たあと、エナを見上げたときだった。ドアが開く音がして正面を向くと、深々と頭を垂れる使用人たちの先にふたりの人物がいた。

第五章　戦慄の祖父母と至高のもふもふ

使用人たちの間を、ゆっくりと進んでくるふたり。それに合わせて、テオとエリーが一歩前に進み出ていた。

「『ローランドお爺様。アンネーラお婆様。お久しぶりです』」

立ち位置が変わったことで、長身のエナに抱かれている自分から兄姉の動きがよく見えた。右拳を左胸に当て、背筋をぴんと伸ばしたテオ。ドレスの裾を両手で摘み、優雅に少し腰を折るエリー。ふたりの動作は一切の淀みのない完璧なものに見える。練習していたのか、挨拶の言葉もぴったり重なり、まるで劇のワンシーンを見ているかのようだった。兄姉の二メートルほど手前で止まった来訪者——ローランドとアンネーラのふたりは、優しげな笑みを浮かべていた。

「うむ、大きくなったなテオドール。エリスティーナはクレアの小さい頃にそっくりの可憐な少女に育ったな。ふたりとも見間違えたぞ」

「えぇ……ふたりとも元気そうでなによりです」

ローランドはとてもお爺さんとは呼べない、がっちりとした筋肉の塊のような大男。アンネーラはクレアの十年後を想像させる、お姉さんと呼ぶに相応しい美女。こちらも、とてもじゃないがお婆さんとは呼べない。

「お久しぶりです、おふた方。さぁリリー、ローランドお爺様とアンネーラお婆様よ」

自分を抱きかかえているエナはカーテシーができなかったので、目を伏せ少し膝を折る簡易の挨拶をして祖父母を紹介してくれる。

　まだ五十にも届かない年齢なのだろうから、アンネーラがお婆さんに見えないのも当然といえば当然かもしれない。クレアとエリーと並んでいれば、三姉妹に見られてもおかしくないような若々しさだ。明らかに母方の祖父母なのだろう。

　そんなことを考えていると、祖父母から凝視されていることに気付いた。正確には爺様にはとても見えない筋肉ダルマのほうにものすごく凝視されている。アンネーラお姉様——実際にはお婆様だけどなんか無理がありすぎるので——は、さすがクレアの母親だけあって、のほほんと微笑を浮かべながらこちらを見ている。

　数秒間そのままの状態が続き、筋肉ダルマがなにやらプルプルと震えだしたときだった。なにかとてつもない、形容し難い熱風のようなモノが見えた……気がした。熱かったわけではない、だが本能で感じたのだ。

　次の瞬間には筋肉ダルマならぬローランドが、空中を滑るように、地面とほぼ平行に後方へすっ飛んでいった。まるで漫画のようなぶっ飛び方だ。現実に、しかも目の前でこんな光景が見られるとは予想だにしなかっただけに、思わず目が点になってしまった。

　当のローランドは、空中でくるっと回転して軽やかに受身を取ると、すかさず床に五指を突き入れ、着地する。エントランスホールの床は足音から察するに、大理石かなにかの石でできているようだが、指はへし折れることもなく、音もなく床にめり込んでいた。

　そして、衝撃的な出来事など何もなかったかのように、突き入れたときと同様にあっさり五指を引き抜くと、ローランドが両手を広げてものすごい勢いでこちらに突進してきた。

「うおおぉ……おじいちゃんを許しておくれ、リリアンヌよぉぅおおぉぅぅ」

滝のように流れる涙のおまけつきで、飛ばされた――目測二十メートルの距離をなかったことにするかのように猛スピードで迫ってくる化け物。驚きの出来事と目まぐるしく変化する筋肉ダルマを前に、目をぱちくりすることしかできない。

いったいこの化け物……もとい、爺さんはなにがしたいんだ……。突然ぶっ飛んだかと思ったら、次は泣きながら謝りつつ高速で突進してくるのだ。あまりにもショッキングすぎて思考が追い付かない。

そんな自分を他所《よそ》に、滝の涙を流す爺さんとの距離は縮まっていく。が、その動きはやけにゆっくりに見える。人は命の危険を感じると、脳の一部の機能が高まり、このような体験をすることがあると聞いた。いわゆる走馬灯現象ってやつだ。今回走馬灯は見えないけど、高速で接近してくる爺さんの動きはスローモーションに見えた。

そうして爺さんが、のほほんお姉さんならぬアンネーラの横を通過しようとした瞬間だった。スローモーションの視界で尚、ぶれるように残像を引くアンネーラの腕。それがローランドに接触した瞬間、スローモーションが終わり、ローランドは床に伏していた。

なんの音も衝撃もなしに、高速で接近するローランドを無力化した本人は、床とキスしている人物の背中に足を載せている。いったいなにが起こったのか、ローランドは完全に動くことができないようだ。

まるでいまの出来事などただの日常だと言わんばかりの態度で、穏やかに微笑を浮かべているアンネーラ。そんな真の化け物を見た瞬間、ある話が脳内に再生された。

「お婆様はひとりでドラゴンを絞め殺したことがあるのよ！」

盛大に盛られていたはずの話が、まさかの実話だったことを裏付ける力を見せ付けられ、全身に戦慄と衝撃が走った。つまりは、先ほど漫画のようにぶっ飛んでいったローランドは、この人が……!?

だが、不思議なことにそこには自分に害をなすような感情は一切なく、この人は自分の味方であるという確信めいたナニカがあった。初めて会うはずの人物にこんなことを思うのは、血が繋がった祖母だからだろうか。テオやエリーが無類の信頼を寄せるのも当然と思えたのだった。

「ふふ……あなたダメよ？　リリーちゃんがびっくりしているわ」

穏やかなゆっくりした口調で、何事もないように足元でぷるぷるしている物体Jに向かって諭すように告げる、驚異の武術の達人さん。その様子に呆気に取られていると、ぷるぷるしていた物体Jがなんとか声を絞り出す。

「す、すまん……つい、我を忘れて行動してしまった……もう大丈夫だから足をどけてくれないか？」

達人さんが足をどかすと、ゆっくりと立ち上がり、服についたのだろう埃をぱっぱと払い落とすローランド。床に突き立てた指もダメージはないようだ。どうやらどちらも達人と呼べる領域の人らしい。アンネーラお姉様は言わずもがな、ローランドは二十メートルもぶっ飛ぶような衝撃を受けても、床石に五指を叩き込んでもまったく平然としているし。

指を突き入れたときに無音だったことも異常だ。あんなことを行える者が達人でないならば……この世界の達人とはいったいどういう人を指すことになるのか。

いきなり衝撃的すぎるできごとが連発して、さすがにそろそろ参りそうだ。と思ったところで、身なりを軽く整えたローランドがゆっくりと近寄って来た。

「ゴホン……リリアンヌよ、驚かせてしまってすまないな。あまりにも……その、クレアの……おまえの母親の小さい頃にそっくりの美しさでな……少し我を忘れてしまったのだ」

「リリーは天使ですから！　仕方ありませんよ、お爺様！」

「そうですわ、お爺様！　リリーの可愛らしさに我を忘れてしまうのはもはや常識です！」

気恥ずかしそうに咳払いをして頰を染める筋肉ダルマは不気味だが、それに賛同する――背後に花畑が広がりそうな笑顔の兄姉も、もう少し冷静になってほしいものだ。

コレはいったいどういう状況なんだろうか……。なんだか頭痛がしそうな展開に、復活しかけていた思考がまた停止寸前だ。出会って数分でこのひどさでは、この先が思いやられる。いやマジデ。

「うむ。わかる、わかるぞ、テオ！　エリー！　この美しさ、可憐さ……言葉では言い表すことができないほどだ！」

「「わかります！　お爺様！」」

なんのコントですかと小一時間は問いたいところだが、完全に意気投合している三人を止める者は誰もいないようだ。しばらくの間、「リリアンヌは世界一可愛い」談義が続いたが、聞くに耐えなかったので、早々に魔力訓練で暇を潰すことにしたのだった。

理解不能の謎の談義が続く中、圧縮魔力の制御訓練を吹き抜けの広いエントランスホールで思う存分していると、のほほんとした口調で三人の理解不能生命体に談義終了を告げる人物がいた。

「あなた、テオ、エリー……その辺にしておきなさいね。リリーちゃんはもう飽きちゃってるわよ？」

その声に、三人が我に返ったようにこちらを見る。使用人たちが仕事に戻れずにいることにも気付いたのだろう、エナが「別室でお話の続きをしましょうか」と促す。

エントランスホールから少し歩くと、先行していた執事さんがドアを開ける仕草をしてから、脇に控えるように移動する。典型的な老執事ではなく、まだ二十代前半くらいに見える精悍な顔つきの青年執事さんだった。ドアを開ける仕草や、脇に控えるときの流れるような動きは、さすがはこの家の執事といったところだ。

青年執事さんが鳩尾あたりに右手を添えて、軽く腰を曲げている横を通り過ぎ、室内に入っていく。外に出たような感じはしなかったので、室内だと思われる。中にはたくさんのメイドさんとフットマンが、壁際なのか一定間隔ごとに待機している。素敵装備《ケモノミミ》のかたも多数交ざっており、フットマンの中にもそれはいた。

あぁ、魅惑のもふもふワールドがこんなにも近くに……。実にワクテカが止まらない。迸《ほとばし》るパトスがアンチテーゼしちゃいそうだぜ。

意味不明な単語が脳内を暴走し始めたが、いまはまだもふもふな素敵ワールドに飛び立つわけにはいかなかった。

ふかふかのソファーっぽいものに自分を抱えたままエナが静かに座り、その右隣にエリー、さらに隣にアンネーラお姉様。エナの左隣にテオが座り、その隣に筋肉ダルマといった感じで腰掛けている。自分のすぐ隣という位置を、兄姉は自慢の祖父母にも譲る気はないようだ。しかし、なぜ同じソファーに全員が座る必要があるのか……。

メイドやフットマンが控えている場所から考えても、この部屋はかなり広いはずだ。なのに寄り集まるようにして、ひとつのソファーに座っている自分たち。初めて会えた孫とできる限り触れ合いたいということなのだろうか。わからないでもないが、なんというか、狭くはないが圧迫感が半端ない。テオやエリーは祖父母でなくてこちらを見ているし、祖父母も言うに及ばずこちらを見ている。そんなに見られると穴が空きそうなのですが……と、泣きを入れたくなってしまう。見られて喜ぶ趣味は持ち合わせていないのだ。

「ふむ……やはり、手紙通りの瞳のようだな。あれからなにか進展はないのか？　エリアーナよ」

「はい……歯がゆく思いますが、これといった進展もなく……むしろ、その……」

凝視といって差し支えない強い視線を送ってきていた筋肉ダルマ――ローランドは、どうやら〝濁った瞳〟を確認していたらしい。瞳のことはクレアかエナあたりが手紙で伝えていたようだ。エナは俯き加減にまぶたを伏せながら、言いにくそうに答えている。〝濁った瞳〟だけじゃなくて、最近は昏睡もあったたし、心配させることは間違いないので答えづらいのだろう。

「……テオとエリーの前では話しづらいことか？　ならば場所を変えるとしよう」

「いえ……ふたりも知っています。……数日前に、半日ほどですが、昏睡状態になったのです」

「な、なんだと!?」

「あなた。落ち着きなさい」

ソファーの前にはテーブルがあるようだ。猛然と立ち上がった途端に痛そうな音を立てた筋肉さんがエナの目の前に移動し、両手で肩をつかもうとしたところで、のほほん達人さん――アンネーラお姉様に腕をつかまれ阻まれる。お姉様の左手に軽くつかまれているようにしか見えないのに、ローランドの勢いは完全に消滅している。アンネーラの華奢な手は、見たことのない動きをする魔力が視認できた。どうやらこの脅威の達人さんの力は魔力と関係があるらしい。細かく揺れ動きながら流れているはずの魔力が、均一に滑らかに、まるで流動する結晶のような状態になっている。その様は美しく、力強く、そして灼熱の輝きをいまにも放たんとしているかに見えた。

エントランスホールで感じた熱風の正体はこれだったのか。

魔力の制御を一年半ほど訓練している者から見て、この状態を再現することはいまの自分にはまず不可能だと断言できる。一切の隙間がない魔力などというもの自体、どれだけ圧縮を重ねなければいけないのか。しかもそれを美しく、灼熱の輝きを放つようにするなど、どれほどの技術が必要なのか……。だが、そこであることに思い至った。

これは、もしや魔術ではないだろうか？

そんなことを考えていると、アンネーラお姉様に諫《いさ》められたローランドが、咳払いをして席に戻る。それを確認したからか、控えていたフットマンがふたり近付いてきてテーブルの位置を直した。かなり重いテーブルのようだが、それに突撃をかましたこの筋肉はなんのダメージもなさそうだ。つくづく恐ろしい。

「……ごほん、それでランドルフ殿の診察結果はどうだったのだ？」

「はい、ランドルフ様でも昏睡の理由はわかりませんでした。昏睡の少し前に微熱を出しましたが、それも関係はないだろうとのことでした。病気の類ではなく、魔術的なものでもないそうで……いまもって原因は不明のままです」

「そうか……だが、本人は至って元気そうなのが救いか」

エナの話を聞いた筋肉ダルマが難しい顔をしていたが、こちらを見ると穏やかな表情に変化し、少し安堵するかのように吐息を漏らす。

魔術的なものではない……？

エナの言葉は、裏を返せば魔術的な問題が原因で昏睡に陥ることがあるということだろうか。呪いに似た効果を持つ魔術でもあるのか。相手にかけて弱体化させる、いわゆるデバフってやつだな。抵抗力のない幼児がかけられたら、命の危険があるのかもしれない。だからこそ、いつもアレほど厳重に警戒しているのだろうか。

「それで、そちらのほうではどうなのでしょうか？」

「あぁ……それは……だな」

エナが聞き返すと、テオとエリーを気にするようにしてローランドの歯切れが悪くなった。テオとエリーには聞かせたくない話のようだ。

「……ローランド様、テオとエリーは自ら学園の図書館に申請して、瞳に関して調べるほど、リリーのことを気にかけています。ランドルフ様からも話を聞いていますし、お話ししていただいても問題はないですよ」

「そうです、お爺様。ボクたちだってリリーの病気が治るようにがんばっています！　ぜひ聞かせてください！」

「お爺様、お願いします！」

「……そうか」

テオとエリーまで自分の瞳に関して調べてくれていたのか。

「この一年半、王国中をまわって〝濁った瞳〟に関する情報を調べては見たのだが……。正直なところ、あまり芳しくはない。ランドルフ殿が仰ったこと以上の情報は見つかっていないのが現状だ。残念ながらな」

「……そう……ですか」

なんの進展もないのであれば、確かにテオやエリーに聞かせても意味がない。ただ落胆させるだけだ。現にふたりとも残念そうに肩を落として俯いている。

「まぁ……そうしょげるな。何もよい報告がないわけではない。治療に関する情報は手に入らなかったが、助けになりそうなものは入手できた」

「本当ですか、お爺様⁉」

「あぁ、もちろんだ。だが、手に入ったのがついこの間なのでな。届くまでもう少し時間がかかりそうなのだ」

どうやら、〝濁った瞳〟を補助できるようなものがこの世界にはあるらしい。生前の世界でも視覚障害者を補助するものはいくつかあったが、この世界には魔術がある。もしかしたら、生前の世界を上回る補助が期待できるのではないだろうか。

……おっといけない。期待しすぎるのはだめだ。ローランドたちは一年半も国中を回ってくれていたようだし、そこまですごいものが見つかったのなら、もっと喜び勇んでいてもおかしくない。つまりは、そこそこ補助できる程度のものなのだろう。ないよりはあったほうがいい、くらいだと考えておくのが無難か。

「まぁ、オレたちからはそんなところだな。おい、そこの君。この紅茶を淹《い》れ直してくれ。少し冷めてしまった」

「かしこまりました」

いつの間に出されたのだろう、紅茶がテーブルの上に置かれていたようで、それを飲んだローランドが手近なメイドさんに淹れ直しを頼む。先ほどテーブルの位置を直した際に置かれたのだろうか。アンネーラお姉様の魔力に気を取られていたから、まったく気付かなかった。

声をかけられたメイドさんがなにかを押しながら近づいてくる。

そのメイドさんの頭には魅惑のアレが、お尻には伝説のソレが……。

一瞬で筋肉ダルマのことは脳内から消し飛んでしまっていた。


ピンと立った、柔らかそうな毛に覆われた犬の耳。滑らかな毛並みでとても肌触りのよさそうなふさふさの長めの尻尾。どこからどう見ても素敵すぎる存在が紅茶を淹れている。ローランドの要求に、従順に従うメイドさん。その仕草は流れるように洗練されていて、優雅ですらある。

メイドさんが押してきたなにかは、どうやらティーカートみたいだ。エナの膝のうえにいる自分の位置から少しだけ見えるのだが、なんとこのティーカートには魔力を使ったなにかが備え付けられているようだ。もしかすると、温度管理機能だろうか？　それを証明するかのように、通常ならお湯を注いでカップを温めてから紅茶を注ぐものだが、メイドさんの動きを見ていると、紅茶を注ぐ前にカップを温める仕草がなかった。保温効果があるならその必要もないはずだ。とても便利な代物のようだ。

新しい紅茶を静かにローランドの前に置き、飲みかけのカップを回収すると、素敵装備《イヌミミ》のメイドさんは次々とみんなのカップを取り換えていく。冷めた紅茶は温かい紅茶と比べると少し味が落ちるものが多い。中には冷めたほうが好きな人もいるが、淹れたての紅茶はやはり美味しいものだ。

全員分の紅茶を淹れ直したメイドさんは、一礼してからティーカートを押してもといた場所に戻っていった。間近に迫った素敵装備《イヌミミ》のメイドさんをなぜ易々逃がしたかといえば、美しい手捌きに見とれたのもあったが、エナにがっちりとホールドされていたからだ。拘束されてさえいなければ、いま頃あの尻尾に顔を埋めていたに違いない。

遠く離れてしまったメイドさんに再度接近する手段も思い付かないまま、周りはどんどん自分の話で盛り上がっていった。


テオとエリーによる、妹自慢大会としか言いようのないものが長く続いていた。それを楽しそうに聞く祖父母たち。そんな四人をエナも微笑ましく見ていた。

自分はいま、アンネーラお姉様……もといアンネーラお婆様の膝のうえだ。

自慢大会は、テオとエリーが如何に自分のことをよく見ているかがわかる内容だ。しかし、はっきり言ってしまえば、そんな大会に興味はない。本当に嬉しそうに楽しそうに話してくれるのは心温まるものではあるが……微妙な気持ちにしかならない。しかも本当に些細なことを大げさに言うものだから、微妙度に拍車がかかる。

そんな中、ローランドが再び紅茶の淹れ直し要求をする。と、先ほどの素敵装備《イヌミミ》のメイドさんが来てくれた。このチャンスを逃がす手はない、そう思い行動することにした。次にチャンスが訪れるのがいつになるか正直わからない。以上、やるならばいましかない。

「ばーば、おーちて」

「あらあら、まぁまぁリリーちゃんは私《わたくし》をちゃんと、お婆ちゃんだと理解してくれているのね。嬉しいわぁ……！」

自分の言葉を聞いて嬉しそうにする婆様だが、ホールドしている腕は微塵も緩まない。片手を頬に当ててのほほんとしているのに、まったく逃れられる気がしない。これが達人の拘束術なのかと戦慄を覚えるほどだ。

「あ、アンだけずるいぞ！　俺はどうなんだ？　おじいちゃんだぞー？」

筋肉ダルマがずいっと身を乗り出し、なにやらのたまうが、どうしたものかと一瞬悩んでしまう。すでにアンネーラお婆様には「ばーば」と言ったわけだし、ローランドにも「じーじ」と言っても問題ないような気はする。でもなぁ……正直この筋肉ダルマをじーじと呼びたくない……。だが、言ってやらないとなんかいじけそうだよなぁ、この爺さんは……。

そんなことを考えていると――

「ほーら、あんな知らない男は放っておいて、ばーばたちとお話ししましょうねぇ～」

のほほん口調は変わらないまま、爺さんを蚊帳の外に追い出そうとするお姉さんにしか見えないお婆さん。くうぅ～とハンカチでも噛んでいそうな呻き声が聞こえたが、なんか微笑ましいなぁと思ってしまった。

それにしても、クリストフ家はほんとに男性陣が弱いな。なんだかちょっと悲しくなったが、いまは女だったと思い出し問題ないと開き直ることにした。

そんなコントをしている間に素敵装備《イヌミミ》のメイドさんは紅茶を淹れ直し終わったのか、一礼して持ち場へ戻って行った。

　リリアンヌ自慢大会は、朗読や玩具での遊び、歩行訓練、それから自分たちの学校の話に移っていた。除け者にされて一気に老け込んだ爺さんも、いつの間にかもとの老いを感じさせないごつい筋肉に戻り、話に参加している。立ち直りはすこぶる早いようだ。話に交ざるわけにもいかない自分は、ただぼーっと周りを眺めている。時折――というか結構頻繁に、アンネーラお婆様やローランドが構ってくれるので仕方がないから適当に応えておく。しかし反応が返ってくると大げさに喜ぶのは、クリストフ家の血筋なのだろうか。達人でも人の子。孫の可愛さには勝てないようだ。

　しばらくそんなやり取りを繰り返していると、またも紅茶の淹れ直しをしに素敵装備《イヌミミ》のメイドさんが接近してきた。当然、釘付けになった自分の視線に、さすがにローランドが気付く。

「ふむ……リリアンヌは目が見えないはずだが……メイドが見えているのか？」

「リリーはすごいんだよ！　お爺様！　誰がどこにいるのかすぐわかるんだ！　ボクたちのことも間違えないし！　あ、だからボクたち以外の人が近くに来ると気になるのかな？」

　テオがすぐさま、まるで自分のことのように自慢げに言うが、ローランドは次第になにかに気付いたように顔に疑問符を浮かべた。

「ほほぅ……なるほどな、知らない者の気配だから気になるといったところか」

「ええ、恐らくはそうだと思います。リリアンヌはとても気配に聡《さと》いようですから。ローランド様とアンネーラ様のことはすぐに祖父母と認識したようですが、ご存知のように、安全上の理由で部屋から極力出さないようにしていますので、普段会う者は限られています。だから、珍しいのだと思いますよ」

「うむ、リリアンヌよ。アレはおまえの父親のアレクサンドルが雇っている使用人だ。おまえが望むならどんなことでも言いつけてよいのだぞ」

やはり、部屋から出られないのは安全上の理由だったのだ。しかし、望むならどんなことでも……ごくり……まずいな、妄想がBOUSOUで止まらない！

ごくりのあたりで頷いてしまったのか、了解の合図と勘違いしたらしき爺さんが、自分をアンネーラお婆様から奪うようにして抱き上げた。

「おぉ！　さすが我が孫だ！　賢い！　いまの話を理解したようだ！　さすがだぞ！　リリアンヌよ！」

眩しいものを見るような目で自分を称える爺さんに、すぐさま抱きしめられてしまった。一応加減はしているのだろうが、このジジイ、テオと同種だ。興奮すると力加減が怪しくなる。痛い！痛いぞ、このクソジジイ！

ぺちぺちと頬を叩いてタップするが、ジジイはわかっていない様子だ。逆に喜んでいると勘違いしたのか、いやんいやんと振り回してくる。男にいやんいやんされても、誰得なのかと。小一時間問い詰めたい！

だが、それも長くは続かなかった。「いやんいやん」の「いやんいや」あたりでスパンッといい音がしたと思ったら、ジジイのゴツイ腕の中にいたはずが、気付けば柔らかいなにかに包み込まれていた。

「正座！」

鋭い一言が発せられた瞬間、直前まで自分を抱きしめて浮かれていた爺さんは、青い顔になってがくがく震えながら正座していた。柔らかいなにか——アンネーラの腕の中からソファに移される。すると、そのままアンネーラは震えて青くなっている物体Jを引きずってソファから離れると、説教を開始した。

「まったくあなたは！　リリーちゃんはまだ一歳なのですよ！　か弱い女の子なのにあんなに強く抱きしめたら可哀相じゃない！」

「い、いやしかし……手加減はきちんと……」

「お黙りなさい！　興奮すると加減が甘くなるでしょう！　現にリリーちゃんは苦しそうでしたわ！」

　のんびり口調が一変して厳しいものに変わり、その周囲には、硬化した魔力の棘のようなものが浮かんでいた。ソファや床に接しているものもあるが、それらは物理的な存在になるまでは至ってないらしく、破壊をもたらすことはないようだ。

　反論しようとした青い物体Jは逆に責められ、ますます小さく青くなっていく。テオやエリーも、いきなり始まった説教に面食らって目を白黒させている。こういう光景を見たことがなかったのかもしれない。自分が知る限り、ふたりはいい子だし、説教されるようなこともあまり——いや最近はほとんどない。せいぜい自分との戯れで暴走したときくらいだ。ましてや目の前の説教主の迫力は半端ではない。感情の発露で出現した魔力も、とんでもない凶器に見える。

　両者をよく知っているであろうテオやエリーでさえこの状態だ。側に来ていたメイドさんは完全に硬直していた。素敵装備《イヌミミ》はピンと立ち、ふさふさの尻尾に至っては逆立ってしまっている。エナもふたりを見ておろおろしているし……これは絶好のチャンスではないだろうか。妨げる者は誰もいない。この機会を逃せば先の二回同様、なにもできずに終わってしまう。

思いは決意となり、決意は行動することで結実する。

座らされていたソファをなんとか滑り降りると、テーブルに気をつけながらメイドさんのほうへ進む。周りは全員説教に気を取られていて気付いていない。

これならイケル！

しかし、油断してはいけない。無事に任務を遂行するには障害がありすぎる。まずは目の前に存在するはずの見えないテーブル。床は——下りた感触でわかったのだが、絨毯ではない。転んだら危ない。ほかにも椅子などなにかしらの障害物があるかもしれない。従って気を抜かず、かつ迅速に動くのだ。

座っている人たちに触れて気付かれないよう注意しながら、ソファ伝いに慎重に歩く。ほどなくして、テーブルの終わりなのか、素敵装備《イヌミミ》のメイドさんのロングスカートに包まれた下半身が見えはじめた。目標まであと少し。もふもふな素敵ワールドに至るべく踏み出す足には、もはや躊躇などなかった。

目標までの距離——目測で約五十センチ。到着まで残り数秒。念のため後ろで小さくなっている物体Jを説教している——漏出している魔力が鋭利な棘になっている脅威の達人さんを振り返るが、彼らがこちらに気付く様子はない。説教に夢中のようだ。ふたりの突然の説教タイムに呆気に取られている、テオ、エリー、エナも心配ない。

我、勝機を得たり。いまの自分の瞳は白く濁っているだろうが、その奥にはまばゆいばかりのやる気の光がにじんでいるだろう。ミッションは佳境だ。油断なく歩みを進める。すべてはもふもふな素敵ワールドへ到達するために。異世界への転生という奇妙な体験をしているのはまさにいま……このときのためだ！

静かに進めた歩みと、前に伸ばした小さな手。ミッション達成の確信は、小さな手に感じた布の感触により齎《もたら》された。

素敵装備《イヌミミ》のメイドさんのロングスカートを、きゅっと握る。

しかしそこで気付いた。……ここからどうすれば⁉

当初のミッションは、素敵装備《イヌミミ》のメイドさんの足もとに到達すること。つまりここからは別のミッションになるということだ。そう……次なるミッションだ！

そして実行するは、必殺奥義〝スカートの裾を引っ張って、こっちに気付いてよ〟作戦だった。

小さな手に握った布の端。それを自分が出しうる最大の力で引っ張る。もちろん、一歳半の幼児の力では、最大といっても微々たるものでしかない。そんなことは予想の範囲内。だからこそめいっぱいの力でやるのだ。

引っ張られることにより、説教魔人と縮んだ青ざめた筋肉ダルマの壮絶な光景にあたふたしていたメイドさんが、こちらの存在に気付いたようだ。メイドさんは、さらに慌てて挙動不審になってしまった。あっちを見たりこっちを見たり……。

声を出さないのは自分の状況が理解できていないからだろうか。まぁ、無理もない。彼女はついさっきまで、目の前で展開されている唐突な説教ショーにうろたえていたのだ。そこへ接触禁止令でもでているのであろう自分が、スカートの裾をつかんで引っ張っている。これでは挙動不審になっても仕方あるまい。彼女を責めてはいけないのだ。

だが、相手が気の毒でもやめられない緊急ミッション中だ。ここは攻め時。残念だが、君には犠牲になってもらうしかない。諦めたまえ——。

「かやんえ」

……自分の口から発せられた言葉に少し絶望する。「屈んで」と言ったつもりがこれだ。相変わらずの舌足らずぶりに辟易するが、ここで諦めるわけにはいかない。これほどのチャンスがあと何度あるというのか。

しかし、自分が次の言葉を発する前に、メイドさんが緊急回避を行ってしまった。

「あ、あの！　エリアーナ様……リリアンヌお嬢様が……」

その声に全員の動きが止まった。まるで一時停止ボタンを押したかのように、すべての動きが。説教魔人と化していたアンネーラお婆様も、青ざめて小さくなっていた筋肉ダルマもといローランドも、ふたりの迫力に呆然としていたテオ、エリー、エナの三人も。

「え……？　……あっ！」

呼ばれたエナがメイドさんの足元に視線を向けてから、自分が座っていたであろうソファを一瞥して、またこちらを見る。これも二度見の部類に入るのだろうか？　どうでもいいことが脳裏に浮かんだのは、ミッションの終わりを告げる鐘の音を聞いたが如く、猛然と動きだした世界で、エナに一瞬で捕獲されたためだろうか。

あぁ……終わった。

エナの柔らかく温かい体に抱きしめられ、完全に身動きができなくなる。いまはここにいない相棒――クティによる〈**任務失敗**〉の魔力看板が、脳裏に鮮やかに再生されていた。

これ以上はないであろうチャンスは、ミッションの鮮やかな成功と予想外の失敗により、呆気なく幕を閉じた……と思われた。

「待て、エリアーナよ。リリアンヌはメイドに興味があるようだ。怖がっているわけではないのだから、何事も経験だ……好きにさせてやろうじゃないか」

青ざめて小さくなっていた筋肉ダルマが、まるで後光が差す菩薩様のように輝いて見えた。その前には仁王様がいたけれど。

「で、ですが……！」

すでに青くも小さくもなくなった菩薩様、ローランド……いやローランドお爺様は、エナをじっと見据えると、前にいる仁王様、アンネーラお婆様に視線を移す。目を向けられたアンネーラお婆様は、仁王様ではなく、のほほんとした微笑を浮かべてこちらを見ていた。それを了承の意と取ったのか、ローランドお爺様は頷いてエナに視線を戻した。

さらに数秒睨み合うかの如く視線をぶつけ合うふたり。常にローランドとアンネーラを立てるように振る舞っていたエナだったが、これだけは引けないとばかりにその視線は強いものだった。

しかし、折れたのはエナだった。大きな溜め息を吐くと、自分を抱きしめている腕の力を若干緩ませる。

「わかりました……ですが、私の手の届くところにいることが条件です！」

「もちろん、わかっている」

エナから発せられた言葉は、静かだが強い意思が感じられるものだった。そんなエナに対し、ローランドお爺様は平然と、だがこれ以上にないほど真剣な表情で頷く。どうやら、まだ神は自分を見放してはいなかったようだ。まさかのミッション続行宣言に、ばらばらに粉砕されたワクワクテカテカが再構築されていく。

エナの拘束から解き放たれ、素敵装備《イヌミミ》のメイドさんを見上げる。彼女は気の毒なくらいに硬直してしまっている。ウサギ耳のお方とは違ってスカートに穴でもあいているのか、スカートの外に出ている尻尾は完全に逆立っており、表情も強ばっている。

なんだか気の毒なことをしてしまったかなぁ？　絶対冷や汗どころか脂汗かいてるよこの人、見えないけど。

素敵装備《イヌミミ》のメイドさんを一瞥してから後ろのエナを振り返ると、彼女はメイドさんに向けていた視線を別の方向へと移動させる。そこにいたのは別のメイドさん。その人には素敵装備《ケモノミミ》はなかった。ちょっとがっかりだ。

「そこのあなた、ティーカートを片付けてくれるかしら？」

エナの言葉に別のメイドさんが迅速に行動する。はい、と短く答えたメイドさんは小走りに、だが優雅とも取れる動きでやってくると、ティーカートを押して片付けていった。危険は極力排除するという、エナらしい配慮だ。

そんな彼女から言わせれば、メイドさんに興味があろうとも接触するなど言語道断なのかもしれない。しかし、それは無用な心配だ。迷惑をかけたくはないが、こればかりは譲れない。なにせいま目の前にあるのは待望の素敵装備《イヌミミ》なのだ。ここで行かねば男が廃る。あ、でもいまは女だった。でもそんなの関係ねぇ！

再度、素敵装備《イヌミミ》のメイドさんのほうに向き直り、じっくり眺める。彼女の視線はこちらを向いているが、いまだカチコチで直立したままだ。これでは目標物に接近できない。そこで、手を伸ばしてロングスカートの裾をつかんで引っ張ってみる。それでエナが気付いた。

「あなた……ちょっと屈んでくれる？」

「ぁ、は、はい！　申し訳ありません！」

慌てた素敵装備《イヌミミ》のメイドさんは、深々と一礼してからしゃがんでくれる。

「こ、これでよろしいですか、お嬢様？」

かなりぎこちなかったが、ぷるぷる震えながらにっこり微笑んでくれるメイドさん。ほかのメイドさんと同じようにコンパクトにまとめられた髪。そのうえに、ホワイトブリムとふさふさで柔らかそうな犬の耳が載っている。

顔はかなり可愛いが、クレアほどではない。それでも生前の世界なら、学校にひとりふたりはいそうなアイドル顔負けの可愛らしさだ。綺麗ではなく、可愛らしいのがポイントだ。年の頃は十代半ばといったところか。紅茶を淹れ直したときの動きや佇まいから鑑みるに、メイド歴はそれなりにあり、その技量は明らかに並ではない。そして彼女の腰の付け根あたりから出ている、魅惑のアレ。ふさふさでありながら滑らかで実に柔らかそうな、優雅さを漂わせる尻尾。あれこそが至宝。

世界の宝と憚《はばか》ることなく公言できる最高の芸術だ。

犬耳は届かない。屈んでくれたが、それでも幼児の自分では誰かに抱え上げてもらわなければ届かない。だから狙うは至宝――尻尾だ。

自分を縛るエナの腕、拘束は解かれている。最大の難関であるエナも、ローランドお爺様が押さえた。

もはや障害はすべて取り除かれたといって過言ではない！　いまこそ、最大にして最高のチャンス！

神よ！　リリアンヌ・ラ・クリストフ……逝きます！


決意と希望と興奮を胸に踏み出した一歩は、実に軽やかで力強いものだった。

素敵装備《イヌミミ》のメイドさんの背後を取るように後ろに回り込む。目標物は、彼女の尻尾。目の前に広がるのは、至高の芸術品と遜色ない遥か高みの世界だ。そんな世界の宝をもうすぐ我が手にできる。興奮と期待とさまざまな感情がないまぜになり、冷静な思考などとうの昔に消し飛んでいたのは言うまでもない。

だから気付かなかった。気付こうとしなかった。エナの発した小さな疑問の声に。

「え……？」

その微かな呟きが耳に届いてはいたが、すべての思考が宝を目前にして停止したことにより、右から左へとただ通過していった。

伸ばされた小さな手が目の前に迫った宝へと触れる。

一言で言うならば究極。手にした重み、柔らかさ、肌触り、指の間をすり抜けるかのようなきめ細かい毛質。――感動。いや……そんなものは遥かに飛び越えた感情が自分のすべてを支配していた。想像していたよりずっと素晴らしい存在にすっかり心を奪われ、なにも考えることができない。まさに衝動的としか言いようがない動きで、手にした究極の至宝――もふもふ尻尾に顔を埋める。

直後に聞こえた「ひやぁあぇぇぁ」という小さな叫び声を気に留めることなど不可能だった。もはや自分を止めることなど誰にもできない。止めようものならすべて蹴散らしてくれる。手で触れたときとはまったく違う、さらさらのふわふわで温かく……触れているだけで負の感情がすべて消し飛んでしまうほどの最高の感触だった。

実に究極のもふもふ様だ。三十一年と半分の人生において、これほどまでの幸せは味わったことがない。断言できる。生前の世界ではこんな感触には到底出会えなかっただろう。

もふもふ様に埋めた顔ですりすりする。匂いは甘く、そして美しい。美しい匂いなどと言っても抽象的すぎて伝わらないかもしれないが、美しい匂いというものは確かに存在していた。今まで嗅いだ匂いとは一線を画す、素晴らしく煌《きら》びやかな、目を閉じれば明確に情景を思い浮かべることができる美しさ。それがこのもふもふ様から感じ取った匂いだった。

いったいどれほどもふもふ様を堪能しただろうか。数分……いや数時間。あるいは数秒だったのかもしれない。時間の感覚が完全に消失するほど夢中だった。

こんなことは初めてだ。かつてない幸福にすべてを委ねていた。

だが、気付いた。気付いてしまった。もしかしたら、もふもふに触れている部分を魔力で強化したらもっと……もふもふ様を堪能できるのではないだろうか！

誰も止める者はいない。当然だ。すべては自分の頭の中で決定されたのだから。

そして即座に実行するは、いままでで最高の集中力により圧縮した超高圧縮率魔力の部位強化。超高密度の魔力をもふもふ様に接している手のひら、顔全体に満遍なく配置し、強化が完了する。

得られたモノは……もはや天にも届く言葉にできないナニカ。いままで得た素晴らしい感触をさらに数倍以上に増幅した、至高の快感による拷問と表現するに相応しい、凶悪かつ恍惚とした時間。

さいっこぅやでぇぇぇぇぇぇぇぇ!! あぁあぁ……人生って素晴らしい……。

凶悪な快感に身を委ねることしばし、気付いたら頭のうえのほうから変な声が聞こえていた。

「ひぅ」とか「あぅ」とか「はぅ」とか、妙に色っぽい嬌声と呼ぶに相応しい、なにかで口を覆っているような、かみ殺しているかのような、くぐもった響きだ。いぶかしく思い、恐る恐る顔を上げてみると……究極の至宝……もふもふ尻尾の持ち主のメイドさんが、両手で顔を覆ってぷるぷる震えていた。

やっべー! やっちまったー!?

気付いたときには冷や汗で背中が一気に湿った。名残惜しいが、もふもふ尻尾から離れ、いまだにぷるぷる震えながら顔を覆っているメイドさんの横に移動して、顔を覗いてみる。どうやら完全に泣いてしまっているようだ。

あー……どないしょ……これは完璧にやってしまったな。謝って許してもらえるかなぁ……。

目の前に広がる光景に、恍惚とした気分はすでに霧散してしまった。こうなれば取るべき行動はひとつだけなので、潔くすぐさま実行する。

「めーどしゃん……ごえんなしゃぃ」

そう言って深く頭を下げる。謝って許してもらえるならそれでいいが、無理かなぁと思う気持ちも大きかった。しかし、そんな思いは次のメイドさんの言葉ですぐに消えた。

「ぇ……ぁ……そ、そんな頭を上げてください、お嬢様！」

頭上から聞こえてきた声に、メイドさんの様子をチラっと上目遣いで探ってみる。すると、顔を覆ってしくしくと泣いていたメイドさんは、先ほどのようにあたふたと挙動不審な様子に戻っていた。自分だけでなく、エナやローランドお爺様やアンネーラお婆様の方を何度も見やり、可哀相なくらいに狼狽している。

主な原因である自分が思うのもなんだけど、この子は今日だけでものすごいあたふたしたよね。エ、エリアーナ様ぁ……とメイドさんが泣きそうな顔でエナに助けを求めると、完全に思考停止していたエナが再起動を果たす。

「ハッ！　ぁ、ぇ……えっと……」

とはいえ、まだうまく状況を整理できていないようだ。ほかの四人はまだ放心しているし、エナは立ち直りが早かったほうだろう。エナはすぐにメイドさんに近寄り、ひそめた声で質問する。

「ね、ねぇ……獣族って尻尾が弱点なの……？」

小声でもすぐ側にいる自分には丸聞こえだ。

「い、いえ……そんなことはないはずですけど……そ、その……お嬢様の……テ、テクニック？　と、いいますか……はぅ」

赤面しているのだろう、恥ずかしそうにしながらなんとかそこまで話すと、メイドさんはまた両手で顔を覆って俯いてしまう。その仕草は超可愛かった。男心を擽《くすぐ》るというか、実にいぢめたくなるいい表情だ。ジュルリという効果音が聞こえてきそうなほど、いまの自分はきっといじめっ子な表情をしているだろう。もちろん心の中でだ。無表情キャラは伊達じゃない。

「……そ、そう……なの……?」

ちょっと顔が引きつっているエナだったが、すぐに「と、とりあえずあなたはもう戻りなさい」と命じると、メイドさんは恥ずかしそうに小さく「はい」と答えてそそくさと歩いて行く。部屋の隅に行くのかと思った彼女だが、ほかの使用人たちが並んでいるところでは止まらずに、ドアを開ける仕草をしてそのまま部屋を出て行ってしまった。

なんだか、悪いことしたなぁ……。でもちょー気持ちよかった。またもふらせてくれないかなー。

嗜虐心を思い切り擽る最高の顔をしてくれた、至宝にして究極のもふもふ尻尾を持つ彼女には、ぜひともまた会いたいものだ。泣かせてしまった罪悪感よりも、期待のほうが遥かに大きくなってしまったが、そこはもはや諦めてもらおうと、心の中で思った。

● ● ● ● ●

慌てて部屋を出て行くもふもふ尻尾のメイドさんを見送ったあと、エナに抱き上げられてソファに戻った自分は、エナからアンネーラお婆様に引き渡された。とてもお婆様とは思えない、エナに負けず劣らずの柔らかさがありながら、鍛え上げられた力強さをも内包したアンネーラお婆様の抱っこは、ずっと座っていたいと思うほどなかなかのものだ。そんな至福の感触を味わっていると、片膝立ちのローランドお爺様が目の前にきた。その表情に、好々爺然とした先ほどまでの気配はない。なにか思いつめた雰囲気をたぶんに感じさせる真剣な表情だった。

「エリアーナよ……リリアンヌは本当に見えていないのか？」

こちらに向けた視線を一瞬も逸らさずに、アンネーラお婆様の隣に座っているエナに問いかける。

声音は表情と同様に緊張感をはらんだ真面目なものだった。

「はい、間違いありません。ランドルフ様が長い期間をかけて何度も診察してくださいましたし、〝濁った瞳〟に関する文献も数多く調べてくださいました。実際に同じ症状の人たちにも会い、さまざまな確認も取っているそうです……なの、ですが……先ほどのは……」

「……うむ……明らかにメイドの尾を触るために、後ろにまわり込むように動いていた。あんな動きは見えていなければできないはずだ。気配や音で場所は把握できても、あそこまで完璧に位置を特定するのは難しい」

……やっべー！ つい、もふもふに触れるチャンスだったから、なにも考えずにやってしまった。

そういえば、目が見えないんだよな……。いつも魔力が見えて、誰がどこにいるのかわかっていたから失念していた……。

「確かに、私にもそう見えました。ですが……ランドルフ様が調べてくださった限りでは、〝濁った瞳〟に罹った者は、一切視力の回復はなかったと仰っていました」

ローランド同様の真剣な表情と真剣な声音。テオもエリーも黙って聞いていて、口を挟むようなことはなかった。

「となると……リリアンヌは特別……もしくは〝濁った瞳〟ではないのかもしれんな」

「お爺様！ リリーは〝濁った瞳〟ではないのですか⁉」

いままで黙って聞いていたエリーが、「〝濁った瞳〟ではない」という言葉に反応して声を上げる。その声には期待と不安が入り交じっていたが、はっきりしたものだった。

「落ち着きなさい、エリスティーナ。まだ決まったわけではありません。リリーちゃんに確認しようにも、まだ一歳なのですから大した会話もできないでしょう」

「……はい」

アンネーラに静かに諌められ、エリーは力なく返事をする。エリーにとって、妹の病気が治るということは、彼女の大好きな趣味を一緒に楽しむことができるという、大きな期待に繋がる。そして自分で言うのもなんだが、エリーは妹のことが大好きだ。大好きな人の病気が治るなら嬉しいに決まっている。だから期待する気持ちも大きいのだろう。

「で、でも！　可能性はあるんですよね⁉」

しょんぼりするエリーに代わり、猛然と立ち上がったテオが食い下がってくる。彼も妹のことが大好きだ。そして、目が見えるようになれば、エリー同様、彼の大好きなものを一緒に楽しむことができる。可能性があるならば、どんな小さなことでも縋り付いて離さない、という気概が聞いて取れる声音だ。

「うむ……可能性は十分にある。先ほどの動きは明らかに見えている者の動きだったからな。だがアンの言う通り、リリアンヌはまだ幼い。たとえ見えていたとしても、それが一時的なのか恒常的なものなのか、自身でコントロールできているのかすら定かではない。そうでなければランドルフ殿やおまえたちが気付くはずだ。だが、こうして可能性を感じる行動を見ることができたのだ。ランドルフ殿をすぐに呼び、確認してもらおう……リリアンヌに聞いて答えてくれるなら一番早いのだがな……」

「ではすぐに」

自身の考察を淡々と語るローランドお爺様だったが、最後のほうは目を瞑り、ため息を漏らすような呟きになっていた。だが、一瞬こちらに鋭い目——鋭く変化した魔力——を向けていたのは見逃さなかった。

さっそく立ち上がったエナがメイドさんを呼び、なにやら話しはじめる。話の流れ的にランドルフ医師を呼んでくるように言っているのだろう。一言二言で終わらないということは、事情を説明して緊急性を伝えているのだろうか。ここからは多少距離があり、ぼそぼそとしか聞こえないので判然としない。

やばいなぁ……なんか大事になってないか、これ……。まいったなぁ……でもいままでご老人にはたくさん診察してもらっているけど、魔力については一切気付いていなかったみたいだし、また徒労に終わるんじゃないだろうか。

ご老人にご苦労様です、と心の中で労いの言葉をかけていると、ローランドお爺様はいつの間にかテオの前に移動していた。

「ところでテオドールよ。リリアンヌに読んだことがある本をもう一度読んでやったら、本を叩いて注意されたと言っていたな。間違いはないのだな？」

真剣な表情を崩さないローランドお爺様は、まるで事情聴取する刑事の如き態度だ。荒々しくはなく、冷静でいて熱い。

「はい、お爺様。リリーは一度読んだ本なら間違いなく、本を叩いて教えてくれます。読んであげているボクが忘れていても……必ずです！」

「ふむ……それが確かなら……リリアンヌは本の内容を理解していることになるな」

「はい、ボクもそう思います」

「では、必然的にリリアンヌは俺たちの話を理解している可能性があるということだ」

再び鋭くなったローランドお爺様の目は、まるで獲物を狙う猛禽類のようだった。

おおぅ……おじいちゃん鋭いな、おい。一歳児っていう認識がないのかよ、このお人は。あぁ……さっき余計な行動見せちゃって、幼児らしいイメージをぶち壊したの自分じゃん。どないしょー。

「リリアンヌよ……おまえは目が見えているのか？」

猛禽類の瞳がこちらの目を射抜く。いままさに獲物を捕らえんとするその鋭さは、はっきり言って恐ろしい。好々爺然としたおじいちゃんはいったいどこへ行ってしまったのか。ここには、獲物に襲いかからんとする雄雄しき鷹とその獲物――自分しかいないような気がしてくる。

だが、そんな恐ろしい視線にさらされながらも、自分に降りかかるリスクを計算し、口を噤《つぐ》むことを選ぶ。彼らが如何に強かろうが、如何に影響力があろうが、そんなものは関係ない。従って、自分が取るべき行動は決まっている。

しらばっくれちまえ！

それが自分の出した答えだ。

読み聞かされた本の内容を理解している。〝濁った瞳〟という全盲の病気に罹っているはずだが、まるで見えているかのように行動する幼児。どう考えても普通じゃない。まだすべてがばれたわけでもないだろう。だが、これらを認めると遠からず、自分には生前の世界の知識という、ここではチートレベルに近いものがあることを突き止められてしまう気がする。

　そうなってしまっては、ただの天才児では済まなくなる。明らかに危ない。ちょっと考えただけでも、火薬や銃などの危険物が簡単に思い浮かぶ。たとえ詳しい構造を知らなくても、原理はわかる。ほかにも、この世界にはないであろう機械などの知識だって多少はある。本当の天才は一を聞いて十を知るとも言うし、できる限り秘匿すべきだ。中には平和利用できるものもある。だが、大多数はそうではない使い方をするだろう。強奪しようと考える者も現れるかもしれないし、そういう者は危険な思考を持っていると思うべきだろう。楽観的に構えていては後手にまわるしかなくなる。だから、たとえ血の繋がった家族でも教えることはできない。

　苛烈な視線を真っ向から迎え撃つ。漫画だったら確実に火花を散らしているだろう。

　だが、そんな時間は一分も経たないうちに終わりを迎えることとなった。

　ふぅ……と短く息を吐いたローランドお爺様が、ため息とともに猛禽類のようだった目を好々爺然としたものへと戻し――。

「まぁそんなわけがないか！」

　思い過ごしだったようだ、冗談だよ、といった感情が聞いて取れる口調。緊張から開放されたテオとエリーのほっとした気持ちがありありと伝わってくる。だが、そんな口調の中でも、一瞬だが、剣呑とした魔力が瞳に宿ったのを見逃さなかった。圧縮した魔力で強化した視力をなめてもらっては困る。普段と先ほどのようなときでは魔力の流れが違うことなど、お見通しだ。だからこそ、言葉や表情以外からも感情の変化を察することができるのだ。

　魔力の流れは、体や感情のさまざまな変化を表す。それを見るだけでいろいろなことを知ることができるのだ。魔力の流れから見るに、これは明らかなフェイント。緩急をつけて相手の意表を突く常套手段だ。

そのままアンネーラお婆様の隣に座る、爪を隠した鷹。それでもまだお互いに目線は外さない。誰がどこにいるかわかっているというのはテオが先ほど話したので、目線を外さなくても不思議なことではない。むしろ自分の目の前を移動した相手を追うというのは、気配や音で察知していると思われている状態なら当然のことだろう。

ローランドお爺様は衣擦れの音や足音を完全に殺せてはいない。アンネーラお婆様はできるので、できない芸当というわけではないのだろう。ローランドお爺様もやはり、目の端で自分を捉えているようだ。油断ならない爺さんだ。

爺さんの発する雰囲気で、また兄姉が緊張しはじめたようだ。可哀相なお兄ちゃんとお姉ちゃんだな。と思ったら、ソファに座って数秒で、警戒するような視線も終了となった。

ローランドお爺様がようやく穏やかな好々爺に戻ったことによって、一気に周りの緊張も解かれていく。テオとエリーが、ふぅと再度安堵の息を漏らしていた。猛禽類の爺さんの威圧感に飲まれてしまっていたようだ。

まぁ九歳と七歳にあれはきついだろう。というか、そんな威圧感を一歳児に向けるな……とんでもない爺さんだな。普通なら大泣きしてるぞ。

「ところでリリアンヌ……よっ⁉」

何気なく声をかけてきた、言葉が途切れるのと同時に、スパァーンッと凄まじくいい音が聞こえた。ずっと爺さんに視線を向けていたので、自分にははっきりと見えていた。

音の発生源は当の爺さん。自分を膝のうえに乗せたアンネーラお婆様にひっぱたかれたのだ。なんの振動も予備動作もなしだったのは、さすが達人というべきだろう。驚嘆と戦慄で目をぱちくりさせてしまうのも仕方がないというものだ。

「ア、アン！　な、なに……をっ⁉」

顔を歪ませた爺さんが言葉を発するが早いか、その巨体はソファから空中へと移動していた。もちろん、アンネーラお婆様の仕業だ。自分はというと、またもなんの振動も予備動作もなしに巨大な筋肉ダルマを空中に飛ばしたお方の、柔らかいが張りのある太もものうえである。

爺さんは少し斜め前方に飛ばされたようで、すぐに受身を取って、くるっと身軽に一回転するが、着地とともにその頭を板張りらしき床に埋没させていた。

柔らかく張りのあるお婆様の太もものうえにいたはずの自分はなぜかソファのうえにいる。いつどうやってソファへ移されたのかまったくわからなかったのだが、床に埋まった悲惨な爺さんの頭のうえにはいま、アンネーラお婆様の足があった。どこからどう見ても、着地に合わせて爺さんを床に叩き付けた感じだ。瞬間移動かなにかですか？　と小一時間は問いたいほど驚異のスピードと体捌き。もしかしたら、魔術には本当に瞬間移動の術があるのかもしれない。それほどの速さで、アンネーラお婆様は爺さんの頭を床に埋めたのだ。

ちなみに、床に埋まったとき、音は一切していない。やはりこれも魔術なのだろう。推測の域を出ないが、あれを魔術もなしに実行しているなら、もはや達人ではなく仙人の域だ。お婆ちゃんは仙人様！　とかいやだぞ！

しかし、これだけはわかった。

うちの家系はカカア天下でまず間違いない！

頭が床にめり込んでいるため、その先にあるはずの顔は見えない。頭のうえに載せられた足は細くか弱そうにすら見える。だが、実は鍛え上げられて引き締まった足だということが、魔力が見える自分の目にははっきりわかっていた。その足に流れる魔力は、硬質な金属とも変わらない硬度と、柔軟なゴムのようなしなやかさを併せ持っていることがよくわかる。こんな足――魔力は見たことがない。

ソファに座っていたときの魔力の流れでは決してない。だが、同じモノではないが、似たような流れはつい先ほど見た覚えがある。いま床にめり込んでいる哀れな筋肉ダルマ、ローランド爺さんの腕を止めたとき、エントランスホールでローランド爺さんを地に伏せたとき……驚異的な実力を見せ付けたときの魔力の流れだ。彼女――アンネーラお婆様の人間離れした身体能力は、やはりこの魔力によって成り立っているのだろう。

「まったく……あなたは……たとえリリーちゃんの目が見えているとしても、いまのような態度は許されるものじゃありませんよ？　……そんなことでは、リリーちゃんに嫌われても知りませんからね？」

床に頭をめり込ませた張本人とは思えない言葉だったが、その口調には憐憫も見えはするが、ふざけているのがありありと見てとれた。

「だ.jぱd、あdかじゃld；あl.jf」

アンネーラお婆様の言葉を聞いた直後、ばたばた手足を動かしてなにやら訴えだした爺さんだが、床に頭がめり込んだままではなにを言っているのかまったくわからなかった。アンネーラお婆様の足が依然として頭のうえにあるため、手足をばたつかせている哀れな物体は体を起こせないのだ。

その様子をしばし眺めるアンネーラお婆様だったが、満足したのか足を退けると、ローランド爺さんの頭が勢いよく抜け出た。

「だめだー！　それだけはだめだー！　リリアンヌよおぉおおぉぅ……すまん！　すまなかった！　俺が悪かったあぁぁぁ許しておくれえぇぇぇぇぇ！」

エントランスホールで見せたような滝の涙を流した筋肉ダルマが突進してくるが、いつの間にかソファの側に移動していた仙人様の手によってそれは阻まれた。いい音を立てて。
二、三回転してもすぐに体勢を立て直し、再び同じように謝罪と懇願の言葉を叫びながら突進してきては、仙人然としたアンネーラお婆様に転がされるローランド爺さん。スパァーン、ズパァーン、ドゴォッと実にいい音を響かせ繰り返されるソレは、もはやコントである。
な、なんだこりゃ……。さっきまでの真面目な空気はいったいどこにいってしまったんだ……。

あまりにもあんまりな展開に、思わず、はぁと溜め息を吐いてしまった。


そのコントは数分間にも亘った。ついに爺さんが起き上がれなくなると、こちらに戻ってきたアンネーラお婆様に抱き上げられる。そして、再びソファから少し離れた彼女に、のほほんとした口調のまま囁くように言われた。

「ふふ……リリーちゃんは本当に話を理解しているのかしらね。それどころか、状況もきちんと理解しているのかもしれないわね。さっきの溜め息……。一歳の赤ちゃんがするものではないわよ？」

ローランド爺さんを転がすコントをしていたときは、一切こちらを見ていなかったはずなのに、まるですべてを見ていたかのようなことを何気ない口調で言う……そんなお婆様に戦慄を覚える。

しかし一方で、不思議な安心感もある。クレアと同じようなすべてを包み込む慈愛を感じるのだ。

「……それに、エントランスで感じたあの魔術のような気配。アレはリリーちゃんがやったのでしょう？　メイドの尻尾に顔を埋めていたときのアレはまさにそう。人前ではやらないほうがいいわ。私ですら勘違いかと思ったほどの気配しか感じられなかったけど、私より気配に聡い者も、いないわけではないもの。あなたはローが考えたように本当に特別な力を持つ子どものようだし、なるべく隠しておいたほうがいいと思うわ」

いるとは思っていたが、魔力の気配を察することができる人が、こんな身近にいたとは思わなかった。まるで仙人の如くの実力者でも、圧縮魔力を勘違い、と思う程度の気配でしか察することができなかったという言葉には少し驚いたが、彼女以上に魔力の気配がわかる者がいるというのも驚きだ。

魔力を察することができるっていうのは、一種の才能なのかもしれない。そして超が付くであろうアンネーラお婆様のような実力者なら、漫画や小説のように気配を捉えることができるのだろう。

「……でもね、これだけは覚えておいて。私は……いいえ、私たちは、リリーちゃん、あなたの味方よ。たとえ相手が魔王のような存在でも、私が魔王を打ち滅ぼす聖剣になってみせるわ。相手が勇者だったら……その首を切り落とす魔剣にだってなってみせる」

のほほんとした表情が一転、その顔は妖艶であり、すべてを食い尽くさんとするような極悪なモノに変わっていた。

出現した魔力は、説教のときのような硬質な棘ではなく、すべてを切り裂かんとするような、それでいてまるですべてを包み込むような……。だが、そんな表情も魔力も見せたのは一瞬のこと、すぐにのほほんとした美しいお婆様に戻っていた。

「ふふ……いくら特別な子だからって、まだ早いわよねこんな話……。私もローに少し影響されちゃったわ。ごめんなさいね、リリーちゃん。あなたがもう少し大きくなったら、もう一度話してあげましょうね」

頬ずりしながら、静かに、少し呆れの混じった声で呟く仙人様だった。


先ほどの真面目な雰囲気やひどいコントの気配など微塵もなくなった部屋では、五人の談笑が続いている。アンネーラお婆様の膝の上にいる自分は、みんなの話に参加しながらも、こちらを構おうというアンネーラお婆様の手でもてあそばれている。頬をつんつん、ぷにぷにされ、鼻を突かれ……とにかくいろんな手で構ってくるのだ。

最初はおとなしくして好きにさせていた。けれど、ちょっかいを出されているうちに、その手をつかんでやろうとだんだん躍起になってきていた。突かれてから手を伸ばしたのでは絶対に間に合わない。かといって、突く前に手をつかもうとするのは明らかにおかしい。あんな話をされたあとだし、先ほどの二の舞いは避けたい。だが、そうするとどうしても捕まえられない。

そんな追いかけっこを続けていると、アンネーラお婆様も楽しいのか、ゆっくりしたリズムで体が少しだけ左右に揺れ始めた。頭上からは鼻歌のような声も静かに聞こえてくる。

だが、自分としては追いかけっこが一方的すぎて、楽しんでなどいられなかった。追いかけても

追いかけても、一向に捕まえられないのだ。だからストレスが溜まり、ついには両手をあげて奇声を発しても致し方ないと思う……。

「にゃあああああっ‼」

「ど、どうしたリリアンヌ⁉」

「リリーどうしたの⁉」

「リリー⁉」

「なに⁉　何事⁉」

「ふふ……あらあら、ごめんなさいね。リリーちゃん。ちょっと意地悪しすぎたかしら？」

アンネーラお婆様以外の全員が自分の奇声に驚き、そして心配そうにこちらを見てくる。奇声を上げさせた張本人はというと悪びれもせず、あくまでのほほんとした様子だ。

むー……。この婆さんはいぢわるな人だ。間違いなく、エリーの強さはこの人からの遺伝だ。クレアにもアレクにもそんなところはまったくないから、親の影響ではないのだろうと思っていたけど、こっちだったか！

それから何度もアンネーラお婆様以外からは心配されたが、お婆様本人が原因を自白したことで騒ぎは収まった。するとさっそく、ソファの五人は談笑を再開させた。

無論奇声を上げた幼児――自分ことリリアンヌ・ラ・クリストフは、そんな談笑にまざれるわけもなく、ちょこちょことアンネーラお婆様にいじられながら話を聞いている。主な話し手はテオとエリーで、ネタは尽きないとばかりに矢継ぎ早に語っている。内容はほとんどが幼い妹、つまりは自分のことだ。兄ばか、姉ばかであることがまさに誇りであるかのような、堂々とした話し振りだった。

　そんなふたりの妹自慢を聞き流していると、ノックの音がして誰かが部屋に入って来た。アンネーラお婆様にホールドされているため、姿を確認することはできなかったが、部屋に入ってきた執事さんの言葉で誰が来たかはすぐにわかった。

「失礼します。ランドルフ様がお見えになられました」

「わかったわ。すぐに支度をするからお待ちいただいて」

　執事さんの言葉にエナが応える。

　ご老人に診察依頼の連絡を出してから、まだ二、三時間《ハルス》。その日のうちに診察しにやって来れば早いほうだと思っていたが、やはりクリストフ家優先のお医者さんなのだろうか。ずいぶん自分のことを気にかけてくれるし、老体に鞭打って息を切らせてまで駆け付けてくれたこともあった。

「では、ローランド様、アンネーラ様。リリーを着替えさせてきますので、いったん失礼しますね」

「あらエナ、私《わたくし》も手伝いますわ。さぁリリーちゃん、行きましょうか」

「お婆様、私もお手伝いします！」

「じゃあボクも」

「ならば俺もてつだ」

　全員が手伝うような流れになりかけたが、ローランドだけは最後まで言い切ることはできなかった。床に突っ伏した彼に「南無」と心の中で一声唱え、一応供養してあげた。

　いつもの部屋に戻ってきたときには、女性陣だけになっていた。テオも付いてこようとしたのだが、エリーに睨まれ、すごすごと床とキスしている物体の下へ戻って行ったのだ。

エナの手でおなじみのルームウェアに着替えさせられる。ちなみに、オムツ代わりの布でお尻まわりは少し嵩張っているが、それも計算して作られているようで、パッパツにはなっていない。着替え終わると姉とお婆様から黄色い叫びが上がったが、あえて無視させていただくことにする。

確かにいまの自分の性別は女性だ。着る服など自分では選べないし、着せられる服を拒んだりもしない。いや、最初に触ってわかった瞬間は心の中で悲鳴を上げたよ？　体は女でも、心はまだ男なのだ。女性として人生を歩んでいくことに不安はあるし、まだ現実感はないし、ぶっちゃけ納得もできていない。だが、そんな自分の心境など彼女たちには一切関係ない。

黄色い叫びは、テオの「まーだー？」という催促の声が聞こえるまで続いたのだった。

ランドルフのご老人による診察は、三回同じことを繰り返し、結果として、以前同様、全盲という結論で終わった。三回同じことを繰り返したのは、ローランド爺さんの要望だ。彼としてはなんとしても、現状で見えているという可能性の裏付けを得たかったようだ。

診察結果を聞いたローランドは真剣な表情を崩すことなく、一言「そうか」と言っただけだった。テオやエリーは悲しそうに肩を落としていたが、真面目な顔をした爺さんはご老人を部屋の外に連れ出した。ドアは閉められ、当然ふたりの会話は聞こえない。自分の耳に届くのは、「目が見えなくてもリリーはリリーだよ！　だから大丈夫だよ！」という、まるで自分たちに言い聞かせているようなテオとエリーの声だった。

診察後、しばらくして夕食となった。今日は祖父母たちと一緒に食べるということで、階段を下り少し歩いた場所へ連れていかれた。祖父母ふたりが増えたくらいなら別にいつもの部屋でも食べられると思うが、そこはやはりお金持ちの慣習なのか、料理を運ぶ手間などを考えたからなのか、別の場所へ移動した。美味しそうな香りが部屋を満たしており、席に着くとすぐにメイドさんたちが料理を運んできてくれた。

いつも通り、エナに誘導してもらいながらゆっくりと食べていく。その様子をアンネーラお婆様はのほほんとしたいつもの微笑みを浮かべて、ローランド爺さんは探るように見ている。診察のとき同様、目が見えるかもしれないと考えているようだ。もはや疑っているといった感じではなくなっている。

食事は基本的に、自分に声をかけるエナ以外は誰も喋らず粛々と進んでいった。ある程度まとめて運んでもらっているらしく、少しずついろんな種類の料理を食べている。

まだ幼児なのであまり量は食べられないし、時間もかかる。けれど、みんなで食べる食事はひとりで食べるときより美味しく感じる。温かな食事風景が最良のスパイスなのだろう。ほかのみんなには、いわゆるコースのようなスタイルで一品ずつ料理が運ばれてきているようだ。

今日は祖父母のお出迎えに、ふたりの衝撃的な行動。もふもふ様の凶悪無比な感触。アンネーラお婆様に構われまくっていじられまくった疲労から、いつもよりも早く眠くなってきてしまった。

ベビーバスを用意してくると言ったエナの言葉を聞いたあたりから、もう記憶が途切れ途切れだ。エナではなく、アンネーラお婆様にベビーバスで綺麗にしてもらっている間も、うとうとと船を漕いでいたらしい。それでもお風呂だけはしっかり入れてもらったようだ。

お風呂は大事だ。体を清潔に保つだけではなく、心の洗濯もできるのだ。とても大事だ。大事なことなので二回言っておいた。

もう眠い。今日は大変な一日だった。

これほど目まぐるしい日も、この世界に生まれ落ちて初めてだったかもしれない。本日最後の記憶は、一日中絶やされることのなかった聖母様の微笑みだった。


今日は自分の部屋に祖父母、兄姉、エナが集まっていた。起きたときにはみんながいて、全員から朝の挨拶を受けると、昨夜と同じと思われる食堂に移動して朝食を摂った。その後、テオとエリーは日課である樹木と花壇のお世話へ向かい、アンネーラお婆様とローランド爺さんもふたりについて行った。昨日とは違う、静かでゆっくりとした時の流れを感じることができた。……のは午前中の一時だけ。

日課を終えたふたりとそれについて行ったふたりが戻ってきてからは、昨日と同じ光景が展開されることになった。普段ならあまり騒げばエナが注意するのだが、今日は祖父母のふたりも……もといローランド爺さんが交ざっているので、諫めるに諫められないようだ。

この中で唯一爺さんを諫めることができるお婆様はというと、その様子をのほほんとした顔で楽しそうに見ている。爺さんが騒ぐのはいつものことのようだ。まぁ騒いだっていうか、強烈なコントを微笑みの聖母様と一緒に繰り広げていた、と言ったほうが適切だろうが。要するにこのふたり……騒がしいのが日常で、こんな程度では止めるに値しないようだ。

騒ぎの爆心地でひとり状況に流されるまま翻弄されている自分。この五人になにを言っても無駄なことは、いままでの状況から身に染みている。というか、なにか言おうものなら賞賛の嵐でさらに騒がしくなる。自分の行動こそが、彼らにとって爆発する燃料になるのだから。なので、おとなしくされるがままにしている。されるがままでも彼らの騒ぎは一向に収まらないけど。

結局のところ、自分という最高の燃料がいる限り彼らは止まらない、止まれない、止まろうとしないのだ。恐らく彼ら自身、自らを制御することができないのではないだろうか。むしろ積極的に我先にそうなろうとしている。テオとエリーはいつものことだが、ローランド爺さんもごたぶんに漏れず、すでに自分の虜のようだ。

可愛いというのは罪なことだぜ……。もと男だけどな！

そんな自分の心の絶叫を聞く者は誰もいない。

騒ぎはエナの堪忍袋の緒が切れるまで、収まることはなかった。

昼食を例の食堂でゆっくりと済ませ、また自分の部屋に集まる一同。

それはローランド爺さんの不意の一言から始まった。

「テオ、エリーよ。よく聞くのだ！　俺はリリアンヌ騎士団を結成することにした！」

「おおぉぉぉ!!」

「それは名案です、お爺様！」

高々と言い放った爺さんを、後光でも見えているかのように眩しそうに見つめるテオ。エリーもこれ以上はないだろう名案を聞いたとばかりに、キラキラした瞳を向けている。

この三人はなにを言ってるんだ……？

それが嘘偽りのない本心だ。だっていきなり騎士団結成だよ？　意味がわからない。騎士団というものが存在するのは知っているが、そんなのは国とか王とかに仕えるものだろ？　個人が持つようなものじゃ……そういえば、騎士団という名の私兵を生前の世界の貴族は持っていたっけ。要は自分専用の警護部隊、もしくは私兵を組織しようというのだろう。

ぞろぞろと騎士っぽい、ごてごての鎧を着けた人たちに囲まれながら街を歩く自分。キラキラの白銀スマイルときざったらしい喋りのイケメン連中から、傅《かしず》かれる自分。はっきり言ってしまえば、気色悪い。女の子にとっては憧れの光景に違いないが、そこはいかんせんもと男。囲まれるなら、クティやエリーやエナやクレアやアンネーラお婆様のような、可愛くて綺麗な女性がいい。

などと思っていたら、二人の話は、衣装はこんな感じで、鞘拵《こしら》えは統一してとどんどん盛り上がっていき、本当に実現させてしまいそうな勢いになっていた。ローランド爺さんがお金持ちなのは間違いないだろう。テオとエリーに聞かされた英雄譚での活躍ぶりも、実力的に本当だとわかっている。

気付けばリリアンヌ騎士団の話は、団員選考にまで及んでいた。知らない人の名前が多数挙がっているが、どうやらテオとエリーは知っているようだ。アイランはだめとか、ネクシャは子どもが嫌いだから論外とか、爺さんが挙げる名前の人物をしっかり選定している。

というか……ただの妄想じゃなかったの？　なんかまじで騎士団を作り上げそうなんだけど。

しかしそこで考えてみた。確かに逆ハー状態になってしまうかもしれないが、エリーも入ると言っている。つまり騎士団は男所帯ではないということだ。よく聞けば、挙げられている人物の名前には女性名っぽいものもいくつかある。というか、男性名のほうが少ないのではないだろうか？　エリーが主に却下しているのも男性名か、荒っぽかったり子どもを好きじゃないという理由の女性ばかりだ。エリーにしてみれば、リリアンヌ騎士団の団員は心から妹を敬い崇め、命を賭して守ると誓える人物、ということが最低条件のようだ。まぁ、目が見えない幼児を守護するための騎士団と思えば当然……なのか？

団員選考もあらかた終わったところで、ローランド爺さんがなにか怪しい笑みを浮かべながら自分を抱き上げて立ち上がった。そして、片腕にしっかりと抱いている自分と、もう片方の手で懐から取り出したなにかを誇らしげに並べて、テオとエリーに見せ付ける。

「見よ！　これぞリリアンヌの騎士団――白結晶《はくけっしょう》騎士団、団長叙勲の証！」

「「おおおおおぉぉっ！！」」

どうやら懐から取り出したなにかは団長叙勲の証なるもののようだ。

……え？　つまりなにか？　リリアンヌ騎士団……白結晶騎士団って、もう名前も決まっていて、しかも団長は決定しちゃっているの？　ただの妄想じゃなかったの？　え？　まじで？

目をぱちくりさせてドヤ顔の爺さんを見てみるが、どうやら本気のようだ。手に持っているなにか――当然見えない――を誇らしげに掲げ、羨望の眼差しで見つめる兄姉に見せている。

騎士団設立が本当のことだと理解できた決定的な理由は、目を大きく見開いて、ぽかーんと口を開け驚いているエナの初めて見る表情だった。

白結晶騎士団。

リリアンヌ・ラ・クリストフを守護するための騎士団だ。団員構成は現在のところ、団長――ローランド・ラ・クリストフ。副団長不在。そのほか騎士については予定ではあるが、テオドール・ラ・クリストフ、エリスティーナ・ラ・クリストフ、そして選定のみ済ませた騎士が二十名。

現在の騎士団はこんな感じだ。

ローランド爺さんが見せ付けるようにして掲げたものがなにかは、エナの震える声により判明した。

「ロ、ローランド様……そ、それは……まさか本物の騎士団証明カードなのですか……?」

「うむ、当然だ。すでに王城へ提出した申請も受理されている。白結晶騎士団は正式な騎士団だ」

「ア、アンネーラ様！　本当なのですか!?」

「ええ、とてもよいことだと思いましたから。私《わたくし》も賛成いたしましたよ?」

がっくりと四つん這いになって項垂れるエナの心境が、自分にはよくわかる。いきなり、まだほんの幼児である自分の騎士団が結成されたというのだ。意味がわからない。わかりたくない。むしろ忘れたい。

豪快に「わっはっはっは」と笑う爺さんと、それを混じり気のない純粋なキラキラした瞳で見つめる兄姉。項垂れるエナと騎士団の中心人物のはずの自分。のほほんとした表情を終始崩すことのないお婆様。キラキラしている三人との対比が明確なまでに明暗となっていた。

「ローランド様！　まだ騎士団結成は早いのではないでしょうか！」

「いや、俺はそうは思わんぞ?」

「……その理由をお聞かせ願えますか?」

「ふむ……そうだな。テオドール、エリスティーナ。おまえたちふたりは白結晶騎士団に入団する意志は固いのだな？」

　項垂れていたエナが、詰め寄るようにして爺さんに聞く。だが、そんなエナの勢いを飄々とかわして答えると、爺さんはテオとエリーに白結晶騎士団への入団の意志を問うた。その声は真剣で、剣呑とさえ取れるほど鋭かった。

「もちろんです！　入団テストがあるならば受けます！　そして必ず受かってみせます！」

「私も同じです。リリーを守るのが私たちの役目。たとえお爺様であっても、その役目を譲るつもりはありません」

　ふたりの熱のこもった答えにローランド爺さんは大仰に頷くと、次いでエナに視線を向ける。

「ふたりの気持ちもわかった。その意志の固さも十分だと判断する。故に子どもたちにも話そう」

　声音から剣呑な鋭さは消えたが、代わりにそれは心まで凍てつかせるような冷たい響きをはらんでいた。

「すでにリリアンヌを狙う組織が、いくつかできている」

「「なっ⁉」」

　告げられた事実を理解するのに、数秒の時間が必要だった。

　自分を狙う組織……！　しかも複数存在する⁉

　考えたくないが、すでに自分の特異性がばれているのか？　だが、危うい行動をとってしまったのは数えるほどだし、周りの反応も懸念するようなものではなかったはずだ。考えられる可能性は、誘拐や拉致によるクリストフ家への脅迫。だが、それを実行するならばわざわざ屋敷で厳重な警護の下に生活している自分を狙うよりは、学校など外へ行くことのある兄姉を狙うほうが容易なのではないだろうか？

「リリーちゃんを攫おうとしたやつらは、お粗末だったわ。オーベント王国最大の貴族であり、国にとって最重要な魔道具職人たちを大陸一抱えているために張られた、この屋敷の結界のことすら理解できていない小悪党」

うちって王国最大の貴族だったの⁉　それに国にとって最重要な魔道具職人を抱えているって……。そりゃあ機密保持や安全対策のために結界も必要だろうね。

「でも、大人たちに比べて比較的狙いやすいテオちゃんやエリーちゃんではなく、リリーちゃんが狙われた理由。それは……リリーちゃんが〝濁った瞳〟だということが、すでに知られていたから」

テオやエリーは健常者だ。自分と違い、危険な人間が現れたときに、子どもなりに抵抗できるかもしれない。いや、考えてみれば彼らが護衛もなしに学校へ行くとは思えない。だから狙いをこちらに絞った。そう考えるのが妥当なところか。だが、やはりお婆様の言うようにお粗末だ。

結界がなくても、この屋敷の警備体制は厳重。自分は外出どころかこの部屋から出ることすら滅多に許されないのだ。それを厳重と言わずしてなんと言う。

しかし、結界か。見てみたいな……。きっと魔力が使われているはずだから自分にも見えるだろうし……。

それにしても、この警備体制を見る限り、自分の情報は秘匿されていたはずだ。にもかかわらず、その中でも致命傷となりうる〝濁った瞳〟の情報が漏洩している。敵は外だけではなく、屋敷内にもいる可能性があるということだ。しかし、気になるのはアンネーラお婆様の言葉。

「リリーちゃんを狙ったやつら」

そう、「狙った」。すでに過去形なのだ。情報漏洩も判明しているようだし、ローランド爺さんが「組織はいくつかできている」とも言った。これらの言葉から総合的に考えれば、すでにふたりの手かそれに近いものにより犯人の存在は判明している。

「情報の漏洩《ろうえい》もとはランドルフ殿の手伝いをしていた看護師のひとりだった。三十年以上手伝っていた優秀な者だと言っていた。残念なことだ」

「では、屋敷の使用人たちの仕業ではないということですね？」

「それはすでに昨日の段階で調査は終了していますよ」

「そうですか。よかった」

そういえば昨日、診察が終わったあとにランドルフのご老人を部屋から連れ出していた。てっきりアレは診察結果を詳しく聞くためだと思っていた。だが、考えてみればその場で聞いてもいいようなことだ。それをなぜ場所を移したのか。導き出せる結論――やはりご老人の関係者が犯人だったからだ。

だが、ご老人が犯人でなくてよかった。三十年もの長い間働いていたのに裏切るような真似をしたということは、金銭か親類縁者をネタに脅迫されたか。真相はわからない。けれど爺さんが言った「残念なことだ」という言葉の意味は……。

屋敷の使用人の調査は昨日終わった、とも言った。いったい何時の間にやったのだろうか。ローランド爺さんたちの手の者が、大量にこの屋敷に来ていると考えるべきだ。つまり、現状の警備体制はいつも以上に強化されているということか。それはありがたい。しかし、爺さんたちがつかんだ情報では、いくつかの組織としか言っていなかった。

いくつ見つかったのかはわからないが、すべての調べが終わっているとは限らない、絶対安全というわけではないだろう。だが、いま自分の周りにはとんでもない英雄譚を持つふたりと、そのふたりの手勢がいる。これ以上ないくらい、むしろ過剰なほどの戦力だろう。そして爺さんは孫を守るために専用の騎士団まで結成してしまった。祖父母とその配下の人たちも、ずっとここにいるわけにはいかないのだろう。故に組織に対抗できる存在——白結晶騎士団を結成したというわけか。

「とにかく事情はわかりました。騎士団が必要なことも理解しました。ですが、事前に情報を回してほしかったです。スカーレットを伝令役にすれば、まず問題はなかったはずですし」

「う、うむ。そうだな。すまなかった、エリアーナよ」

「ごめんなさいね、エリアーナさん。その手のことに関してはローにすべて任せて、私は殲滅を担当していたから」

「いえ、アンネーラ様が殲滅を担当されるのは仕方がないことです。あなた様ほどの実力者など、この王国にはほかにいませんもの」

そんな事情があるならもっと早く知りたかったと、困った顔でローランド爺さんを見ているエナ。爺さんは明後日の方向を見ながらも、一応申し訳なさそうに謝っている。照れくさいのだろうか。いや、自分の仕事のミスがばれて気まずいといったところか。

ちなみにスカーレットさんは何度か見かけた素敵装備《ウサギミミ》のあの人で、エナの専属メイドさんらしい。

それにしてもやはり、お婆様は殲滅を担当していたようだ。実力を考えれば当然かもしれない。恐らくは最前線で暴れまわったんじゃないかと、なんとなく思ってしまった。のほほん笑顔がまるで戦いの鬼——戦鬼の如く機械的に敵を葬っていく様が、頭の中にありありと浮かぶ。浮かんでしまう。

お婆様が敵じゃなくてよかった。味方で本当によかったと、心の底から思ってしまった。

白結晶騎士団の名称は、自分の白く濁った瞳からではなく、光と太陽の神――白神ミトロウムから取られたもので、瞳の回復を願って付けられたそうだ。白結晶騎士団団長様――ローランド爺さんがなぜか自慢げにそう言っていた。その話を目を輝かせながら聞いていたテオとエリーのふたりからは、もちろん大絶賛されていた。

そして、すでに正式に結成された騎士団に入団するためには、たったひとつの絶対的な条件があるらしい。

その条件とは、リリアンヌを命を賭して守ると誓うこと。

入団希望のテオとエリーなんてまだ九歳と七歳。テオはまだしも、エリーは訓練を始めるにはまだ早いのではないかと思うのだが、団長様が言うには問題ないようだ。体力や年齢に合わせた訓練メニューがあるのだろう。いま、兄と姉はその訓練メニューについて激論を交わしている。

テオは盾と片手剣を使ったスタイルを希望しており、エリーは弓と近接の格闘術というスタイルを希望している。テオはもともと騎士を目指していたようで、盾と剣を選んだのもそれ故だろう。実にテオらしい。

エリーはというと、これまでは弓を使いたいとか、戦いたいなんて言っているのを、一度も聞いたことはなかった。妹を守りたいとは口にしていたが、具体的な方法についてまでは言っていなかった。それでもきちんと考えていたようだ。ローランド爺さんが戦うスタイルに希望があるかと聞いたときに、淀みなくハキハキと答えていた。彼女は彼女で、自分の将来をしっかり設計しているということだろう。テオ同様に、妹を守るという未来を。

自分としては……ふたりとも希望通りの道に進めればいいとは思うが、いまの彼らの希望は白結晶騎士団への入団だ。なんとも微妙な気持ちになってしまうのは仕方ないだろう。


夕食を朝食、昼食同様に食堂とおぼしきところでゆっくりとると、三人はまたこの部屋で明日からのトレーニングメニューについて話し始める。

自分は、アンネーラお婆様とエナにもてあそばれている。遊んでもらっているのではない。もてあそばれているのだ。間違えてはいけない。具体的には、アンネーラお婆様がほっぺや体を優しくつんつんしてくる。自分はくすぐったいので手を捕まえようとする。お婆様の身体能力は驚異的なので、当然捕まえられない。そして突かれるの繰り返しである。

……すまない、語弊があった。エナにはもてあそばれていなかった。羨ましそうに見ていただけだ。もちろん意地悪なお婆様を羨ましそうに、だ！　もういや！　不貞寝する！

アンネーラお婆様の意地悪には、不貞寝以外では対抗できないのだ。ころんと横になって目を瞑ると、「あらあら疲れちゃったの？」といった具合に意地悪も終了する。そして、エナに抱き上げられて子守唄を歌ってもらうといった寸法だ。まぁ、エナの子守唄は睡眠誘導波付きなので、不貞寝のふりがマジ寝に切り替わってしまうのだがね。

アンネーラお婆様の意地悪対策をなんとか考えなければいけないと思いながら、意識は闇に落ちていった。

翌日も昨日同様、朝食を例の食堂でみんなでとると、着替えてから外に出ることになった。

そう、お外である。お外!

これまで屋敷の中なら、少しだけ連れ出してもらうことがあった。しかし、屋外というのはなかった。自分を狙う組織まででき上がっている状況。だが、いまはそんな組織を壊滅させるだけの戦力が、この屋敷には存在する。それで屋外へ出ることが許可されたのだろう。

お着替えはエナとアンネーラお婆様が手伝ってくれた。お婆様が選んだ服を着た、もとい着せられたのだが……なんともフリルとレースがいっぱいのロリータな服だった。パンツインスカートではなく、ふわふわスカートで超心許ない。……やっぱり慣れません、スカート。

いままで着せられたことはなかったが、まさにロリータファッションって感じの服だった。どこからどう見ても可愛らしい幼児のでき上がりである。周りで聞こえる黄色い声がそれを嫌というほど思い知らせてくれた。

しかし、考えてもみてほしい。ロリータな服を着る精神年齢三十一歳半の……もと男。この悲しみがわかっていただけるだろうか……。いや、たぶん無理だろう。とにかく、テンションだだ下がりのまま、初めての屋外へ出発するのだった。

アンネーラお婆様に抱かれ、部屋を出て階段を下りる揺れを感じ、しばし進む。本当に広い屋敷だ。屋外に出るだけなのに、時間がやたらかかる。警備上の理由から自分の部屋は特に進入に時間のかかる位置にしているのだろう。火事とかあったら逃げるのが大変そうだ。

そんなことを考えていると、祖父母を迎えたエントランスホールのような場所にたどり着き、メイドさんがふたりで扉を開ける仕草をする。痛いくらいの日の光と暑い風が流れ込んでくる。いまは七の月。この世界でも夏なのだ。風は、仄かに花の香りがしていた。エリーが世話をしている花壇の香りだろうか……。

脇に控えて深々と頭を下げているメイドさんが開けた扉を通ると、ずいぶん遠いところになにかうっすらと魔力が見えた。あれが結界だろうか。影絵のように部分的に黒く切り抜かれている。あの黒い部分は恐らく樹木ではないだろうか。魔力の結界が背景となり、魔力がない樹木が真っ黒な影に見えているのだろう。そんな不思議な光景を眺めながら、ゆっくりとした歩調で進んでいく。

エナがなにかを持つと、日の光が和らいだ。日傘かもしれない。至るところに人がいて、なにかしら仕事をしているようだ。全員がこちらを向いて頭を下げている。庭師や警備の人だろう。これだけの広さだと、樹木のお世話をしていると言っていたテオひとりでは、とてもじゃないが手がまわらないはず。きっとどこかの一画がテオ専用になっているんだろう。

いったい、どこに向かっているのだろうか。かなり歩いている気がするが、まだ到着しない。遠くに見える結界を背景に、屋敷の壁と思われるものが真っ黒な境界線となっていたところを曲がると、やっと見知ったふたり——テオとエリーの姿を確認することができた。ふたりのほかにも数人の屈強そうな人たちがいる。彼らが訓練教官なのだろうか？

兄姉は地面に座ってローランド爺さんと一緒に柔軟運動をしている。まだ柔軟運動をしているということは、午前中の日課を終えてから訓練を始めたのだろう。ちなみに三人とも帽子を被っているようだ。日差しの強さからして熱射病になりそうなほどなので、当然といえば当然だろう。

近付いていくと、「屈強そうな人たち」は「屈強な人たち」だということがわかった。全員がこちらに敬礼をしている。彼らは使用人というよりは私兵といった感じだろうか。男性ばかりかと思ったら、女性も交じっている。

ちなみに視力を強化しても遠くまではっきりとは見えない。細部が見えるようになったりするのはある程度近くだけで、遠目が利くようになるわけではないのだ。

柔軟運動中だった三人もこちらに気付いたようで、手を振ってくれている。エナも手を振り返し、自分はアンネーラお婆様が手を持って振ってくれた。三人の様子がよく見える位置にどうやら椅子が置いてあったようで、そこにふたりが腰かける。自分はアンネーラお婆様の膝のうえだ。昨日からほとんどアンネーラお婆様に抱っこされている気がする。

エナが日傘を畳んだのに、日差しの暑さをほとんど感じない。パラソルかなにかがあるのだろう。柔軟運動をしている三人をのほほんとした表情で、楽しそうに見ているアンネーラお婆様。これも訓練のひとつなのか、テオとエリーが真剣な表情で屈伸や立位体前屈を行っている。まぁ、見ているほうは退屈でしかないけど。

屋外といっても、周りの状況を確認する程度のことしかできない。屋外で見えるのは、遠くにうっすらと見える結界とおぼしきもの。使用人や私兵っぽい人たち。結界らしきものを背景とした各種建物っぽい黒。魔力があるものは屋外にもほとんどない。これでは景色を楽しんだりすることもできない。初めての屋外は結構がっかりだった。

しばらくして柔軟運動を終えた三人は、ローランド爺さんの指揮の下、腕立て伏せや腹筋運動をしはじめた。さすがに九歳と七歳の訓練だ。両手両足で数えられる程度しかできない。それでもふたりの息は荒くなっている。エントランスホールの扉を潜ったときに感じた気温と、吹き抜ける風の暑さも体力を奪っているのだろう。きっと彼らは汗だくのはずだ。

不思議なことに、自分が着ている服はどう考えても夏のような気温の日に着るべきものではないと思うのだが、意外と快適だ。生地が薄いようで、風通しがいい。なので彼らのように汗だくになったりはしていない。だが、汗をまったくかいていないというわけではない。汗は額に少しだけにじむ程度で、それもすぐにアンネーラお婆様がハンカチっぽい柔らかくて滑らかな肌触りのもので拭いてくれている。

そうこうするうちに、三人はランニングに移ったようだ。ローランド爺さんが前を走り、その後ろをふたりがついて行く。てっきり屋敷の周りでも回ってくるのかと思ったが、見える位置を軽く走ってきただけだ。……と思ったら、今度はダッシュ。なるほど、ランアンドダッシュだったのか。やはり、体力づくりを念頭においているようだ。

合間合間でしっかりと水分補給もしているようで、たまになにかを飲むような動作をしている。こちらはこちらで、エナがいつもの果実水が入ったコップを、ふたりと同じようなタイミングで渡してくれる。もうコップで飲み物を飲むのも楽勝だ。

しかし何度か果実水を飲んだからだろうか、突然の尿意。普段ならこのまま我慢できずにオムツ代わりの布に発射してしまうのだが、今日は初めて第一の波をやりすごすことができた。

尿意の我慢なんて生前なら当たり前のことだったが、いかんせんいまは一歳半くらいの幼児。トイレトレーニングもまだなのだ。まずは短時間でも堪えられるようにならなければどうしようもないと思って諦めていたが、今日は最初の波を我慢できた。唐突にできたのでちょっと驚いたが、とにかくすぐにエナに尿意を伝えようと思ったら……結局放出してしまった。

あー……。

大惨事というわけではないが、布が濡れて嫌な感触になっていくのがわかる。もうちょっと我慢できるようにならないと、トイレトレーニングのしようがない。だが、少しでも我慢できるようになったのは大きいはずだ。這い這いや歩行訓練なんかも、小さな一歩の積み重ねだった。もちろんヒアリングも文字の習得もそうだ。これは普段やっているさまざまな訓練となにも変わらない。少々股の間が濡れて不快になったり、汚物的なアレが臭い程度だ！

とりあえず意気込むのはあとにして、アンネーラお婆様におしっこが出たことを知らせる。お婆様の服を引っ張ってから、自分の股をぱんぱんと叩く。エナにはこの方法でほぼ百パーセント通じる。お婆様にも通じるだろう。

「あらあら、リリーちゃんおしっこかしら？」

「あ、ではオムツを替えてきますね」

「よろしくね～」

きちんと伝わったようで、エナの抱っこで屋敷に戻ると、エントランスホール近くの部屋でオムツを交換してもらった。そうしてまた外へ戻ると、お婆様がテオとエリーのふたりに格闘術の基礎らしき動作を教えていた。

構えから拳を突き出す。フォームを確認して崩れているところを正したら、再度構え打つ。これの繰り返しだ。最初なのだから、まぁこんなものだろう。最後にまた軽く走ってから柔軟運動をして、ふたりの訓練は終了となった。

かなり体力を消耗したはずだが、生き生きとしたふたりの表情からは、疲労はほとんど感じられなかった。

テオとエリーが訓練を始めて二日目。

本日の服は昨日のうちに決まっていたようで、着替えにはそれほど時間がかからなかった。前日のロリータファッションとは違い、シンプルなワンピースで胸元には大きな花の飾りとリボンが付いていた。衣装は凝っていればいいわけではない。シンプルなデザインは素材を際立たせる。これはアンネーラお婆様の話を要約したものだ。

つまりなにが言いたいかというと……服選びと着替えに時間がかからなくても、お婆様のファッション談義で時間がかかったということだ。一歳児にファッションを語る見た目三十代……いや、今日のお婆様は二十代後半でも通じるのではないだろうか。ほんと化け物やでぇ。

ファッションの話をするお婆様の様子は生き生きとして心底楽しそうだった。自分に意地悪しているときと同じくらい生き生きしていた。

楽しそうに語っているお婆様をじーっと見続けたことも、彼女の長い語りに拍車をかけていたのかもしれない。興味を持ったと思われたのだろうか。実際は、アレほど凶悪な戦闘力を有する人物なのに、ファッションという如何にも女性が好みそうな趣味を楽しそうに語っているあなたに興味を持ったのですよ、仙人様。などとは口が裂けても言えない幼児が自分です。

ファッション談義が一段落すると、昨日に引き続き屋外へ行くことになった。当然兄姉の訓練を見に、だ。前日同様の夏の陽光と、熱風というほどではないけれど、からっと乾いた熱さを感じる風。梅雨のようなじめっとした湿度の高い風ではなく、乾季という単語が似合いそうな感じだ。

訓練場まで行くと、相変わらず屈強な人たちが周りを警備している。すでに柔軟運動は終わっていたようで、腕立て伏せと腹筋をしていた。今日も暑いから、さぞかし汗だくになっているのだろう。汗は見えないので、彼らの苦悶の表情で察するしかないが。

ひどい筋肉痛にはどうやらなっていないようで、前日と同じペースを守っている。訓練の前後にあれだけ柔軟運動を入念に行っていたのだ、筋肉痛は最小限に抑えられたに違いない。というか、子どもだからそれほどひどくならなかったのかもしれない。子どもの回復力はすごいから。

パラソルの下にあると思われる椅子にエナとアンネーラお婆様が腰掛け、自分はもはや定位置といってもいい場所、アンネーラお婆様の膝のうえ。強いだろう日差しはパラソルで遮られているので全然暑くない……というわけでもないが、清々しい夏の気分を味わっている。一年以上温度調節された部屋で過ごしてきたので、この夏らしい暑さも心地いいくらいだ。

果実水が入ったコップをエナから受け取ったお婆様が渡してくれるので、少しずつそれを飲みながら、がんばっている兄と姉を眺める。部屋の中にいては感じることのできない空気。自由に外出できるようになる日はくるのだろうか。そんなことをぼーっと考えながら、ランニングに出る三人を見送った。

午前中の訓練を終えたテオとエリーはまだまだ元気いっぱいだ。屋敷に戻り昼食を食べ終えた途端、ふたりがアンネーラお婆様がいることを盾にエナと交渉している。その内容はというと——。

「ボクたちの訓練を見に来てくれたんだから、ボクの木を見せてあげてもいいでしょう？」

「そうよ！　私の花壇も見せてあげたいの！　いいでしょう、エナ！」

「私《わたくし》も付き添うし、いいんじゃないかしら、エリアーナさん」

「……そうですねぇ……確かにアンネーラ様がご一緒なら危険はないと思いますが……」

「ではほら、決まりですね。ささ、準備をしましょうねぇ、リリーちゃん」

要は彼らが毎日お世話をしている、彼らの大切なものたちを自分に見せたいということだった。どうやら事前にお婆様に頼んでいたようで、彼女の援護射撃でエナも渋々ながら折れていた。

自分としても屋外に行きたいので、出られるなら理由はなんでもいい。部屋の中で過ごした一年半の間も別に不自由はしていなかったが、やはり一度外に出てしまうと、風や匂いで季節を感じられることが気持ちよくて、何度でも行きたくなってしまうのだ。

生前は極度のインドア派だったはずなのだが、今生はアウトドア派になったということだろうか。

アンネーラお婆様に、準備と称して本日二度目の着替えをさせられる。今度は、上は丸襟の可愛らしいブラウスで、下はふんわり広がる膝丈くらいのスカートだ。ワンピースのときは清楚な雰囲気だったが、今度はカジュアル幼女になった。まぁ股の部分が心許ないのは同じなんだけどなー……。

着替えを済ませると、五人で屋外へ出発。ローランド爺さんはなにか用があるといって、どこかに出かけている。出かけ際、それはそれは凄まじい形相で――。

「すぐに帰ってくるからな！　すぐだぞ！　絶対すぐだからなあああああぁぁっ」

と、尾を引く叫びを残しながら、訓練中も警備をしていた屈強な人たちによって連行されていった。

ちなみにテオは、着替えが終わって部屋に入ってきた瞬間に一時停止してしまい、ぼけた顔をしていた。彼は本当に大丈夫なんだろうか……。困ったお兄ちゃんである。

ふたりのメイドさんが開けてくれた扉を、アンネーラお婆様に抱っこされたまま通り抜ける。深々と下げられた頭の横を通るのは、まだ慣れない。なにせ生前は庶民だったのだから。いまは大きな屋敷のお嬢様とはいえ、メイドさんという存在に初めて接したのもここ最近の話。慣れるわけがない。

先ほどテオとエリーが訓練していた場所とは反対の方向に、五人でゆっくり歩いて行く。日差しは午前中よりきつくなっているようで、吹いていた風もすっかりやんでしまい……かなり暑い。ブラウスは薄手の生地で風通しもいいし、例によってエナが日傘を差してくれているのだが、それでも暑いものは暑い。

テオとエリーのふたりは帽子着用だ。つばの広い大きな麦わら帽子を被ったほうがエリー。シルクハットのような底の深い丸つばの帽子を被ったのがテオだ。

遠くに見える結界の魔力に影を作っている場所へ向かっているようで、どんどん影が大きくなってくる。アレがテオが世話をしている樹木なのだろうか。かなりの大きさのように思える。あれほど大きな木を世話するとなると、相当大変なのではないかと思うのだが……。

大きな影に近付くに連れて、遠くだと見えなかった無数の魔力を持ったなにかが見えてくる。訓練をしているほうの庭にはほとんど魔力を持つものがなかっただけに、ちょっとワクワクしてくる。視力を強化し、いったいなんだろうと確認してみると、どうやら魔力があるのは地面に近い場所のようだ。なんとか見てみようとするが、いまひとつピントが合わない。距離があるからだろうか。

これから見せてくれるという宝物についてテオとエリーが楽しそうに話すのを聞きながら、のんびり歩いていく五人。作業している使用人たちが深々と頭を下げている中を進んで行くと、地面の近くに見える魔力に一瞬だけピントが合い、さっきから気になっていた魔力を持つものの正体がわかった。それは無数の小さな木だった。しかし若木にしてもあまりに細い。見えている魔力は全体像ではないのかもしれない。

人間は魔力で全体像を見ることができる。だが、木々は違うのだろう。自分の目に映る木は細く、流れているはずの魔力も、ほとんど動いていないように見えるくらい遅い。

人の魔力は血液と比べれば流れは遅いが、それでも流れているということくらいはわかる。一方、木々の場合、水分や養分の流れは人の血液ほど速いものではない。だとするとこのゆったりとした動きも納得がいく。問題は全体のフォルムがあまりに細いことだが、これは魔力自体が少ないということだろうか。それとも木の表層などが魔力を通さない性質なのだろうか。

初めて見る現象に思考を巡らせていたが、どうやらその若木があるところが目的地のようだ。間近で見れば詳しいことがわかるかもしれない。早く近付きたくて、少しだけソワソワしてしまった。

第六章　家族の絆と魔闘演

目の前に見えるのは、遠くにうっすらと見える結界の白を背景に立つ、大きな木のような影たち。その間に、ひどく細くて、流れが遅く止まっているようにも見える魔力を持つ、若木のような木が無数に点在している。

テオがいつも世話をしている宝物を見せてくれるということで、みんなで庭へやって来たのだ。九歳の彼が午前中いっぱいを使って世話をしているのだ。労力を考えると、大きなほうの木ではなく、若木のほうがその宝物だろう。

そんな予想をしていると、遠くにいた庭師と思われる人たちがいつの間にか周りに集まっていた。

「テオ坊ちゃま、大奥様方。ようこそおいでくださいました」

「うん。さっき話した通り、今日はボクの宝物のお披露目だよ！」

ランドルフのご老人よりも年配に見える男性が、集まってきた二十人近くいる集団から進み出ると、帽子を取って深々と頭を下げる。帽子で隠されていた頭髪は、すでにだいぶ後退してしまっているようだ。

「用意はすでにできております故、いつでも大丈夫ですよ、坊ちゃま」

「うん。じゃあ、みんなこっちへ来て！」

好々爺然とした庭師の老人が、優しげな表情で目元の皺を深めて言う。どうやら準備は万端のようだ。テオの先導で、細く見えていた若木のあるところではない一角に進む。自信満々な表情から、宝物は彼にとって満足のいくできなのだろうことが、ありありと伝わってくる。

「じゃーん。これがボクの育てているアシラの若木だよ！」

そう言ってなにかを取り払う仕草をすると、そこには、いままで見えていた若木とはまったく異なる魔力の流れを持つものがあった。

「あらあらまぁまぁ……すごいわねぇ……」

「ほんとに……びっくりしたわ。アシラの若木をここまでの大きさに育てるなんて……」

「お兄様、毎日がんばってたものね」

「えへへ～、苦労したんだよー。どうかなー、リリー？」

アンネーラお婆様とエナも驚きの声を上げている。アシラの木とは、それほどまでに育成が難しいのだろうか。エリーの発言からすると、テオは相当がんばっていたのだろう。

みんなのリアクションに満足がいったらしいテオが、こちらに視線を向けてくる。確かにほかの若木と違い、この木は明らかに魔力の流れが特殊だ。ほかの若木の魔力はほとんど動いていないように見えるほどゆったりした流れなのに対して、このアシラの若木というのは、人の魔力の流れに近い速さで魔力が流動している。

「リリーちゃん、アシラの若木というのはね」

「あ！　お婆様だめ！　ボクが説明するんだから！」

「あらあら、ごめんなさいね。じゃあ、テオちゃんよろしくね？」

「うん！　任せて！　あのね、リリー。このアシラの木はとっても珍しい木でね。成長しても背丈が大きくならない代わりに、魔道具の素材としてすごく需要がある貴重な木なんだ。しかも人の手が入っていない自然な状態じゃないとあまりうまく育ってくれなくて、良質の木材にならないんだ。でも、この子なら大丈夫！　自信を持ってリリーの〝杖〟を作れるよ！」

やはり珍しいタイプの木のようだ。魔力の流れが人に近いから、魔道具として有用な材料になるのだろうか。それにしても……杖？　生前の世界にもあった、いわゆる白杖のことか。つまり、テオはいずれ必要になるであろう白杖の材料となる木を、わざわざ育ててくれていたということだ。図書館で〝濁った瞳〟について調べてくれていたときにでも、視覚障害者に必要なものだと気付いたんだろう。

「それに……この子はリリーが生まれた日に植えられたものなんだよ。ほかにもアシラの木を百本以上植えたのに、ちゃんと成長してくれたのはこの子だけなんだ。きっとリリーと同じ日に植えられた子だから、リリーのために成長しているんだ！」

だんだんとテオの語りがヒートアップしていく。

「もうすぐこの子も成長しきるから、そのときにはボクがリリーのために杖を作ってあげるよ！楽しみにしていてね！」

自信とやる気漲るテオの熱弁と凛々しい表情は、なんとも頼もしい。自分のことを考えて、白杖を作ってくれようとしていることも嬉しい。それにしても、杖加工なんて結構難しいと思うが、その辺はどうする気なんだろうか。

「ふふ……それにアシラの木で作られたものは、使用者の身体能力を向上させる作用もあるの。魔道具の材料としてもとても相性がよくて人気があるけど、育成が難しいのに需要が高いものだから、分布しているアシラの木は乱伐されて、いまは国が厳しく管理しているの。それほど貴重なものなのよ？　このアシラは、テオちゃんがすごくがんばった成果なのね。よかったわねぇリリーちゃん。そんな木で作れば、きっと立派な杖に仕上がるわ」

「えへへへ～」

アンネーラお婆様の補足説明とお褒めの言葉に、身をよじって照れている頼もしい自慢のお兄ちゃん……だったモノ。もうちょっとあの顔を保ってほしかった。まぁ、いまのはにかんだ表情も母性本能を擽るという意味ではいいのかもしれないが、いかんせん自分にはそんなものまったく存在しないので、擽られてやることもできない。

「まぁでも、お兄様ひとりの力じゃないし、そこのところはちゃんとわかってないとだめよ」

「うっ。そ、そうだけど……ボクだってがんばったよ！」

「がんばったのは認めるわ。ただ自分ひとりの手柄とするのは頂けないってだけよ」

「うぅ……だ、だって……」

くねくねしていた自慢の兄様を気持ち悪いとでも言わんばかりに、エリーが冷たい視線を向けながら言う。集まった庭師の人たちのほうを見てみると、見事に全員が苦笑している。エリーの言葉通り、テオがひとりで育てたというわけではないのだろう。九歳という年齢を考えれば当然だ。それを自分ひとりの手柄にするような態度が、エリーは許せなかったのだろう。庭師たちもきちんと評価して、手柄を独り占めするような真似をするな、ということだ。

やはり、クリストフ家は自分の中にある貴族のイメージとは違う。エリーが特別ということもないだろう。エリーの発言にアンネーラお婆様もうんうんと頷いている。

でもがんばっているのも事実のようだし、お披露目なのだから調子に乗ってしまうのも仕方がないとは思う。誰もテオを擁護しないので、心の中で味方をしてあげることにした。

そのあとしばしの間、妹に説教される頼もしかったお兄ちゃんが見られた。


説教がよほど効いたのか、アシラの木を説明していたときとは対照的なほどがっくりと肩を落としたテオを、半ば引きずる形で次の目的地に移動する。引きずっているのはエナだ。片手でテオの首根っこをつかんでパワフルにずるずる引きずって行く。……半ばどころか完全に引きずっていた。

次はエリーの番のようだ。彼女の宝物は花壇だろう。クレアと一緒に世話をしていると言っていた。エントランスホールを出てから風がほとんどないにもかかわらず、うっすらと感じていた甘い匂いがどんどん強くなってきている。これだけ香るということは、相当大きな花壇なんじゃないだろうか。それともそういう品種を育てているのだろうか。

しばらく歩くと到着したのか、甘い匂いに三百六十度包まれていると感じるほど香りが濃密になった。だが決して不快ではない。甘さの中に爽やかさと瑞々しさがある匂いなのだ。ずっとここにいてもいいと思うくらい心地いい香りだ。

「さぁ、ようこそ。私とお母様の花園へ！」

「これは見事なものねぇ……国を周る途中で色んな花たちを見てきましたけど、ここまで色とりどりの花が咲き乱れているのは初めて見るわ」

「魔道具で細かくエリアを分けることで、季節を無視した生育を可能にしているのね。大したものだわ」

「…………」

がっくりと項垂れたままのテオが無言なのはいいとして、お婆様もエナも目の前に広がっているだろう花壇に感嘆の言葉を発している。

花壇は、直線状に走る魔力がいくつか見えているくらいで、花の姿は一切見えない。魔力の流れは、エナが言ったエリア分けの魔道具なのだろう。環境コントロール系の魔道具なのかもしれない。でなければ季節の異なる花を同時に咲かせることはできないはず。生前の世界でも温度や湿度をコントロールした部屋でさまざまな花が栽培されていた。それと似たようなものなのだろう。だが、エナの驚きぶりからすると、こんな使い方は一般的ではないのかもしれない。それだけでもエリーの花壇に対する思い入れが伝わってくる。

「いま咲いている子たちは、特に香りの強さに注意して育てたの。リリーにも香りでならお花を楽しんでもらえると思って」

「確かにこれだけの量の花が咲いているのに、不快な香りには一切なっていないのもすごいわねぇ……」

「えぇ……クレアは水遣りを少し手伝っているだけだって言っていましたから……これはほとんどエリーがやったことなのでしょう?」

「お母様がお忙しいときは、庭師の人たちにも手伝ってもらいました」

「ふふ……それでもすごいわ。エリーちゃんは花を育てる立派なプロね」

テオとは違って自分だけの手柄ではないことをしっかりとアピールするエリー。そんなところも含めて、七歳とは思えない見事な手並みだ。本当にこの子は七歳なのだろうか？　そんな疑問が浮かんでしまうほど、エリーの才女っぷりはすごかった。

「……はい、リリー。お婆様と同じあなたの白銀の髪にはこのピンク色の花が似合うわ」

「よかったわねぇ、リリーちゃん。とっても似合ってるわよ？」

特別に花壇から手折ったのだろう、エリーが髪に花を飾ってくれる。一際濃くなった香りは、生前からよく知っていた花――ビオラに似た香りだった。ビオラは通常ほとんど香りがしない。だが生前、品種改良で香りの強くなったビオラを嗅《か》いだことがあった。それと同じ香りがしている。この世界にも花の品種改良技術が確立されているのだろうか。アンバランスな文明レベルに翻弄されて、どれが正解なのかいまだにわからない。

そして、ビオラの花言葉は信頼。

この世界の花言葉と同じかどうかはわからない。だが、エリーからはこの花言葉に相応しい感情が伝わってくる。向けられる、温かく……彼女らしい澄んだ心に応えるように微笑んで言う。

「ねーね、ありあとー」

「どういたしまして！」

花壇に咲き乱れているだろう花たちより、遥かに素敵な笑顔になるエリーに、その場の全員が温かい気持ちになっただろう。最愛の妹に微笑まれて、あまつさえお礼まで言ってもらえた彼女を、悔しそうに見つめていたテオ以外は……。

兄姉の宝物たちを見学したあと、いまだ項垂れたままのテオを引きずっていつもの部屋に戻って来た。まるで魂が抜けてしまったかのような兄の姿に、そこまでエリーに言われたことが効いたのかとちょっと心配してしまう。

「にーに、らいひょふー？」

「……リリー……こんなボクのことを、心配してくれるの？　あぁ……ボクの天使はなんて優しいんだ……」

項垂れたままのテオの頬に、自分の小さな手を当てて見上げながら言うと、驚いた表情になったテオにそのまま抱きしめられる。優しく包み込むように抱きしめてきたテオの頬をそのまま撫でてあげると、萎れた草木のようだったテオがどんどん蘇ってくる。まるでリリアンヌ成分でも補給しているかのようだ。このままでは吸い尽くされてしまう。

「にーに、はにゃしえ」

「あ、ごめんね。痛かったかな？」

吸い尽くされる前に解放されたが、あのままでは危ないところだった。きっとリリアンヌ成分を吸い尽くされたら、ただの目の見えない幼女になってしまう。まぁ、気のせいだけど。

慰めついでに本を読んでもらおうとそのままテオの膝のうえにぽすんと座ると、彼もすぐに気付いてくれた。

「本を読んでほしいんだね！　今日はなにを読んであげようかなー！」

テオの膝のうえに座ったのはいいけれど、よく考えてみればいままで外にいたんだし、本の用意ができているわけがない。そのことに思い至ると同時に、エリーがなにかを差し出してきた。

「はい、今日はこれを読んであげたらいいと思うわ」

「うん、ありがとう。えーと……『堕天黙示録』？」

「最近読んだんだけど、とっても面白かったわ」

「そっか。じゃありリー、今日はこれを読んであげるね？」

どうやらエリーは朗読用の本をすでに用意していたようだ。仰々しいタイトルの本だが、タイトルと内容が一致しないのはいまに始まったことじゃない。タイトルを気にしたら負けだ。しかし順番的にはテオが朗読する番だったはずなのに、すでに本を用意していたとは……もしかしてこうなることを予想してた？　いやいやまさか……。まさかねぇ？

膝の上にいる自分の前に本を開いて読みはじめるテオ。今回は自身の本ではないのでいつもほど上手に読むのは難しいだろうが、エリーのお奨めなのでちょっと楽しみだ。

それは、天使や神が住まう天界から追放されたひとりの天使の話だった。天界から追放されることを堕天といい、追放された天使は堕天使と呼ばれる。堕天した天使、アブリムが堕とされた地上で波乱万丈の人生を送る、というのが大まかな筋だ。ただ問題は、地上に生きる生物たちが一般的なものではなかったということ。

物語に登場する生物はいわゆる文房具。チョークとか羽ペンとか黒板とかだ。なんだか例の匂いがぷんぷんする。普通に喋って普通に生活している文房具たち。そして巻き起こるは、誰が日常生活においてアブリムの勉学の助けになるかという戦争。文房具しかいなかった世界に自分たちを使える者が現れたことは、文房具たちにとって歴史的大事件だった。そしてアブリムの出現が文房具たちを狂わせる。だがそんな戦争の中、文房具としてはやや用途の乏しいひとりに、アブリムは恋をする。彼はさまざまな絵柄の形に刳《えぐ》り貫かれた、木製のアイコンテンプレートだった。アブリムは彼の素敵なフォルムと、なぞるだけで描くことができるお手軽な絵柄に惹かれた。

描かれるは戦争の最中の恋愛活劇。

もはや意味がわからなくなってきたが、アンネーラお婆様もエナも、すでに読んだことがあるエリーさえも、なぜかうっとりした表情でテオの朗読を聞いている。興味がなくなってしまった自分と周りの温度差はすごかったが、テオも朗読をやめようとはしない。それからしばらくの間、夕食の時間になるまで意味不明の物語は続いたのであった。


夕食を食べ終わり、ローランドお爺様がほくほく顔で帰って来た途端、言い放った。

「明日は予定通り、離れの劇場を使って魔闘演を見るぞ！」

「やった！　お爺様、アレを借りられたんですね⁉」

「もちろんだ！　俺にかかれば国庫に隠されている聖剣だろうが、一発だ！」

「あれは昔、あなたが折ってしまったじゃない。だから隠されているのよ？」

「うっ……だ、だがしかしな！　たかだか銀水晶の鱗竜の首を叩き切った程度でヒビが入る剣など、聖剣とはとてもいえないだろう！　ましてや俺の膝に剣の腹を叩き付けたくらいで折れるなんて、決して聖剣じゃないぞ！」

「お爺様……聖剣ブリュンヒルドを折ってしまわれたんですか？」

エリーの冷たい瞳に、言い訳をまくし立てていたお爺様がさらに慌てはじめる。悲壮な表情でエリーに弁明しているようだが、ここは聞かないであげるのが優しさというものだろう。きっとお爺様は冷や汗をだらだらと流しながらがんばっているのだろうから。当然見えないけど。

それにしても劇場なんてあるんだ、この屋敷。それでなにを借りてきたんだろうか。話の内容からして、魔闘演を見るために劇場で使うものだそうだから、映像受信端末かなにかだろうか。この世界がアンバランスな技術力を有しているのはわかっている。遠方の映像を受信して映すことができるような魔道具があるのかもしれない。いや、あるのだろう。でなければ劇場で魔闘演を見るという話にならない。問題は……自分に見られるかどうかだ。

正直な話、音だけ聞かされても楽しくないと思う。魔闘演は前にクティが戦ったり舞ったりすると言っていたから、いろいろな魔術が見られる可能性が高い。でも音だけじゃあまり意味がない。魔道具で映像を映すのなら、もしかしたら魔力しか見えない瞳でも映像を見られるかもしれない。そして、その魔道具を個人的に使えたら……。

半ば諦めていたある期待がむくりと起き上がった気がする。だが、過度の期待はいけない。お爺様と兄姉たちの様子からすると、相当貴重なもののようだし。なんにせよ、明日確かめてからの話だ。いまだエリーのご機嫌を取っているお爺様を眺めながら、明日を楽しみにするのであった。

●•●•●

翌日。朝食後、食休みとしてローランドお爺様とテオが玩具を使って自分をあやそうと奮闘していたが、玩具を手に取る気分ではなかったので無視した。やがてがっくりと項垂れたふたりは、自分の着替えのために部屋の外へ強制排出された。ほかの女性三人もそれぞれ着替えを済ませる。全員が清楚な雰囲気の装飾少なめな装いだ。

着替えを済ませると、強制排出されたふたりが呆然としているのを、アンネーラお婆様が少々手荒に再起動させて、みんなで連れ立って劇場へ向かう。

男性ふたりも着替えを済ませており、いまはいわゆる軍服姿だ。ローランドお爺様の勲章の多さには驚いた。すごい実力者だろうとは思っていたが、どうやら相当な実績の持ち主のようだ。テオはというと、胸元の勲章は一つだけ。それが少年らしさを引き立てているといえなくもない。いや、きっと引き立てている……たぶん。

部屋を一切出ることができなかった頃に比べると、遥かに自由度が増している。まだ自分ひとりで出歩くことはできないけれど、それでも十分にいろんなところに連れていってもらえていると思う。

今日は昨日、一昨日と使用したエントランスホールからではなく、別の扉から外へ出た。エナの日傘なしでも、夏の直射日光の暑さは感じなかった。どうやら屋根付きの場所を通っているようだ。からっとした風が吹いていることから、渡り廊下のようなところだろうか。

しばらく歩くと、老年のフットマンがドアを開ける仕草をして迎え入れてくれる。ドアを通ると中はひんやりとしていた。空調が効いているようだ。ここが劇場なのだろうか。

さらに進むと、今度は先ほどとは別の壮年のフットマンたちがふたりでドアを開ける仕草をする。中には大勢の人たちが、それぞれ仕事着のままで集まっていた。メイドたち、フットマンたち、庭師や、警備の人とおぼしき簡易な鎧を着けた人たちまでいる。これだけの人が集まって、警備上は問題ないのだろうか。

劇場内部、扇状に座っている人々の先にある壇上とおぼしきところに、横長の長方形の形をしたなにかが置かれている。そのなにかは魔力があるようで形状が見てとれた。恐らくあれが映像を映す魔道具なのだろう。側でなにやら忙しく動いている人たちとの対比で、かなり巨大なものだとわかる。目測で縦五、六メートル、横二十メートルくらいだろうか。アレを運ぶのは相当大変だっただろう。

自分を抱っこしているアンネーラお婆様が階段を上る。どうやら一段高くなったボックス席のようなところが自分たちの席のようだ。そこからは壇上がよく見える。

劇場内部はわずかな衣擦れの音と、魔道具の周りで忙しなく動いている人たちが立てる音しかしない。「嵐の前の静けさ」という言葉を思い起こさせるその雰囲気に、期待と不安が入り交じった心を静かに震わせる。

用意されていた席に全員が着くと、スカーレットさんとはまた別のウサギ耳の素敵装備をしたメイドさんが紅茶を人数分淹れてくれる。もちろん、自分はいつもの果実水をもらう。今日はオレンジ味のようだ。果実水でも毎回味が違うのだ。大体その日の天候や料理に合わせたものが出される。いまは冷房の効いた劇場内なので、冷え冷えではなく、ちょっと温いくらいの温度になっている。温かいオレンジジュースも結構おつなものだ。

飲み物が行きわたったところで、ローランドお爺様が懐からなにかを取り出した。蓋が開く音がする。アンネーラお婆様の膝のうえにいる自分からは、少しだけそれを見ることができた。小さな円の中にさらに小さな魔力の動力があり、細かく動いている。そのパーツは見覚えがあった。もっと大きくしたものが時計と思われるものにもあったのだ。ということは、恐らく懐中時計だ。

お爺様は懐中時計をしばし眺め、脇に控えている執事に視線を移す。執事は頷くと、懐から初めて見るものを取り出した。それは自分の瞳にもはっきりと見える。この世界で魔力を持つものといえば、生物か〝魔道具〟かだろう。つまりアレは魔道具だ。執事が魔道具に向かってなにかを告げると、壇上で動いていた人たちが一斉に移動し、その姿を消す。

「準備が整いました」

「そうか。ご苦労」

どうやら執事の使っていた魔道具は通信装置のような機能があるようだ。執事がなにかを言っているときに、魔道具の魔力の流動が活性化したのが見えた。あれが魔道具を使用しているときの魔力の反応なのだろうか。最初はテオの宝物を見学に行ったときに見た若木たちと同じくらいの動きしかなかったのだが、執事が話したのをきっかけに急激に流動したのだ。喋り終わったら、流動も収まったことから間違いないだろう。

初めて魔道具を使用しているところを目撃した興奮で執事を凝視していると、アンネーラお婆様と執事の間にいるローランドお爺様は、自分が見られていると勘違いしたようで、こちらにニッと笑いかけてから立ち上がった。執事が先ほど使用していた魔道具を受け取ると、ボックス席の壇上に歩いて行く。恐らく手すりかなにかがあるのだろう。そこから身を乗り出すようにして、お爺様が口元に魔道具をあてる。すると、大音量のお爺様の声が劇場中に響いた。

「諸君！　それぞれ仕事をしてもらわなければならないため、自国開催の魔闘演を直に見に行かせてやれなくて残念である。だが、今年は王城から〝銀の眼〟を借り受けることができた！　生で見るほどの迫力は望めないが、我慢してほしい！　それぞれ交代の時間までゆっくりと楽しんでくれ！　さぁ、魔闘演鑑賞会の始まりだ！」

劇場中が震えるほどの音量で響いたローランドお爺様の演説を機に、壇上に設置された〝銀の眼〟と呼ばれる魔道具が起動する。それに合わせて巻き起こる割れんばかりの拍手と口笛。同時に聞こえてくる、お爺様が魔道具を使ったときのような大音量の叫び声。

「――これは決まったー！　個人戦本選第七試合は大方の予想通り、マキシズ・グラスゴー選手の圧勝だー！」

どうやら、魔闘演の実況の声のようだ。そのほかにも魔闘演会場のものだろう大歓声が聞こえる。陛下の使用人たちからも、大きな声が上がっている。それを確認して満足したように、お爺様が席に戻ってくる。

「もう第七試合まで進んでしまっているようですね」

「えぇ、少し〝銀の眼〟の調整に時間がかかってしまったようですし、仕方ありませんわ」

「昨日からずっと調整していたんだがなぁ……やはりあのサイズになると微調整がかなり難しいようだ。仕方あるまい」

「でもすごいですよ、お爺様！　本当に会場の様子が見えています！」

「それにちゃんと音も聞こえますし、リリーもこれなら楽しめると思います！」

「えぇ、そうねぇ～、リリーちゃん。あれが魔闘演よ。四年に一度、リズヴァルト大陸にある四つの国が持ち回りで行う、武と技と美の競演。いま個人戦の七試合目が終わったところだから、クレアの出番まではまだ少し時間があるけど、あなたのお母さんも出るのよ。しっかり応援してあげましょうね」

テオとエリーはキラキラした瞳を壇上の〝銀の眼〟に向けているが、大人三人は開始時間に間に合わなかったことが気になっているようだ。まぁ、確かに最初から見られたほうがよかっただろう。アレだけ大きな魔道具ともなると、うまく映すのは大変らしい。魔道具といっても魔法……もとい、魔術でなんでもかんでもすぐにできてしまうというわけではないようだ。

しかし……なんというか。魔道具であり、魔力を持つものだから自分にも見えることは見える。確かに自分の視界には、はっきりと見えている。

――白い横長の長方形、が。

そう……映像はまったく見えていない。せいぜいわかるのはスクリーン自体の流動している魔力くらいだ。音があれば自分も楽しめるとエリーは言ったが、果たしてそうだろうか。

ぶっちゃけると楽しめないと思う。実況があるとはいえ、見所はやはり派手な動きや技術、そして魔術だろう。それらは目で見ることができなければ、音などただの効果音でしかないのだ。相当うまい実況と予備知識がなければ楽しむのは難しいだろう。

そんなわけで自分の興味は早々に薄れてしまった。たとえなにかの仕事で魔闘演に向かっただけだと思っていたクレアが、選手として出場しているという驚きの話を聞かされても、だ。母の勇姿を見ることができないのだ。これほど残念なことはない。

戦闘とは縁がなさそうなクレアだが、彼女はアンネーラお婆様の娘だ。アンネーラお婆様の実力を知る前までなら、「なにを冗談を」と一笑に付したところだが、いまはそんなことはできない。それでも実際に見られないのでは、興味も半減だ。当然、ほかの試合なんてすでに意識の外である。

がっかり感が半端じゃない。個人で使用できれば、映像を通して視力の代行に使えるかもしれないという、淡い期待を砕かれたことも一因だろう。いや、それが大部分かもしれない。知らず知らずのうちに期待は大きくなっていたのだ。

周りはかなり盛り上がっている。使用人も大声を張り上げて声援を送っている。そんな周囲の熱とは裏腹に、自分は冷たい吹雪の中にでもいるかのような心地になってしまった。

だからだろうか、不意にソレを感じた。そう、尿意だ。

周囲との温度差に辟易していたため、敏感に感じ取れた。これはチャンスだ。いまなら周囲の歓声も気にならない。むしろ興味が完全にうせた！　我慢をできるだけ持続させ、トイレトレーニングの一歩を確実に刻むのだ！

襲いくる尿意。トレーニングを成功に導くために決意を固め、後ろを振り返り例の言葉を発する。すべてはここからだ！

「ばーば、ちーち」

「あらあら、おしっこ出ちゃったの？　待っててね、いま替えてあげるから。エリアーナさん、リリーちゃんがおしっこだそうですよ」

「あ、はい。さぁ、リリー。気持ち悪いのはすぐに交換しちゃいましょうねぇ」

そう言ってエナに引き渡される自分。オムツ代わりの布に触ったエナは、濡れていないことに気付き、こちらの意図をすぐに察してくれた。トイレトレーニングのトの字ですらまだな状況でも、お婆様やお爺様が「特別だ」という自分をもっともよく見てきたエナだからこそ、察することができたのだろう。エナは素早く指示を飛ばす。

「スカーレット！」

「はい、エリアーナ様！」

「オマルの準備は⁉」

「万全に！」

「案内なさい！」

「はい！」

エナのテンションがちょっと上がっているような……。まぁ無理もない。いままでトイレトレーニングなんて一回もやっていないのだから。

スカーレットの先導で向かった先は、扉を開けてすぐの部屋だったようで、あっという間に到着した。ボックス席に設えられた休憩室のようなものかもしれない。

だがその部屋に入った瞬間、限界はやってきた。

あーーー……。

「あー……間に合わなかったかぁ～。でも偉いわ、リリー。ちゃんとちーちしたいって教えることができたんだもの。うん、偉い。さすがリリーね」

そう言って何度も褒めてくれるエナ。「お嬢様ご立派です」と嬉し泣きをしている素敵装備《ウサギミミ》のメイド、スカーレットさん。少し大げさだとは思うが、みんなが自分《リリアンヌ》のこととなるとこうなってしまうのは、もう慣れっこだ。次はもう少し我慢できるようになりたいぜ！

決意を新たに新しいオムツに交換される幼女な自分であった。


オムツの交換を終え、練習としてオマルのうえに座らされる。

斜めから見ないとわからないのだが、オマルの中には魔力を持つ卵状の物質が貼り付けられていた。便座に座ると持ち手があり、つい生前見かけたアヒル型のオマルかと思ったが、顔があるはずの場所を触って確認したところ、なにやらごつごつしていた。どうやらアヒルではないようだ。

「リリー、これがオマルよ。今度からこれにおしっこやうんちをしましょうねぇ」

お母さんの顔になっているエナが優しく教えてくれる。

まぁ……まずは我慢できないといけないんだけどね！

会場内に戻ると、試合はだいぶ進んでいるようだった。興味はだいぶ薄れたとはいえ、お婆様の前ではあまり魔力訓練もできないからやることがない。なので、ぼーっとしながら実況や周りの解説やら歓声やらを聞いていた。

みんなの解説を総合すると——。

魔闘演一日目は個人戦で、戦闘技能を競い合う競技のようだ。一対一で戦い、相手に一定以上のダメージを与えるか、制限時間の五分《リン》が経過した時点で、本人の代わりにダメージを引き受ける魔道具の損傷具合を確認し、損傷がより少ないほうが勝者となる。

個人戦の本選である一日目は、六十人もの選手がトーナメント方式で戦う。たった一日で個人戦の全工程を終えるという。一試合が最大で五分《リン》だとしても、損傷した舞台などの修繕に時間がかかると思ったのだが、どうやら魔道具を使って短時間で修繕してしまうらしい。舞台自体も形状記憶機能を有しているようで、その力と修繕用の魔道具で簡単に修繕できてしまうようだ。現に試合は滞りなく進んでいる。

本選出場者は六十人だが、予選は半年も前から始まる。その登録となると簡易的な身元確認もされるため、一年半前から一年かけて行われる。登録条件が一定の年齢を超えていることだけなため、予選参加者は膨大な数になるそうだ。今大会の総参加者はなんと二千人。

予選は大きな舞台に十数人ずつ上がり、最後のひとりが決まるまで戦うというシンプルなものだ。

半年をかけて五十六人に絞り、前大会の一位～三位までと、大会開催国の一枠を加え、計六十人が本選の出場者となる。

本選出場者たちは、身代わりの魔道具により直接体にはダメージを受けないものの、武器や防具はダメージを受けるため、事前に自前で用意しなければならない。消耗した体力は非常に高価で特別な魔道具の力で試合ごとに万全な状態に戻せるようだ。ハイスピードでの試合進行は、こういった数々の魔道具があればこそというわけだ。

試合に制限時間はあるものの、判定までもつれこむケースは全体から見れば少ないようだ。いまのところ、身代わりの魔道具が肩代わりできないほどダメージを受けるような事態も起きていないらしい。四カ国中の猛者が集まるという大会だ。それなりの事故もありそうだが、視聴を開始してから二十試合近くが経過している段階でも、特に大きな問題は起こっていないようだ。安全措置が万全なのはいいことだ。

階下からは相変わらず使用人たちの大歓声が聞こえてくる。テオもエリーも興味津々といった感じで、〝銀の眼〟に釘付けだ。流れるようなアンネーラお婆様とローランドお爺様の解説によれば、さまざまな武器を自由に使うことができる大会ではあるが、本選に出場するような強者は、実力がある程度拮抗するため、奥の手を使うタイミングが重要になってくるらしい。

その奥の手とは、攻撃魔術を封じた魔道具。お婆様の話では、魔術というのは最低位の第十級から最高位の特級までランク付けされているが、攻撃魔術は低級（第十級～第七級）であってもまともに受けたら大怪我を負うほど威力があるそうだ。そのため奥の手として使う者が多く、戦闘を生業とする者なら、誰でもひとつは攻撃魔術を封じた魔道具を持っているらしい。魔術を使える者ならそんな必要もないのかと思われるが、違うようだ。魔術を使える者もすでに何人か登場している。魔術を使用するには、呪文のようなものを詠唱する必要があるようだ。なにを言ってるのかはまったくわからなかったのだが、それもお婆様が説明してくれた。

魔術を発動させる呪文には一定のルールがあるけれど、言葉自体はそれぞれが独自の言葉をあてはめ、呪文を作ることができるそうだ。そうでなければどんな魔術を使うのか、呪文だけで相手にわかってしまう。そんなものは、対人戦闘ではまるで役に立たない代物でしかないと言う。

確かにそうだ。モンスターとかが相手なら有効かもしれないが、対人戦闘において自分の手を丸わかりにするような真似をするとしたら、相当有利な状態か、不意打ちかだろう。一方で魔道具の場合、呪文は必要なく、即座に攻撃を放てるらしい。そのため、魔術師であっても魔道具を使用する者が多いそうだ。

ただ魔道具にも弱点は多く、多用することができないからこそ、奥の手となるようだ。魔道具に存在する弱点の中でも一番の弱点は、封じられた魔術には使用回数制限があることだ。魔道具をたくさん用意できるなら圧倒的な強さを誇るだろうが、個人で用意するにはお金がかかりすぎるらしい。魔術師でも、攻撃魔術を自分で封じて魔道具を作ることができる者はそう多くないそうだ。

魔術と一口に言っても用途は幅広いようで、攻撃魔術は低級魔術でも上位にあたるらしい。そのため低級ですら扱える者は少なく、本選に多くの魔術師が出場しているのは、四カ国合同の大会だからだそうだ。国の代表ともいえる参加者たちなので、バックアップはかなりあるようだが、それでも攻撃魔術を封じた魔道具というのは奥の手とするしかないらしい。

お婆様の解説は、明らかに自分が話を理解できることが前提となっている。お爺様もそうだ。もはやふたりの中では、自分はしっかりと言語を理解できる幼児となっているようだ。ありがたいのかありがたくないのかよくわからない状況だ。情報を得られる点ではありがたい。だが、一歳半という幼児の年齢を考えるとありがたくは……ない。

「いまのはタイミングが悪かったな」

「ええ、相殺されるようなタイミングで魔道具を使用していては、実力が知れるというものです」

「私《わたくし》、あれは次への布石かと思ったのですが、相殺したあとの相手方の畳み込みがうまかったようね」

魔道具の使用ひとつとっても、高度な戦略の下に行われているようだ。大人組の話は、そういった戦略も加味した実にハイレベルな内容だ。映像が見られればその戦略がどの程度のものなのか確認できるのだが、いかんせんどうしようもない。視力を強化しても、見えるのは魔力の流動のみ。映像らしい映像にはならないのだ。

もしかすると、あの白い長方形は表面に魔力が流れているだけで、スクリーンみたいなものなのかもしれない。スクリーンに映像を投影しているプロジェクターのようなものが存在し、それが〝銀の眼〟なのではないだろうか。まぁ、それを考えたところで映像が見えないことに変わりはないが……。

試合は順調に進んでいる。だが、クレアの試合はまだのようだ。全六十人で現在二十八試合目。お腹の空き具合的にそろそろ昼食の時間が近くなってきている。まさかお昼休憩なしで試合が進むことはないだろう。いや、ハイペースで試合が行われている以上、ありうるかもしれない。そんな心配はアンネーラお婆様の一言で消えた。

「試合の進行は順調のようですし、これならクレアは予定通りお昼休憩のあとになりそうねぇ」

「ええ、今日は離れのゲストルームで昼食を頂く予定ですので、すぐに見に戻れるかと」

「まぁ、どうせ瞬殺するつもりだろう、あれは」

「お母様なら一分《リン》かけないと思います！」

「私もそう思います！」

どうやらクレアの試合はお昼のあとになるようだ。

そんな話をしていると二十八試合目も終わり、実況が一時間のお昼休憩をアナウンスしている。そして昼食後の注目の一戦として、クレアの試合を挙げた。驚いたことにクレアは前大会の個人戦覇者だった。さすがにこれには飲んでいた果実水を噴き出しそうになった。

うちのおかあちゃん、ぱねぇっす。


昼食を食べたのは、オムツを取り換えたところとは別の部屋だった。エナが言っていたゲストルームなのだろう。昼食は、自分でも簡単に食べられるサンドイッチのようなものだった。

ほかの四人はもう席に戻っている。どうやらクレアの試合が始まるようだ。でもまだ自分と、自分の食事の手伝いをしてくれているエナは残ったままだ。そこへエリーが飛び込んで来た。

「リリー！　エナ！　お母様が勝ったわ。当然だけど楽勝よ！　相手に触れさせることすらなかったわ」

「そう、わかったわ。ありがとうエリー」

「ふふ……リリーもこれで安心ね。次のお母様の試合は当分あとになるから、ゆっくり食べようねー」

さすがは前大会の覇者。楽勝だったようだ。しかも相手に触れさせることすらなかったとは……

さすがアンネーラお婆様の実子。半端ない。

報告に来たエリーはすぐに劇場には戻らず、エナを手伝って自分にサンドイッチを持たせてくれる。

すまないねぇ、お姉ちゃん。魔闘演を見たいだろうに。

昼食をいつも通りゆっくりと食べ終えて劇場へ戻ると、試合もだいぶ進んでいた。クレアの試合は二十九試合目で昼休憩直後だったようなのだが、試合時間は一分《リン》もかからなかったらしい。〝白焔《はくえん》〟と呼ばれる魔術を使って、相手の身代わり魔道具を完全に破壊するほどのダメージを与えて終わったらしい。今大会の最短記録だそうだ。さすがすぎてもはや言葉もない。

あの可愛らしい、少し儚くすら見える人が戦う姿なんて、まったく想像できない。でも、似たようなお婆様の戦う姿……というより、暴虐の限りを尽くす姿は簡単に想像できる。やはりあの特殊な魔力の流れと、お爺様を瞬時に制圧した圧倒的実力を目の当たりにしているからだろうか。

大盛り上がりの階下と、淡々とした解説と批評の続くボックス席。二度目のクレアの試合も〝白焔〟による瞬殺で終わった。嵐のような音となにかが燃える音。このふたつが発生した瞬間、相手の身代わり魔道具が全てはじけ飛ぶ音が響いて、実況が試合終了を告げる。

音からして、〝白焔〟は炎の嵐のような魔術なのだろうか。これまで聞こえた魔術の音がちょっとした爆発音程度で、大歓声に掻き消されないぎりぎりといった大きさだったのに対して、クレアの〝白焔〟はその大歓声を掻き消して静まり返らせるほどの轟音。

お婆様によると、どうやらうちのお母様は生粋の魔術師で、しかも王城に勤務する宮廷魔術師なのだそう。お婆様曰く、「まだまだ」だそうだが、それでも本選に進むほどの猛者を瞬殺する戦闘力。抜きん出ているのは間違いない。

これなら前大会の覇者というのも頷ける。お婆様もお爺様もテオもエリーもエナも、全員が安心して見ていられるわけだ。母の勇姿をこの目で見られないのがますます残念になった。


昼食を食べたので少し眠くなってきた。いつもならそろそろお昼寝の時間だ。最近はお婆様がいつも側にいるので、魔力の訓練はお婆様がお風呂に入っている間にやっている。従って体力も余っていてほとんどお昼寝の必要がなかったが、今日はそうでもないみたいだ。

ちょっとうとうとしているとお婆様がすぐに気付いてくれて、昼食を食べたゲストルームでお昼寝用のパジャマに着替えて少し眠った。付き添いのエナは試合を見られないだろうから申し訳ない。それでもエナは、いつもの美声で心地よい子守唄を歌ってくれた。

すっきりした気分で劇場に戻ると、試合は順調に消化されていた。予想通りに三十分《リン》くらいお昼寝をしたようで、四、五試合が進んでいた。このペースならば本当に今日一日で三位決定戦を含む全六十試合が終わりそうだ。クレアは三試合目も瞬殺で終わった。なんというか、凄まじいの一言である。本当にこの大会に出ている人が自分の母親なのか怪しく思えてくるくらいだ。

ちなみに三試合目ですでにベスト八。クレアは前大会覇者で第一シードだったため、一試合ほかの選手と比べて少ない。二位、三位と、開催国枠のひとりもシードで、クレアと同じ試合数となる。この二位と開催国枠はクレア同様勝ち進んでいるが、大方の予想を覆し前大会の三位が敗れた。このまま順調に行けばオーベント王国開催国枠の選手とクレアが準決勝でぶつかる。

開催国枠の選手は当然聞いたこともない名前だったが、お婆様がオーベント王国第一騎士団の団長だと教えてくれた。アレクは第二騎士団の副団長。つまり、順当に考えるならアレクより強い人物ということになる。

第五十七試合目。クレア対第一騎士団団長。

開始間もなく放たれたクレアの〝白焔〟に、一分《リン》程度耐えきった団長が反撃するも、二発目の〝白焔〟で敢えなく身代わり魔道具が全壊。試合時間二分《リン》程度でクレアは決勝進出を決めた。

お婆様の補足解説によれば、一発目の〝白焔〟は囮《おとり》で、二発目が本命だったようだ。第一騎士団の団長すら歯牙にもかけない母親に、抱いていた尊敬の念がさらに大きくなる。

ちなみにお婆様がさらに説明してくれて、〝白焔〟がどういった魔術なのかがわかった。

〝白焔〟は上から数えて三つ目、第二級に分類される高等魔術。第二級魔術はオーベント王国でも扱える者が両手で数えられる程度といわれるほどの超高等魔術らしい。その中でももっとも難しいとされる〝白焔〟は、防御系の魔術に分類されながら攻撃性も併せ持つ、最強魔術の一角とされている。

白い焔が術者を中心に展開し、触れえるものをすべて焼き尽くす。身代わり魔道具がなければ全員消し炭になっていただろう、というのがお婆様の見解。クレアはそれを得意中の得意としているらしい。

話を聞いていると、自分の知っている母親ではまったくない、誰か別人のことを聞いているような感覚に陥る。

トーナメントは両面式で、もう一方の準決勝は、前大会三位を破ったダークホース対前大会二位の試合となった。五分《リン》の試合時間をフルに使った、お婆様たちにも見ごたえのある試合だったらしい。とても見てみたかった。身代わり魔道具の損傷具合から、ダークホースが勝利した。最後の魔道具の連続使用が功を奏した結果だそうだ。

これで次は決勝かと思いきや、二十分《リン》程度の休憩を挟んで三位決定戦となった。

休憩時間にいつの間にか湿っていたオムツを交換してもらい、雑談と興奮でざわざわしている階下の声と、会話に花を咲かせているお婆様たちの話を聞いて待つ。

三位決定戦は、開催国枠の第一騎士団団長対前大会三位。ここで団長は意地を見せ、前大会二位を圧倒的な剣技でねじ伏せ勝利。今大会三位は第一騎士団団長が手にすることになった。

お待ちかねの決勝戦は、我らが母——クレア対今大会一番のダークホース。今大会のすべての試合でそうしてきたように、クレアは開始早々〝白焔〟を放つ。ダークホースはいきなりの〝白焔〟に攻めあぐねるものの、瞬殺はされなかった。第一騎士団団長同様に耐えきり、反撃に出る。

だがやはり待っていた二発目の〝白焔〟。それを読んでいたダークホースが、大量の魔道具を起動して無理やり道を開けるという力技で崩すが、そこでクレアが反撃に出た。こじ開けられた道はクレアにとってもわかりやすい目印になったようで、一点に集中させた第二級攻撃魔術〝焔弓《えんきゅう》〟で打ち抜いたのだ。

ダークホースは会場の壁まで飛ばされ、派手な音を立ててめり込んだらしい。

アンネーラお婆様の解説はこんなところだ。

なんで自分の目は見えないのか、このときほど悔しかったこともない。

なにはともあれ、魔闘演一日目はクレアの大会二連覇という偉業で幕を閉じた。


翌日、魔闘演二日目。

朝起きていつものように掃除をしているエナを眺めていると、尿意をもよおした。我慢しつつエナを呼ぶと、すぐに察してくれてオマルへ連れていってくれる。オマルはすでにいつもの部屋に常備されており、すぐにパジャマのズボンとオムツを脱がせてもらう。

大丈夫。まだ我慢はできている。今日はイケル気がする！

オマルに座らせてもらったら、そのまま放出。

ふー……。

こうして満足感とともに、ついにオマル記念日を迎えることができた。

だが、勘違いしないでほしい。トイレトレーニングはオマルにおしっこができたら終わりではない。トイレトレーニングとは、オムツが完全にとれて初めて卒業なのだ。

練習の日々はまだ始まったばかりだ。

今日は魔闘演二日目を鑑賞する予定だ。

前日同様正装に着替える……もとい、着替えさせられる。

今回はいつもと趣が異なり、ズボンに半袖ワイシャツにネクタイ。女性陣大人組のふたりはどちらもタイトなパンツスーツ。エナはいつもアップにしている髪を今日はおろしている。

アンネーラお婆様はメガネ着用だ。メガネをかけたアンネーラお婆様は、六倍増しくらいの凛々しさと可愛らしさだった。腰に手を当てて、メガネの端をクイッと持ち上げる仕草は、まさに女教師のイメージそのままだ。眩しすぎて直視できない輝きを放つお婆様は、平伏したくなるほどメガネが似合っている。完璧なお婆様がさらに完璧になったと自信を持って言えよう。

エリーはやはりというかなんというか、自分とまったく一緒のスタイルだ。仲良し姉妹を絵に描いたようなお揃いっぷり。エリーが自身の服装選びに手を抜くとは思えないので、これは最初から狙ってやっていることなのだろう。背後に咲く幻の花からもわかるように、素敵な笑顔で自分の隣に並んでいる。

男性陣ふたりはというと、ローランドお爺様は大柄の体躯に似合うテーラードジャケット。テオはワイシャツにネクタイ、ゆったりとしたスクールパンツ。

六人が並ぶと入学式にでも行くかのようだ。

昨日と同じボックス席に着く。階下も昨日同様の賑わいだ。今日は自分たちが入ってきても特に静かにする必要はないらしい。あらかじめそういう話があったのだろうか。四年に一度のお祭りだから、ということもあるのだろう。昨日ローランドお爺様も労うような言葉を言っていたし、つまりはそういうことなのだ。

席に着いてほとんど待つこともなく、〝銀の眼〟が起動し映像が映し出されたようだ。さすがに微調整ももういらないらしい。実況が今日の競技内容を伝えていたが、事前にアンネーラお婆様に教えてもらっていたから知っている。今日は団体戦だ。

もちろん、クレアも出る。それどころかアレクも出る。

両親はオーベント王国代表チームという、まんまなチーム名で登録している。

団体戦は一～五人までが自由に登録できるチーム戦だ。チーム名は公序良俗に反しない名前ならなんでもいいらしい。お婆様がパンフレットらしきものを見て、面白い名前があったと教えてくれた。

エクス。

なんとこの名前、例の無機物とか、二足歩行じゃない生物なんかが二本足で立ち上がる本の作者のペンネームだ。作者本人ではないそうだが、きっとファンかなにかなのだろう。自分の好きな名前を付けられるため、店の名前を付けて資金を提供してもらうなど、宣伝にも使われるそうだ。まぁ、無様に負けたら逆に信用が落ちるという諸刃の剣でもあるわけだが。

ちなみにルールに関しては個人戦とあまり変わらない。変わるのは試合時間が五分《リン》から十五分《リン》になり、最大五人まで同じチームのメンバーとして戦える、つまりは最大で十人が一度に舞台上で戦うということくらいだ。特徴的なのは、全員が身代わり魔道具でダメージを肩代わりされる代わりに、身代わり魔道具が全損したら、強制的に場外に弾き出されて麻痺状態になるらしいこと。団体で戦うので、そういった全損後の措置がないと、場外からこっそり味方をサポートするなど、反則行為が罷《まか》り通ってしまう可能性があるのだそうだ。

見所は団体戦特有の駆け引きや連携だろう。〝銀の眼〟の映像が見えない自分は、解説を聞きながら音で判断するしかないが。

本選出場数は二十五チーム。試合数自体は個人戦と比べると少ないが、倒す人数が五人になるので、魔道具を連続使用しているとあとの試合に影響をきたすらしい。最初の九試合は判定狙いの地味めの試合になるのが通例だそうだ。その言葉通り、九試合目まではすべて判定で勝敗が決まった。ちなみに団体戦は、前大会一位~三位と四カ国それぞれの特別枠チームがシードとなる。シード枠が七枠と多いが、これも通例らしい。

個人戦と違い、団体戦はクレアとアレクのチーム名からわかるように、国代表のチームが四カ国の特別枠チームだ。そのほかのチームは、個人戦同様の厳しい予選を潜り抜けてきた猛者たちである。だが四カ国の特別枠チームも代表になるだけあり、相当な実力者揃いのようだ。

予選の参加登録は個人戦同様一年半前に始まり、半年前から予選開始、振るいにかけられ十八チームが選出される。団体戦の登録は約二百チーム、およそ九百人ほどが予選を競い合ったそうだ。登録者数が千人じゃないのは、最大が五人なだけで、ひとりのチームなどもあったから。無論本選までは残っていない。本選出場チームはすべて五人のチームだ。数は力なりを体現しているといえる。

十試合目がクレアとアレクのチームであるオーベント王国代表チームだったが、前衛を務めるお父様を中心とした安定した試合運びで、判定勝利をつかんでいる。団体戦では個人戦で猛威を振るった〝白焔〟は使わず、前衛陣の連携を重視した戦闘方法だったようだ。〝白焔〟は術者を囲むように展開するため、周りに仲間がいたりすると使いづらいのだと、アンネーラお婆様が言っていた。使えなくはないようだが、それはクレア以外の四人が倒れたときに限るらしい。

ちなみに、オーベント王国代表チームは前大会ではベスト八にすら残っていない。前大会一位を勝ち取った、双子の小人族を含む予選を勝ち抜いてきたチームに一試合目で当たり、敗れている。

その双子の小人族というのが曲者だったらしく、クレアの〝白焔〟をふたりで正面から打ち破ったのだそうだ。ふたりで、しかも双子だったからこそできたことらしい。

最強と思われた〝白焔〟を正面から打ち破り、団体戦優勝を勝ち取ったチームの双子は、今大会は長耳族と長毛族と小人族の国――サウドヘイト共和国の枠で出場している。チームメンバーが多少変わっても、三人以上が同じならシード出場は問題ない。

十一試合目の途中で尿意が来たが、無事我慢することに成功した。

「ばーば、ちーち」

「あらあら、偉いわねぇ、リリーちゃん。エリアーナさん」

「はい。さぁリリー、今度こそオマルまで我慢しましょうね」

すぐさまお婆様からエナに引き渡され、スカーレットさんが先行し、ゲストルームのドアを開けてくれる。これなら間に合うかもしれない。だが、油断はいけない。なんせいつ決壊するのかわからないからだ。

「リリーがんばって。もう少しだからね」

エナの励ましにがんばろうと思うが、どうがんばればいいのかわからないので、とりあえず腹筋に力を入れてみる。だが、これがいけなかった。

腹筋に力を入れた途端、小さな貯水タンクは決壊した。

あー……。

「あー……」

エナもすぐ気付いたようだ。湿りはじめたオムツを確認して、一瞬だけ残念そうな顔になった。でもすぐに優しい笑顔に戻り、慰めてくれる。

「大丈夫よ、リリー。また次がんばればいいんだから、ね？」

エナの笑顔にちょっとだけ安堵している自分がいるのだから、その効果は大きい。次は腹筋に力を入れないで我慢しよう。でも尿意の我慢ってどうすればいいんだろう。生前《むかし》はおしっこの我慢なんて無意識にしていたから、どう我慢したらいいのかまったくわからない。困ったものだ。

手早くオムツを交換してもらい、またオマルに座る練習をしてから席に戻った。短時間だったので試合は一試合しか進んでいなかったが、この試合が終わったら昼休憩になるようだ。

おしっこがいっぱい出るように、いつもより果実水を多めに飲んでいたので、あんまりお腹が空いていない。放水したけど、お腹はたぷたぷ気味だ。

今日のお昼はあんまり入らないかもしれないなぁ……。いつもより多く飲んでたけど、この体じゃそんなに飲まなくてもお腹いっぱいになっちゃうんだよねぇ……。

ちなみにお昼は昨日と同じくサンドイッチだったが、今日は昨日と違って野菜類がたくさん挟んであり、新鮮で美味しかった。尚、昨日は柔らかいお肉が挟んであった。

昨日よりさらに時間をかけて食べたので、劇場に戻った頃には試合がだいぶ進んでいた。今日はお昼寝するほど眠くならなかったので、そのまま試合を聞き続けることにした。

例の双子を含むサウドヘイト共和国代表チームも、順調に勝ち進んでいるようだ。いまのところ大番狂わせはないらしい。我らがお母様とお父様のオーベント王国代表チームは、二試合目も時間いっぱいフルに戦い、無事勝利を収めた。これでベスト八である。

前大会では苦汁をなめさせられただけに、周りの、特に階下の喜びようは激しかった。勝利の判定が確定したときには、大歓声で劇場が揺れたほどだ。お婆様も普段ののほほん笑顔が眩しくなるほど輝いていた。よほど嬉しかったようだ。逆に前大会がそれだけ悔しかったのだろう。

そのあとも試合は大番狂わせもなく順当に進み、サウドヘイト共和国代表チームが前大会二位をあっさりと下すと、オーベント王国代表チームも準決勝を危なげなく勝ち抜き、決勝進出を決めた。

決勝戦は大方の予想通り、オーベント王国代表チーム対サウドヘイト共和国代表チームとなった。

その前に三位決定戦が行われたが、試合が終わったあとのほうが会場、劇場とも、今日一番の盛り上がりとなったのは仕方があるまい。なんせ次の決勝こそ、前大会からの四年ぶりの雪辱戦となるのだから。

――しかし、その決勝戦は、予想とは少し違う形であっさりと決着がついた。

開始直後にクレアが放った〝焔弓〟が双子の片割れを一瞬で呑み込み、戦闘不能にしたからだ。

一瞬の隙を的確に突いた、見事な一撃だったらしい。アンネーラお婆様がメガネをクイッと上げて「お見事」と言ったのだから、よほど素晴らしかったのだろう。直後に起きた階下と会場の大歓声は先ほどより大きく、自分の体を揺らすほど凄まじいものだった。

そのあとの試合展開はほぼ一方的なものになったが、会場も階下も大変な歓声だった。開催国だからこその盛り上がりだろう。自国の代表が活躍しているのだ。しかも雪辱戦を圧倒的有利に進めている。興奮するなと言うほうが無理だろう。十五分《リン》経たずにサウドヘイト共和国代表チームは壊滅、団体戦優勝はオーベント王国代表チームが手にすることになった。

四年ぶりの雪辱を果たしたことと、クレアの個人二連覇、団体優勝という偉業に劇場も会場も大興奮のまま、魔闘演二日目は幕を閉じた。

●・●・●

魔闘演三日目の競技は演舞。

本日三日目は、魔闘演の最終日だ。四年に一度、四カ国から猛者が集まり競い合う大イベントも、今日で終わる。この三日間は開催国の経済収益が通常の数十倍以上に跳ね上がるほど、大変な賑わいを見せるそうだ。

今年の開催国はオーベント王国である。魔闘演が開かれる会場自体の収容人数が約八万人。生前の母国で野球などが行われていたドームの収容人数が五万五千人程度だったのだから、かなりの広さということになる。しかもこの会場には、立ち見客まで出るほどに人が集まるようだ。最終的な入場者は八万人ではきかず、相当な数にのぼる。そしてオーベント王国には〝銀の眼〟があり、国が各所に貸し出して上映会が開かれ、現地に直接足を運べない者たちも楽しんでいる。

開催国には、ほかの三カ国から魔闘演の観戦だけでなく、祭りの雰囲気や観光を楽しむために大勢の人々がやって来る。もちろん、それらを対象に商売をしようとする人も多い。実際の魔闘演は三日間だが、開幕の一カ月前からお祭り騒ぎは始まり、閉幕後も数日は同じ状態が続く。最終的な経済収益は、オーベント王国の国家予算に匹敵するほどの規模に膨れ上がるという。

今日も離れにある劇場に足を運んでいる。もちろん魔闘演最終日の競技を見るためだ。

魔闘演最終日の競技である演舞は、技や魔術の美しさを競い合う競技だ。最終日に相応しい優美さと華麗さで、有終の美を飾るという意味でも見ごたえのある競技らしい。だが自分は見られないので、今日はあまり楽しめないかもしれない、とのこと。この競技は基本的に派手さは控えめで、技や魔術をゆったりとした動きで見せるもの。前日までとは打って変わり、静まり返った中で行われるというのだから、自分に楽しめというのは難しい。

本日の自分は、肩近くまで伸びてきた髪を頭部で軽くまとめて、大きなリボンを付けられている。ちょっとだけ大人っぽい雰囲気のドレスに大きなリボンで愛らしさをプラス、例によってお揃いの装いをしたエリーと並べば、色違いのドレスとリボンがそれぞれをうまく際立たせて素敵、なのだそうだ。エナにそう言われて初めて色違いだとわかった。

大人組の女性ふたりもエレガントだ。エナが珍しく着けているネックレスは、魔力の流動が見える。どうやら魔道具のよう。だが、彼女の美しさをとてもよく引き立たせている。一言で言うならセクシーお姉様。正装のエナは普段とは違う色っぽさがあるのだ。こんな格好でパーティなどに行ったら男どもは放っておかないだろう。

アンネーラお婆様は、ホルターネックのラッフルドレス。ストールを羽織っていて上品さと優雅さを醸し出している。しかしながらそのドレス姿はだいぶ若々しい印象……お婆様お歳を考えてくださいと突っ込みを入れたくなる……が、似合いまくっているので仕方ない。

男性陣ふたりは……やっぱり面白みのない軍服姿だった。特になにもコメントがないので割愛……は可哀相なので簡単にいうと、魔闘演一日目とほぼ同じ。キリッとしているときのテオは本当に絵になる格好よさなので、まさに少年騎士といった佇まいだ。まぁ、ドレスアップした幼い妹を見た瞬間、そんな顔はどっかに飛んでいってしまったのだけど。いつものことなので、もはや気にしてはいけない。

エリーがテオのお腹にアンネーラお婆様直伝の掌底《しょうてい》突きを放ち再起動させると、みんなで連れ立って劇場へ向かった。もちろん自分はお婆様の腕の中。パニエがちょっと邪魔だったみたいだけど、うまい具合に自分を抱えている。

二日目と同様、使用人たちはいまかいまかと〝銀の眼〟を見つめながらワイワイ話している。映像が見られない身としては残念だが、みんなの楽しみにしている顔を見ているとなぜだか自分も楽しくなってくるから不思議だ。

演舞はトーナメントではなく、くじ引きで決まった順に、一度だけ舞台に上がる採点方式だ。三人までは一チームとして登録可能で、順番にチームごとに演舞を披露していく。舞の技術、魔術、それらすべての動作が採点対象だ。各得点は出場者全員の演技が終了したあとに発表されるらしい。すべての参加者があますところなく力を出せるように、との配慮らしい。

我らが両親、クレアとアレクはふたりで登録している。クレアはこれで個人戦、団体戦、演舞と全種目出場することになる。しかも個人、団体両方で優勝しているのだから、演舞も優勝すれば三冠達成ということになる。だが、お婆様の話ではそれは難しいらしい。前大会も三種目すべてエントリーしたが、結果は個人戦では優勝したが、団体戦は惨敗。演舞は三十二チーム中、十七位という結果に終わっているという。

今大会演舞にエントリーしているチームは、三十一チーム。十五分《リン》の持ち時間を与えられ、その中で自由に演舞を行う。審査は四カ国から選りすぐられた者が行うため、公正は期されているとのことだ。

さっそく一チーム目の演舞が始まったようだ。水を打ったように静まり返った劇場内。会場も同様だ。〝銀の眼〟から静かな足運びと金属が高速で動く音、術の微かな音しかしない。

わかってはいたが……音しか聞けない自分にはまったくわからない世界だ。十五分《リン》という時間は思ったよりも早く過ぎた。終了したあとに劇場にも会場にも歓声が響くが、自分の小さな口からはため息しか出なかった。

トイレトレーニングはおしっことうんちをオマルで数回した程度だ。尿意や便意を感じて我慢して、というわけではない。ある程度時間が経ったらオマルに座らされてする、といった感じの練習を行っている。実際にしてみるとわかるが、このオマルは高性能だ。やはり内部に貼り付けてあるものは魔道具だったようで、汚物の臭いを完全にシャットアウトしてくれる優れものだ。

だがオムツにするのと、見られながらオマルにするのとではやはり違う。この一年半で羞恥心はだいぶ薄れていたものの、見られながら用を足すのはさすがに恥ずかしい。久しく忘れていた感覚にちょっと戸惑ったけど、これも慣れるしかないと我慢した。幼児の自分にはまだそういったモノに抗う権利はないのだ。

ちなみに、「見られている」という表現は適切ではないかもしれない。「応援されている」が正しい。踏ん張っていると、「がんばれ！　がんばれ！」といった具合に声をかけられるのだ。そのおかげだろう……羞恥心がぶり返したのは！　オマルでうんちする。幼児のトイレトレーニングとして間違ってない。応援するのも間違ってない。だがしかしだ……だがしかし……自分の精神年齢は三十一歳と半分なんだよーッ！

わかってくれる人はいないけれど、心の中で叫ばずにはいられなかった。

あまりに楽しみようがない今日は、ずっと果実水をちょぴちょぴ飲みながらぼーっとするほかなかった。せめてトイレトレーニングの足しにするのだ。

演舞は進み、両親の出番がくると階下から緊張が伝わってきた。ボックス席の全員も真剣な表情で銀の眼を見ている。

重い金属を振るい、空を裂く鋭い音。魔術と思われるものの音が幾重にも重なり、それを切り裂くような音が何重にも響く。まるで歌うかのように音と音が重なり、多重奏が繰り広げられていき……。最後の最後に一昨日聞いた嵐のような焔《ほむら》の音と、なにかを凄まじい勢いで貫く音がして終わった。

会場の歓声を掻き消すほどの大歓声が劇場を揺らし、ボックス席のテオとエリーとエナはスタンディングオベーションだ。お婆様は自分を抱きしめて、微笑を絶やさない顔をさらに華やかに輝かせている。お爺様は腕を組んで、うんうん頷いている。みんなの行動から察するに、素晴らしい出来だったのだろう。

あとから聞いた話では、両親の演舞は音を大きく出すために、どの動きにもいろんな工夫がなされていたようだ。見られない娘に、せめて音だけは聞かせてあげられるようにと。

そんな両親の気遣いは嬉しかったが、それ以上に見られなかったことが悲しい。この三日間で何度そう思ったことだろうか……。

お昼のあと、あまりにも退屈だったのでお昼寝をたっぷりして劇場へ戻ると、全出場者の演舞が終わり、得点が発表されていた。両親チームは七位だった。スタンディングオベーションものだったにしては微妙な順位だ。

階下の使用人たちの大歓声は、クレアとアレクが自身の雇い主だというところも大いにあったのだろう。お婆様とお爺様はその結果に特に感想もなかった。妥当だと思っているのかもしれない。ふたりだけ割とおとなしめな反応だったし。

そのあとは閉幕式やらなにやらがあった。偉そうな人がなにか長い話をしていたけど、途中で催したのでエナにゲストルームにダッシュしてもらった。

膀胱に力を入れるのは危険。ではどうすれば我慢できるだろうか？　腹筋に力を入れても危険。お尻の穴を締める感じに力を入れてみるのはどうだろうか？

やったあと気付いた。あ、これって結局膀胱に近い！

あー……。

結局この三日間では一度たりとも間に合うことはなかった。トイレトレーニングはまだまだ始まったばかりだ。おれたちのたたかいはこれからだ！

こうして長かった魔闘演の全工程が無事終了した。

エピローグ

魔闘演が終わり、騒がしかった日常はまた静かで穏やかな日常へと……戻るわけがなかった。

お爺様は、テオとエリーの訓練以外はずっといつもの部屋にいて、なにかに目を通しては指示を出している。その指示出しも劇場で執事が使っていた魔道具を使う徹底ぶりで、ずっと居座っているのだ。

お婆様はもはやここにいるのが当たり前といった具合で、ずっと自分を膝のうえに置いている。お婆様の膝のうえにいると八割方いぢくりまわされるので、ちょっとやめてほしい。いやちょっとじゃなくてやめてほしい。

でもこの人は嫌いになれない。怖いとかそんなのではない。確かに実力を考えれば逆らうのは無謀の一言だけど、普段そんなものを感じさせることはない。むしろ纏う空気は柔らかく、心地よささえ感じる。ただ、いぢわるるだ。

「ふふふ……ほらほら～ふふふ～……つんつん……つつん……ふふふ～」

「ひゃ……ふぃ……にゃー！」

「ふふ……リリーちゃんは本当に可愛らしいわぁ」

「……ばーば、きあい！」

「あらあら、それは困りましたねぇ～……えいっ」

「……うに……ぶー」

お婆様のつんつん攻撃に最近は言葉で反撃するようになったのだが、それでも楽しげに続行しようとするから困る。とはいえお婆様も本当に嫌がることはしてこない。どこが限界点なのかきちんとわかってやっているのだ。だから、本当に嫌いになることはないけれど……このお婆様は本当に困りものだ。

「むぅ……俺も交ぜてほしいのだが……」

「あなたはその書類の山を片付けてからにしてくださいね？」

「ぐぅ……大体なんでこんなに溜まっているんだ……俺が前にずいぶん片付けたはずじゃないか……」

「個人の騎士団を急遽発足したからですよ。わかっていてやられたことではなかったんですか？」

「うッ……」

エナの容赦ない言葉が突き刺さり、呻くお爺様。手に持っている——恐らく書類であろうものから目を離すことなくブツブツ言っている。

今日のエナはメガネ着用だ。モノクルを片目に着けているお爺様とは違って、以前お婆様がかけていた両耳にかけるタイプのやつ。すごくよく似合っている。お婆様は女教師だったが、こちらはできる女上司といった感じだ。生前ではメガネ属性はなかったはずだが、どうやら今生ではメガネ属性があるようだ。メガネをかけたエナやお婆様は五割増しで素晴らしい。伊達メガネなんかもきっとあるだろう。ぜひ手に入れてエリーやテオにもかけさせたい。

その兄と姉はというと、珍しく今日はお友達のところへ遊びに行っている。夏休みに入って初めてのことだ。普段の彼らはお友達より幼い妹優先なのだが、今日は明らかに渋々出かけて行った。

以前お爺様が屈強な人たちに連行されていったときのように、メイドのスカーレットさんに連れて行かれたのだ。主であるエナの命令なら、テオとエリーを強制連行するのも厭わない。素晴らしい笑顔で、抵抗するふたりを脇に抱えてスタスタ歩いていく姿は、メイドさんってすごいの一言だった。

書類の処理を進めるふたりと、自分をいぢくって楽しんでいるお婆様。静かではないけれど、ゆったりとした穏やかな時間に幸せを感じながら、お婆様にいぢられて過ごした。


翌日の朝方……まだエナの寝息が聞こえる時間だった。

ぺちぺちと頬を触られる感触。それはすごく優しくて、愛しい者を愛でるような手つき。

意識が浮上し、なにかが自分の横にいる気配がする。懐かしい。とても懐かしい、自分の半身のような存在。それに気付いた瞬間、ぱちっと音がするくらいの勢いで目を開いた。

「……ぁ、おはよーリリー」

「……くちぃ……」

「えへへ～……帰って来たよ～」

「うん……ぅんっ……おあえりっ」

「ただいま……ただいまっ！　えへへ～……」

はにかむその笑顔に最高の笑顔で返し、彼女の頬に指を這わせる。ずいぶんと長い間離れていたような、でもついこの間出かけたような……そんな不思議な感覚とともに彼女の温かい体温が指に伝わってくる。

「結構急いだんだけどねー、なかなか帰って来られなくてねー……ごめんね」

「ううん……くちぃあかえてきただけえうえしーよ」

「えへへへへ～……私も……私もリリーに会えてすっごい！　すっごい！　嬉しいんだからねっ！」

　感極まって抱きついてくるクティ。彼女の魔力の流れが、とても懐かしく愛しい。

　待ち焦がれたそれを堪能していると……ふいに気付いてしまった。ベビーベッドの中に自分とクティ以外のなにかがいることに。

　それは……ひどく不鮮明で、まるでジャミングされているかのような不自然な魔力の流れを持った……ナニカだった。

「ほぅ……クティの言っていたことは本当のようだな」

「……くちぃ……あんかいう」

「あ、忘れてた……んーッ……紹介するね！」

　額に柔らかいものを押し付けられる感触がしたあと、名残惜しそうに体を離したクティが、あのいつものドヤ顔でぼやけたなにかを指差す。

「こいつはねー」

「おまえに紹介されなくても、自己紹介くらいできる。黙っていろ」

「……はーい」

　ぼやけていたナニカが一瞬で鮮明な姿に変わった。

　現れた姿は、クティと同じ小さな体。背中には小さな虫のような透き通った羽があり、白衣のような服を着ている。しかしもっとも印象的なのは、その目だ。まるでこちらを観察するように鋭い目をしている。

「私は――」

彼女との出会いは自分の人生を運命付ける、まさにターニングポイントと言える出来事だった。

Special
キャラクターデザイン大公開

「濁った瞳のリリアンヌ 1」の主な登場人物を
癸青龍氏によるキャラデザ画でご紹介！

Illustration：癸青龍

リリー／リリアンヌ・ラ・クリストフ

ラノベ好きの30歳（♂）だったが、事故で死亡したらしく、目を覚ますと異世界の幼女に転生していた。以来、クリストフ伯爵家の次女として生きることに。不治の病“濁った瞳”のために全盲だが、人間の目には映らないはずの魔力を見ることができる。美しく愛らしい容姿ながら、基本的に無表情。家族中のアイドル。

生後1ケ月
おすわり
つかまりだち
ドレス
めいどさん

クティ／クレスティルト

“世界の隣の森”からやってきた妖精。自由奔放な気質で、すぐにドヤ顔をするお調子者だが、実はとんでもなくすごい魔術の使い手。リリーのよきパートナー。

エナ／エリアーナ・ラ・クリストフ

リリーの乳母でテオとエリーの教育係。アレクの妹であり、クレアとは幼馴染み。第２騎士団に所属していた夫が殉職、そのショックから流産した過去を持つ。婚家を放逐され、クリストフ家の養子となった。

テオ／テオドール・ラ・クリストフ

クリストフ家の長男でリリーの兄。９歳。学校では正義感の強い優等生として男女問わず人気があるが、家ではエリーに弱く、リリーに激甘。趣味は樹木を育てること。

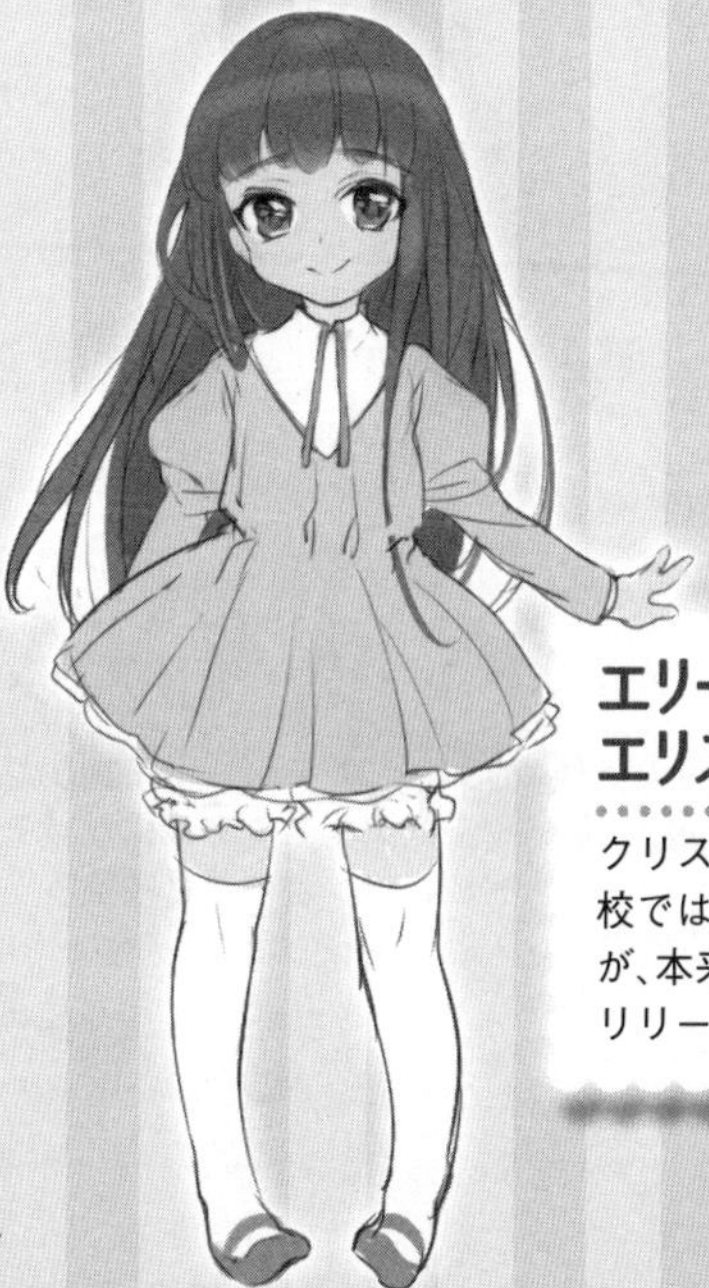

エリー／エリスティーナ・ラ・クリストフ

クリストフ家の長女でリリーの姉。７歳。学校ではおっとりした深窓の令嬢で通っているが､本来は抜け目がなくハキハキとした性格。リリーと草花をこよなく愛する。

クレア／
クレアティル・ラ・クリストフ

クリストフ家の現当主でリリーの母親。26歳。3児の母とは思えぬ童顔だが、オーベント王国の宮廷魔術師であり、その実力はリズヴァルト大陸でもトップクラス。

アレク／
アレクサンドル・ラ・クリストフ

リリーの父親。30歳。オーベント王国第2騎士団副団長。将来はナイスミドルになりそうなイケメン。家族にベタ甘で、幼馴染みでもある妻のクレアとは現在もラブラブ。

アン／アンネーラ・ラ・クリストフ

クレアの母親でリリーの祖母。クリストフ家の元当主であり、48歳には到底見えない美貌の持ち主。普段はのほほんとしているが、数々の伝説を持つ人類最強の武の達人。

ロー／
ローランド・ラ・クリストフ

クレアの父親でリリーの祖父。52歳。厳つい外見の通り武に長けているが、事務処理能力も高く、孫にはデレデレ。大切なリリーを守るため、白結晶騎士団を設立した。

あとがき

皆様、はじめまして。天界と申します。

『濁った瞳のリリアンヌ』をお手にとっていただき、誠にありがとうございます。

盲目の主人公が、ドヤ顔の素敵な妖精や愛に溢れる家族たちと毎日を過ごしていく、スローなほわほわ幼女ストーリー。それがこの作品です。

「小説家になろう」ではじめて投稿した長編小説であり、一番時間をかけて練り上げた作品でもあります。設定にもだいぶ力を入れたのですが、いざ書いてみるとキャラクターが暴走して予定とは違うものに……というのはよくある話だと思います。

その中でもドヤ顔妖精、クティが初期設定と一番かけ離れてしまった存在だといえます。彼女は当初の予定ではクールなお姉さんだったのです。いまでこそウザ可愛いドヤ顔妖精となっていますが、本来は冷静にかっこよくリリーを導いてくれるキャラクターでした。そんなクティですが、自分の中ではリリーに次いで大好きなキャラクターです。

実はクティのほかにも初期設定から変わった点があります。特に大きいのは、リリーの幼児期をここまで丁寧に書く予定ではなかったことでしょう。「小説家になろう」全体でも、転生した主人公の幼児期を本作のように詳しく描いているものは少ないと思います。キャラクターが暴走し、ついつい細かく書いてしまっているうちにこの作品ができ上がった、ともいえるのです。時間をかけて設定を練っていた分、書きたいことが山ほどあったというのも一因ではありますが。

テオやエリーの出番も、もっと少ないはずでした。リリーを溺愛しながらもあまり出番のない微妙なキャラクターだったはずなのに、蓋を開けてみればもはやなくてはならない重要人物になりました。

初期設定なんてなかったのです。ええ、なかったのです。


そんな『濁った瞳のリリアンヌ』ですが、書籍化されることになったのは、知人であるアマラ大先生と矢御あやせ先生がプロデューサーのKさんへ推薦してくださったことがきっかけです。

知人友人の作品が次々書籍化されていく中でひとり取り残され、諦めかけていた矢先の出来事に、「ドッキリかな？」と思ったのは記憶に新しいです。実際にKさんから連絡をいただくまでは、書籍化が実現するとは信じていませんでした。

お三方には本当に感謝してもしたりない思いでいっぱいです。本当にありがとうございます。


そろそろスペースもなくなってきたので、最後に謝辞を述べさせていただきます。

書籍化の機会を与えてくださったK様、新紀元社の関係者各位。推薦してくださったアマラ様、矢御あやせ様。はじめての書籍化作業であたふたする自分の質問に丁寧に答えてくださった担当編集者様。癒やされて天国に至りそうになるほどの素晴らしいイラストを描いてくださった癸青龍様。

そしてなによりこの作品を手に取ってくださった読者様。

皆様に心より御礼申し上げます。ありがとうございました。

天界

塔の管理をしてみよう　2
著者：早秋
定価：本体1,200円（税別）

塔の管理をしてみよう　1
著者：早秋
定価：本体1,200円（税別）

ダンジョンの魔王は最弱っ!?　6
著者：日曜
定価：本体1,200円（税別）

ダンジョンの魔王は最弱っ!?　5
著者：日曜
定価：本体1,200円（税別）

異世界でアイテムコレクター　1
著者：時野洋輔
定価：本体1,200円（税別）

塔の管理をしてみよう　5
著者：早秋
定価：本体1,200円（税別）

塔の管理をしてみよう　4
著者：早秋
定価：本体1,200円（税別）

塔の管理をしてみよう　3
著者：早秋
定価：本体1,200円（税別）

成長チートでなんでもできるようになったが、無職だけは辞められないようです　2
著者：時野洋輔
定価：本体1,200円（税別）

成長チートでなんでもできるようになったが、無職だけは辞められないようです　1
著者：時野洋輔
定価：本体1,200円（税別）

異世界でアイテムコレクター　3
著者：時野洋輔
定価：本体1,200円（税別）

異世界でアイテムコレクター　2
著者：時野洋輔
定価：本体1,200円（税別）

勇者王ガオガイガーFINALplus
著者：竹田裕一郎
定価：本体1,400円（税別）

勇者王ガオガイガーpreFINAL
著者：竹田裕一郎
定価：本体1,500円（税別）

魔剣師の魔剣による魔剣のためのハーレムライフ　1
著者：伏（龍）
定価：本体1,200円（税別）

濁った瞳のリリアンヌ 1

2017年5月9日 初版発行

【著　　者】天界

【イラスト】癸青龍
【プロデュース】株式会社プラスワン
【編集】株式会社 桜雲社／新紀元社 編集部／弦巻 由美子
【デザイン・DTP】株式会社 明昌堂

【発行者】宮田一登志
【発行所】株式会社新紀元社
〒101-0054　東京都千代田区神田錦町 1-7　錦町一丁目ビル 2F
TEL 03-3219-0921 ／ FAX 03-3219-0922
http://www.shinkigensha.co.jp/
郵便振替　00110-4-27618

【印刷・製本】株式会社リーブルテック

ISBN978-4-7753-1502-6

※本書は、「小説家になろう」（http://syosetu.com/）に掲載されていたものを、改稿のうえ書籍化したものです。